Hans Ernst · Heimat auf neuem Grund

Aus der Reihe
»Das alpenländische Bücherbrett«

HANS ERNST

Heimat auf neuem Grund

ROMAN

ROSENHEIMER VERLAGSHAUS

1. Auflage
Printed in Austria

Schutzumschlag-Foto: Löbl-Schreyer, Bad Tölz
Satz: Meister-Satz, Hof/Saale
Druck und Bindung: Wiener Verlag, Himberg
ISBN 3-475-52429-5

Eingebettet in einen Kranz hoher, dunkler Wälder liegt der Marktflecken Nolgen am Kirchbach. Zu einer Stadterhebung wird es hier nie reichen, denn dazu ist die Einwohnerzahl von nur 2500 viel zu niedrig. Es gibt auch keine Industrie in Nolgen. Nur ein paar Dutzend Geschäfte und Handwerksbetriebe. In der Hauptsache aber sind es Bauern, deren Höfe ringsum auf den Höhen liegen. Immerhin hat man auch eine Apotheke im Ort und eine Mädchenschule, die von Nonnen geleitet wird. Eine friedliche Oase könnte man sagen, über die seit dem Schwedeneinfall nichts Böses mehr gekommen ist, wenn man die Gegenwart nicht auch als schrecklich bezeichnen müßte, denn es ist Krieg. Immer wieder einmal läutet auf dem hohen, spitzen Kirchturm die einzig verbliebene Glocke, die man noch nicht heruntergeholt hat, um sie für Torpedorohre einzuschmelzen, zu einem Seelengottesdienst für einen der gefallenen Söhne des Dorfes. Sonst ist noch nichts passiert, es sind keine Bomben gefallen, es hat noch kein Hof gebrannt, bis dann am 12. April 1945 dieses Unfaßbare, allen Unfaßbare passiert.

Ruhig und nichts Böses ahnend geht der Bauer Andreas Schorhamer hinter seinem Pflug. Es ist ein milder Vorfrühlingstag mit leichten Schäfchenwolken, die langsam über die schwarzen Wälder kommen und zu den fernen Bergen hinziehen. Ein leichter Wind läßt die Mähnen der Pferde flattern, fast lautlos zerschneidet die Pflugschar den Humus. Am andern Tag sollen hier Kartoffeln gesetzt werden.

Die Stirne des Bauern ist von Sorgenfalten durchfurcht, denn das Feuer des Krieges ist zwar am Verglimmen, aber der einzige Sohn Mathias steht noch mitten in diesem grausigen Untergang. Die letzte Nachricht von ihm stammt aus Remagen, wo sie die Brücke sprengen wollten.

Der Schorhamer wendet am Ackerende das Gespann, setzt den Pflug wieder neu in die Erde und schlägt noch schnell mit dem Scharrstecken nach einer Maus, die er aber nicht trifft. Da ja der Pflug das stillste Gerät ist, das der Erde dient, ist außer dem Geknarze der Pferdegeschirre und dem Gezwitscher der Lerchen nichts zu hören, und als der Schorhamer meint, hinter seinem Rücken ein Geräusch zu vernehmen und den Kopf wendet, ist es schon zu spät. Durch die Schäferwölkchen stößt mit gedrosseltem Motor ein silbernschimmernder, großer Habicht. So tief kommt er daher, daß der Schorhamer das Gesicht in der Kanzel zu erkennen meint. Ein junges Bubengesicht in einer Thunderbolt. Ein amerikanischer Tiefflieger, dem vielleicht eingedrillt worden ist, daß er auf alles zu schießen habe, was auf der feindlichen Erde da drunten kreucht und fleucht. Vielleicht ist es aber auch bloß bubenhafter Leichtsinn oder Abenteuerlust oder gar Dummheit zu glauben, daß ein pflügender Bauer noch entscheidend sein könne in einem Krieg, der sich doch schon seinem Ende zuneigt. Jedenfalls, er drückt auf den Knopf und ratternd zischt die Leuchtspurmunition in das Gespann. Davon gehen zwölf Schüsse in den Rücken des Bauern und zerfetzen ihn. Lautlos bricht er über dem Pflugkarren zusammen. Auch der Handgaul bricht zusammen und streckt die vier Beine in die Luft. Der Sattelgaul, gleichfalls schwer getroffen, gellt seine Schmerzensschreie in die stille Vormittagsstunde, bis ihn eine Kugel des Ortsgendarmen aus dessen Pistole erlöst.

Als man den Schorhamer drei Tage später im Familiengrab auf dem Friedhof zu Nolgen zur letzten Ruhe bettet, sind in der endlosen Schar der Trauernden nur mehr ein paar »Hundertprozentige«, die sich darüber aufregen, daß neben und hinter der Schorhamerin auch die zwei Polinnen und die zwei Franzosen hergehen, die dem Weiler Schorham als Arbeitskräfte zugewiesen worden sind, und die ihrem meuchlings hingemordeten Dienstherrn die letzte Ehre geben wollen.

So und nicht anders nennt es auch der Pfarrer. »Meuchelmord« sagt er, und wieder murren die paar Unentwegten, die es gerne anders gehört hätten. Meuchelmord sei schon richtig, aber zumindest hätte der Pfarrer auch sagen können, daß der Schorhamer für Volk und Vaterland gefallen sei, wenn er schon den Führer nicht erwähnen will. Aber selbst die zwei Franzosen haben gesagt, daß dies Meuchelmord gewesen sei, und die zwei Polenmädchen schluchzen herzzerreißend, als man ihren Herrn, der so gut zu ihnen gewesen ist wie ein Vater, in die kalte Grube hinunterläßt. Die zwei Franzosen nehmen Haltung an, und sie greifen auch blitzschnell zu, als die Schorhamerin zusammenbrechen will.

»Das wird noch ein Nachspiel haben«, raunt der Ortsgruppenleiter Olpmann, der im Zivilberuf Landmaschinenvertreter ist, dem Bürgermeister Scheeren zu.

»Fang jetzt bloß nicht zu spinnen an«, raunt der zurück und wirft drei Schäufelchen Erde auf den Sarg hinunter. Dann gibt er der Schorhamerin die Hand und flüstert ihr zu: »Wir lassen dich ned im Stich, Schorhamerin.«

Leichenschmaus gibt es keinen, obwohl der Postwirt gemeint hatte, er könne eventuell schon eine Sau schwarz schlachten. Die Schorhamerin will jetzt nicht unter Leuten sein. Gebeugt und wie zerbrochen geht sie mit ihren Leuten über den Berg hinauf. Am Nachmittag wollen sie die Kartoffeln setzen, denn das Leben muß ja weitergehn.

Auf dem Marktplatz aber, gerade vor der Apotheke, geraten der Olpmann und der Bürgermeister noch heftig aneinander, weil Olpmann meint, immer noch so etwas wie Macht demonstrieren zu können.

»Schon die Todesanzeige allein war eine Frechheit«, kritisiert er. »Für was haben wir denn für so was das vorgeschriebene Muster, wonach so einer für Führer, Volk und Vaterland sein Leben opfern hat dürfen. Statt dessen hat es in der Zeitung geheißen, daß Gott der Allmächtige den ehrengeachteten Herrn Andreas Lindner, Bauer von Schorham im Alter von 56 Jahren zu sich gerufen hätte.

»Ja mei, so alte Leut kannst' nimmer umbiegen. Ist hart genug für die Schorhamerin.«

»Von dem red ich ja ned. Aber bei uns stimmt ja hint und vorn nichts mehr. Ich hab angeordnet, daß Panzersperren gebaut werden sollen, aber kein Mensch kümmert sich darum.«

»Weil 's ja doch kein Wert mehr hat. In acht Tag können die Amerikaner da sein.«

»Und du meinst, daß wir die so ganz einfach reinlassen sollen zu uns?«

»Was bleibt uns denn noch anderes übrig? Sind wir doch froh, wenn endlich alles vorbei ist.«

»Noch ist ned alles vorbei. Der Führer hat schon noch was hinten.«

»So? Wo hat er 's denn dann?«

Beim Apotheker steht das Küchenfenster offen, und man hört eine Meldung vom Rundfunk, wonach die Amerikaner von Heilbronn herkommend in den Raum Stuttgart eindringen, die deutschen Truppen aber erbitterten Widerstand leisten.

»In acht Tag können sie da sein, wenn sie mögen«, sagt der Bürgermeister.

»Jetzt glaub ich's schon bald selber«, antwortet Olpmann zerknirscht. »Was tun wir denn dann?«

Der Bürgermeister zuckt die Schultern. »Für dich wird's am besten sein, wenn du verschwindest, wenigstens so lang, bis das Ärgste vorbei ist.«

»Aber wohin?«

»Das weiß ich allerdings auch ned. Aber ich weiß jetzt, was ich zu tun hab.«

Damit dreht der Bürgermeister sich um und begibt sich ins Rathaus. Gleich im ersten Zimmer sitzt der Gemeindesekretär Alexander Brattl und tippt etwas auf einer Schreibmaschine.

»Guten Morgen, Xandl. Was gibt es Neues?«

»Nichts von Bedeutung, Bürgermeister. Ich schreib gerade

den Monatsbericht für die Kreisleitung über das Verhalten der Bevölkerung, und wie die Stimmung ist, ob man noch zuversichtlich an den Sieg glaubt und so weiter.«

Der Bürgermeister tritt hinter den Schreibenden und liest. Dann schüttelt er den Kopf und fragt: »Ist das deine wirkliche Meinung, Xandl? Die Stimmung der Bevölkerung ist hervorragend, und man glaubt zuversichtlich an den Endsieg.«

»Natürlich ned. Aber soll ich denn die Wahrheit schreiben?«

»Geht leider ned, weil sie uns sonst alle zwei noch einsperren. Also, lüg weiter, es dauert ja nimmer lang. Ob wir das Schreiben überhaupt noch abschicken? Aber was anders, Xandl. Du kannst doch ein bißl Englisch?«

»Zur Not reicht es vielleicht schon aus.«

»Besser wie gar nichts. Zunächst aber nimmst die Bildl von der Wand, den Hitler und den Göring. Dann verbrennst alles, was irgendwie belastend sein könnt. Man muß sich den veränderten Verhältnissen anpassen, verstehst?«

»Ich versteh schon. Da wären noch ein paar Sachen zum Unterschreiben.«

»Tu sie her. Vielleicht ist es sowieso das letzte, was ich im Rathaus zu unterschreiben hab.«

Ja, es ist in der Tat eine der letzten Unterschriften, die der Landwirt Michael Scheerer als Bürgermeister leistet, denn acht Tage später rücken die Amerikaner in Nolgen ein.

Es ist ungefähr elf Uhr vormittags, als der erste Panzer auf der Höhe droben hält. Ein schwarzer Soldat reckt sich aus der Luke und nimmt sein Fernglas an die Augen. Eine ganze Weile betrachtet er die Häuser da drunten und die Höfe ringsum. Nichts rührt sich, aber er sieht die weiße Fahne aus der Luke des Kirchturms wehen, sieht viele weiße Tücher aus den Fenstern hängen und meldet dann über Funk zurück, daß ringsum keine Gefahr mehr sei, eine friedliche Ortschaft, zu deren Eroberung man keine Flieger mehr braucht.

Dann setzt sich die lange Kolonne in Bewegung und rollt

mit viel Getöse über den Berg hinunter. Der Molkereibesitzer Hölzl sagt zu seinen Weibern in der Käserei: »Sonst sagt man, im Westen geht die Sonne unter, jetzt geht sie im Westen auf. Die goldene Freiheit kommt.«

Die Witwe Karoline Schwägerl hat die Rollos an ihrem Geschirrladen heruntergelassen, steht im oberen Stockwerk ihres schmucken Häusels am Fenster und richtet das weiße Leinentuch noch glatt, damit es nicht so windverweht herunterhängt. Dann faltet sie die Hände über der Brust und schaut mit sonnigem Lächeln auf den schwarzen Soldaten herunter, der da mit dem Panzer genau vor ihrem Haus hält und mit schneeweißen Zähnen zu ihr heraufgrinst.

Seit zwanzig Jahren hat Frau Karoline für die Heidenkinder in Afrika in die Mission gespendet. Und nun steht so ein großgewachsenes Heidenkind mit einem Panzer vor ihrem Haus. Ganz sicher ist er längst zum katholischen Glauben bekehrt worden und wird ihr nichts tun. Sie geht in ihre Küche zurück und nimmt aus einer Kaffeetasse, was sich dort an Kleingeld gesammelt hat. Es sind an die acht Mark. Die will sie dem armen Negersoldaten für die Befreiung geben, und weil sie halt meint, daß er bisher von ihrer Missionsspende noch nie etwas erhalten hat.

Immer mehr Panzer sammeln sich jetzt in der Kreuzung. Die Soldaten springen heraus, schütteln die Beine, schlenkern die Arme, die starr sind von der langen Fahrt. Es ist auch nicht besonders warm, es weht ein kalter Wind, Schneewolken ziehn dicht über die Häuser weg. Der Neger vom ersten Panzer spricht mit einem weißen Offizier und deutet wieder auf das Haus vor sich. Der Offizier nickt, und dann gehen sie miteinander ins Haus, voraus der Neger mit entsicherter Maschinenpistole, die er Frau Karoline vor die magere Brust hält. Die erbleicht, sagt »Jesus Maria« und hält die Hand mit dem Kleingeld hin.

»Was soll das?« fragt der Captain in tadellosem Deutsch.

»Ich habe immer schon für Negerkinder gespendet«, stammelt die Frau.

»Das interessiert uns nicht. Sind Soldaten im Haus?«

Frau Karoline schüttelt den Kopf.

»Waffen?«

»Nur ein Säbel von meinem Mann, Gott hab ihn selig. Er hat ganz gewiß keinen umgebracht damit, im ersten Weltkrieg. Ein Säbel mit einer silbernen Kordel dran. Er hat ihn ganz gewiß niemals gebraucht.«

»Kann sein, kann aber auch nicht sein. Wieviel Räume sind im Haus?«

»Im ganzen neun, ohne Laden, Herr General.«

»Was ist das für ein Laden?«

»Geschirr und Haushaltswaren, Herr General.«

Der Amerikaner hätte ja nun erklären können, daß er nicht General, sondern nur Korporal ist. Aber wozu? Die Alte soll nur ängstlich weiterlallen. Er will ihr ja auch nichts Böses, sieht ja, daß sie förmlich schlottert vor Angst, und er will auch nicht spielen mit dieser Angst. Vielleicht denkt er dabei an seine eigene Mutter in Oklahoma drüben, und seine Stimme ist nicht mehr ganz so herrisch, als er jetzt verkündet: »Das Haus ist beschlagnahmt. Es ist innerhalb einer Stunde zu räumen.«

Erschrocken stammelt Frau Karoline. »Aber ich bin doch ganz allein im Haus. Wo soll ich denn hin? Und ich bin doch gar nirgends dabei gewesen. Nicht einmal bei der Frauenschaft. Aber der da drüben in dem gelbgestrichenen Haus, das war ein Hundertprozentiger.«

Aber das interessiert den Korporal nicht. Noch nicht, wenigstens. Er hat ein ganz anderes Verlangen. Ein ganz heftiges Verlangen sogar. Und zwar nach einem heißen Fußbad. Direkt menschlich wird er. »Paß auf, Mutterl, ich will einmal sehn, ob du nicht doch im Haus bleiben kannst. Vielleicht kannst du für uns aber so ein bayrisches Gericht zubereiten. Wie nennt man das gleich?«

»Meinen Sie vielleicht Schweinsbraten mit Semmelknödl?« fragt Frau Karoline wie erlöst und von aller Angst befreit.

»Ja, Mutterl, das wird es wohl sein.«

»Recht gern, aber ich hab leider kein Fleisch daheim.«

»Das laß nur meine Sorge sein. Aber jetzt zu allererst ein Fußbad.«

Der Neger kommt grinsend aus einem der Nebenräume zurück, hat sich den Offizierssäbel um den Bauch gehängt und tanzt damit um den Küchentisch herum.

Grau und unfreundlich ist draußen der Tag. Zuweilen schneit es sogar, obwohl die Bäume schon zu blühen angefangen haben. Der düstere Tag liegt auch schwer auf den Gemütern der Menschen, die doch jetzt eigentlich fröhlich um den Maibaum auf dem Marktplatz tanzen müßten aus Freude darüber, endlich befreit worden zu sein. Ein goldenes Zeitalter würde jetzt anbrechen, so hatte man gemeint, aber vorerst sieht man noch kein Gold glänzen. Die beiden Gendarmen haben ihre Waffen abliefern müssen, haben dafür weiße Armbinden mit der Aufschrift »Police« erhalten und sind damit beschäftigt, große Plakate anzubringen mit einer Proklamation Eisenhowers, in der verkündet wird, was alles verboten ist. Zunächst gibt es eine Sperrstunde von abends sieben Uhr bis morgens sieben Uhr. In der Zwischenzeit darf sich niemand auf der Straße sehen lassen. Zweitens, sämtliche Waffen sind abzuliefern. Wer zuwider handelt, wird mit dem Tode bestraft. Es ist auch von einem Fraternisierungsverbot die Rede. In mindestens dreißig Fällen ist man strengen Strafen unterworfen. Als der Schmied Jirgl (Georg) das alles liest, schnaubt er durch seine Nasenlöcher, zerrt an seinem mächtigen Schnurrbart und erklärt der Hebamme Kathi Bruner, die neben ihm steht:

»Die sind ja übern Moses nüber. Der hat auf seinen steinernen Tafeln wenigstens bloß zehn Gebote erlassen, und die werden auch ned alle befolgt.«

»Von dir vielleicht ned«, antwortet die Hebamme. »Aber ich halt mich dran. Was soll ich denn bloß tun, wenn ich nachts an ein Kindbett gerufen werde.«

Der Gemeindesekretär Alexander Brattl kommt gerade

dazu und erklärt der Hebamme, daß sie ins Rathaus gehen solle, dort werde ihr dann eine Sondergenehmigung ausgestellt, genau so wie dem Doktor Althaus. Dann steht der Sekretär vor dem Haufen der eiligst herbeigebrachten Waffen. Eigentlich ist gar nichts Militärisches darunter. Ein paar Schrotgewehre, Zimmerstutzen, einige Jagdgewehre, ein paar Dolche der Luftwaffe, Luftgewehre. Der Schmied Jörgl betrachtet das alles mit fast tränenden Augen und fragt dann den Sekretär: »Ist das alles?«

»Scheinbar. Aber Jirgl, wenn du noch was daheim hast an Waffen, dann her damit. Es kostet dich sonst den Kopf.«

Der Jirgl nickt trübsinnig, streicht sich den verwilderten Schnurrbart und klappert mit den Augendeckeln. Bei ihm weiß man nie so recht, wie man dran ist. Der ganze Kerl steckt voller Spott. Aber wenn er mit den Augendeckeln so blinzelt, dann brütet er immer etwas aus.

»Ich hab schon noch was daheim«, sagt er. »Aber da möcht ich zuerst mit dem Bürgermeister reden.«

»Gibt es keinen mehr. Es sei denn, du siehst mich dafür an. Mich haben sie kommissarisch eingesetzt.«

»Aha. Aber du bist doch sonst kein so großes Licht. Ich mein, ein guter Sekretär ist noch lang kein Bürgermeister.«

»Das ist nur vorübergehend. Irgendwann werden ja einmal Bürgermeisterwahlen sein. Und jetzt, Jirgl, geh heim und hol deine Waffen.«

»Ja, dann hol ich halt meine Waffe«, sagt der Jirgl und trottet davon. Und er kommt wieder mit einer Art Keule, einem Holzprügel, in der vorderen Hälfte verdickt und ringsum mit spitzen, eisernen Nägeln beschlagen, und die wirft er auf den Haufen der gesammelten Gewehre.

»Was soll denn der Blödsinn, Jirgl?« fragt der Sekretär.

»Du hast ja g'sagt, alle Waffen.«

Ein amerikanischer Posten mit umgehängter Maschinenpistole schlendert heran. »Was das sein?«

Der Sekretär versucht ihm auf englisch zu erklären, daß es eine Keule sei.

»Aha, ich verstän, nix Waffe. Wahrseinlich Handwerkgerät. Braucht nix abliefern.«

Der Sekretär muß wieder übersetzen, und der Jirgl kommt darüber in einen gut gespielten Zorn.

»So? Das wär keine Waffe? Mit so einer Keule hat der Schmied von Kochel in der Sendlinger Bauernschlacht mindestens sechzig Österreicher erschlagen, wenn es ned siebzig waren.«

Jedenfalls darf der Jirgl seine Keule wieder mitnehmen. Er schultert sie wie ein Gewehr, schlägt einen strammen Schritt ein und singt mit seiner rauhen Baßstimme ganz laut vor sich hin: »Auf der Heide blüht ein kleines Blümelein.«

Der Jirgl scheint keine Angst zu haben – im Gegensatz zu vielen andern, die verängstigt in ihren Stuben hocken oder in Eile alles möglicherweise Verdächtige zusammensuchen, um es der Glut des Herdfeuers zu übergeben, damit nur ja alles vernichtet wird und keine Erinnerung bleibt an das, was ihnen gestern noch als bedeutungsvoll erschienen ist.

Über die bewaldeten Höhen fällt bereits die Dämmerung herein. Und so verwundert, wie einst die Hirten auf den Feld den hellen Stern gesehen haben, so verwundert starren die Einwohner von Nolgen auf eine grelle Lampe über der Tür des Gasthofes zur Post, die ihr Licht bis weit über die Hälfte des Marktplatzes hinstrahlt. Dann werden alle Fenster des Gasthofes hell, im Rathaus ebenso, und da begreifen die Menschen erst, daß sie nicht mehr zu verdunkeln brauchen. Aber sie sind von den Ereignissen dieses Tages so betäubt, daß ihnen noch gar nicht richtig zu Bewußtsein kommt, wie lange sie im Dunkel haben leben müssen.

Die Nacht kommt über das Land. Es beginnt wieder in großen Flocken zu schneien. Kein Mensch ist auf den Straßen zu sehen. Hinter dem Pfarrhofstadel haben Negersoldaten ein Lagerfeuer entfacht. Sie sitzen fröstelnd darum herum und summen ein Lied vor sich hin, eine schwermütige Melodie, aus der die ganze Sehnsucht nach ihrer Heimat spricht. Es sieht gespenstisch aus, wie die weißen Flocken in die frühlingsblühenden Bäume fallen und über dem flackernden Feuer tanzen, bis sie dann lautlos zur Erde gleiten.

Nach vierzehn Tagen ist das Ärgste schon vorbei. Die Besatzungstruppen ziehen wieder ab. Der Colonel John Carpenter verlegt seinen Sitz in die Kreisstadt und kommt nur einmal in der Woche nach Nolgen herüber, und hin und wieder durchstreift ein Jeep mit ein paar Soldaten die Gegend, als ob sie etwas suchten oder ob noch jemand festzunehmen sei. Aber es gibt niemanden mehr, den man verhaften müßte. Der Ortsgruppenleiter Olpmann hält sich irgendwo in der Ferne verborgen, den Bürgermeister Scheerer hat man in ein Lager eingesperrt und ein paar andere hat man ihres Dienstes enthoben. Gerechtigkeit muß sein, sagen die Leute, nur soll es alle treffen, nicht nur die Kleinen.

Niemand versteht zum Beispiel, warum der Gödl Gabriel keine Briefe mehr austragen darf. Ein paar Jahre zuvor hat er nicht mehr Postbote sein dürfen, weil er sich geweigert hat, das Parteiabzeichen zu tragen.

Er hat aber vier Kinder daheim. Also hat er halt seine Zweimarkdreißig im Monat bezahlt, hat sich das Zeichen angesteckt und mit seiner schwarzen Postlertasche wieder über Land fahren dürfen. Er hatte sich der Gewalt gebeugt, und jetzt muß er sich wieder einer anderen Macht beugen. Da soll sich ein einfacher Mensch noch auskennen.

Ja, der Colonel hat also in der Kreisstadt sein Büro. Dort erreichen ihn die Beschwerden und sonstigen Anträge. Er ist gerecht und prüft alles genau, wirft die anonymen Denunziantenbriefe gleich in den Papierkorb und spuckt hinterher. Pfui Teufel. Diese Deutschen sind schon ein merkwürdiges Volk, fallen von einem Extrem in das andere. Nur aus Nolgen trifft niemals ein anonymer Brief ein. Dort kennt man keine Rachsucht, will niemand anschwärzen oder gar in ein Lager bringen. Aber dann trifft doch einmal ein Schreiben ein aus Nolgen. Es ist eigentlich mehr ein Bittgesuch, unterschrieben von Geschäftsleuten, Handwerkern und Bauern. Nichts gegen den kommissarisch eingesetzten Bürgermeister, schreiben sie, er ist ein guter Beamter, der seine Sache versteht, aber mit den Bauern kommt er halt nicht so zurecht. Er erschrickt, wenn einer von ihnen mit der Faust auf den Schreibtisch schlägt, seufzt und zuckt mit den Schultern und klagt, daß er gegen die Anordnungen der Militärregierung einfach machtlos sei. Zum Führen ihrer Gemeinde, schreiben sie weiter, gehört eben ein gestandenes Mannsbild, einer, der mit beiden Füßen fest im Leben steht, so einer ganz einfach wie der Scheerer.

Aufmerksam liest der Colonel das Gesuch durch, aber er weiß nicht, ob seine Macht bis ins Lager Moosburg reicht. So bleibt ihm zunächst nichts anderes übrig, als wieder einmal nach Nolgen hinüberzufahren, um nach dem Rechten zu sehen, vor allem aber auch, um wieder einmal seine Angel in den Kirchbach zu hängen nach den Regenbogenforellen, die ihm dann die Postwirtin auf den Tisch bringt, entweder blau oder gebacken, wie es dem Herrn Colonel gerade gefällt. Das Fischrecht hat hier zwar ein Kommerzienrat gepachtet, aber der muß auch zuerst reingewaschen werden, um wieder fischen zu dürfen. Aber damit lassen sich die Amerikaner Zeit. Dieses undankbare Geschäft sollen die Deutschen ruhig unter sich ausmachen. Einer wird sich dazu schon hergeben.

Ja, aber wie ist es nun mit dem Gesuch? Sie sitzen alle beieinander im Nebenzimmer beim Postwirt. Geduldig hört sich der Colonel die Klagen an. Dann meint er, daß der Herr Gemeindesekretär Brattl die Gemeinde in der kurzen Zeit durchaus im Sinn der Besatzungsmacht verwaltet habe. »Mister Brattl, äußern doch Sie sich einmal.«

»Ich gebe mir Mühe«, sagt Brattl und rückt an seiner Brille. »Aber ich bin eben doch nicht so vertraut mit der Materie, wie es der Herr Bürgermeister Scheerer vor allem in landwirtschaftlichen Fragen gewesen ist.«

Der Colonel nickt und sagt dann sehr bestimmt, daß er augenblicklich keine andere Möglichkeit sehe. Mister Brattl müsse zunächst die Geschäfte weiterführen. So weit er unterrichtet sei, würden in absehbarer Zeit in Deutschland ohnehin Gemeindewahlen stattfinden, dann könnten die Nolger ihr Schicksal ja selber in die Hand nehmen. Dann könnten sie auch beweisen, inwieweit sie inzwischen die Demokratie begriffen hätten.

Man hat auch wirklich schon manches begriffen. Vor allem, daß dieser Colonel John Carpenter es gut mit ihnen meint. Er sagt ihnen, daß man allen Haß und alles Mißtrauen gegeneinander begraben müsse. Und wenn einer seiner Soldaten sich Übergriffe erlaubt, so möge man ihm dies sofort melden. Er werde dann schon seine Hand schützend über die Nolger halten. Er habe das, wie sie wohl wüßten, auch bereits getan. Oder habe er dem Uhrmacher Faderl nicht die zwölf Armbanduhren und die neun Siegelringe zurückbringen lassen, die seine Soldaten im ersten Rausch des Sieges bei ihm entwendet hatten.

Wie ein Vater ist er, dieser amerikanische Offizier, der im Zivilberuf Universitätsprofessor in San Francisco ist. Er will gern seine Hand reichen, wenn jemand in Not ist. Er hat ohnehin schon für Nolgen Vergünstigungen erlassen, die im Grunde über seine Befugnisse hinausgegangen sind.

Nur der Holmaier Regina kann er nicht mehr helfen, als sie zu ihm ins Rathaus kommt und begehrt in einer sehr delikaten Angelegenheit – delikat, weil sie die Liebe betrifft. Liebe kann ein heiliges Wort sein. Aber in Kriegs- und Besatzungszeiten lockern sich gern die Moralbegriffe, da legt man die Dinge nicht mehr so genau auf die Waagschale. Die Not der unterdrückten Triebe schreit aus den Soldaten, und bei den Mädchen ist viel Neugier dabei, der Zauber einer fremden Sprache und des materiellen Überflusses, der so ein Mädchen berauscht.

Ja, so steht Regina halt vor dem Colonel und erzählt ihm schluchzend, daß es sich halt so ergeben habe im Ufergebüsch des Kirchbaches, nicht weit von der Brücke entfernt. Keine Gewalt, nein, ganz gewiß keine Gewalt, sie stehe zu dieser Liebesstunde. Sie wisse jetzt nur nicht, wie dieser Soldat zu ihr und vor allem zu ihrer Angst stehe, in der sie jetzt lebe, weil der Vater ihr nämlich das Kreuz abschlage, wenn die Folgen dieser Nacht einmal sichtbar würden.

»Ach so, ich verstehe«, sagt der Colonel und nennt sie ein liebes Kind. Er nimmt seine Brille ab und putzt sie. »Ich will dir einmal was sagen, mein liebes Kind. Du weißt wahrscheinlich gar nicht, daß sich der Soldat auch strafbar gemacht hat, wegen Vergehens gegen das Fraternisierungsgesetz. Was war es denn für einer? Ein Weißer oder ein Schwarzer?«

»Es war stockdunkle Nacht, Herr Offizier.«

»Na jetzt hör einmal, Mädchen. Selbst in der dunkelsten Nacht weiß man doch, in welchem Arm man liegt.«

Da gibt die Regina zu, daß es ein Neger gewesen ist. Er sei so zärtlich gewesen und so lieb wie ein Bub, der noch gewiegt werden will.

Der Colonel lächelt und nickt verstehend. »Ja, ja, so sind sie meist. Wie große Kinder. Würdest du ihn denn wieder erkennen?«

Regina zuckt hilflos mit den Schultern und sagt wieder, daß es dunkle Nacht gewesen sei. Nur der Nachtwind habe gerauscht, und das Wasser des Kirchbachs habe um die steinernen Sockel geplätschert.

»Ach so, das hast du also doch noch wahrgenommen. Aber hör zu, Mädchen. Selbst wenn ich die ganze Kompanie antreten lassen würde, du würdest ihn nicht erkennen. In meiner Kompanie habe ich achtzig Neger, und ihre Gesichter sind einander so ähnlich, als wenn es eine große Brudergemeinschaft wäre.«

»Aber vielleicht am Geruch?«

»Das glaubst du wohl selber nicht, Mädchen.«

Die Regina bricht von neuem in Schluchzen aus. »Dann kann ich nur noch ins Wasser gehn.«

»Na, ich denke, das wirst du dir doch noch überlegen.« Er greift in den Wagen und gibt ihr ein paar Tafeln Schokolade. »Da, ein bißchen was zum Trost.« Dann steigt er ein und fährt davon.

Das Leben nimmt wieder sein normales Alltagsgesicht an. Der Sturm wäre an Nolgen spurlos vorübergegangen, abgesehen von den zweiundvierzig Söhnen der Gemeinde, die nicht mehr heimkehren werden, wenn, ja wenn der Schorhamer auf seinem eigenen Acker nicht von den Kugeln eines übermütigen Tieffliegers zersiebt worden wäre. Man nennt den Acker, auf den sie dann Kartoffeln gesteckt haben, seitdem den Blutacker. Die Zweiundvierzig aber wären die Blüte der männlichen Jugend des Marktfleckens gewesen. Der Steinmetz Gruber ist bereits dabei, die Namen der Gefallenen in den grauen Stein bei der Friedhofsmauer einzumeißeln. Natürlich wird auch der Name des Schorhamers dabei sein. Überdies trägt es der Gemeindesekretär Brattl in die Chronik wahrheitsgemäß ein: »Hinterrücks auf seinem Acker von einem Feindflieger ermordet.« Spätere Generationen sollen ruhig wissen, wie es damals gewesen ist.

Natürlich ist der Witwe auf dem Schorhamerhof damit nicht viel geholfen. Sie ist immer schon eine stille, verschlossene Frau gewesen, die stets darunter gelitten hat, daß sie dem großen Hof und ihrem Mann nur einen Sohn hat schenken dürfen. Von einem halben Dutzend Kinder hat sie immer geträumt. Aber es ist halt nur bei dem einen Sohn, bei diesem Mathias geblieben. Wo wird Mathias sein? Lebt er überhaupt noch? Sie zittert jedesmal, wenn der Postbote auf den Hof zukommt, daß er die furchtbare Nachricht bringen könnte vom Tod des einzigen Sohnes. Ihr Haar ist in den Wochen schneeweiß geworden, ihr Gesicht mager, und niemals mehr zeichnet sich ein Lächeln ab auf diesem Gesicht.

Ja, wo wird wohl Mathias sein, wenn er noch lebt? Seit jener Karte aus Remagen weiß man nichts mehr von ihm. Eine innere Stimme sagt ihr zwar, daß er noch am Leben ist, und oft steht die Schorhamerin am Abend, wenn die Sonne sinkt, auf der Gred ihres Hofes, hebt die Hand schützend über die Augen und schaut in die Ferne. Felder und Wiesen sind rötlich beglänzt vom Licht der sinkenden Sonne, und die Schwalben flirren noch um die Giebel des Hofes.

Grau wird dann alles und versinkt in der Dämmerung. Nur das Kreuz auf dem Kirchturm flimmert noch im letzten Licht, dann erlischt auch das. Die Abendglocke beginnt zu läuten. Die Bäuerin faltet die Hände über der Brust, ihre Lippen bewegen sich lautlos: »Der Engel des Herrn brachte Maria die Botschaft . . .«

Ihr schickt niemand eine Botschaft. Der Sohn nicht und auch der Mann nicht aus dem Jenseits. Mit ihm redet sie nur zuweilen, nachts, wenn der Schlaf nicht kommen will, und die Sterne so still über dem Hof stehen: »Ich denk schon, Andreas, daß alles recht wird, Andreas. Korn und Weizen sind schon ganz schön in die Ähren geschossen, und das Kartoffelkraut wächst auch üppig auf dem Blutacker, auf dem Acker deiner Ehre. Ich werde ein Marterl auf dem Acker anbringen lassen. Aus Holz geschnitzt. Oder meinst du, daß ich ein schmiedeeisernes machen lassen soll?«

Lauter Fragen, die nie beantwortet werden. Aber sie bildet sich ein, der Mann höre sie und nicke bedächtig dazu, wie es seine Art gewesen ist.

Die große Not treibt die Menschen aus den Städten. Scharenweise kommen sie auch nach Schorham, und die Bäuerin gibt, was sie geben kann, ohne sich dabei zu bereichern. Was will sie denn mit einem Perserteppich, den ein Mann ihr anbietet, oder mit einem Brautkleid, dem letzten Besitz einer Frau, die es zum Tausch gegen Brot bietet, um den Hunger ihrer Kinder zu stillen. Sie bieten sich auch zur Arbeit an, aber das ist nicht die Hilfe, die man auf dem Hof braucht. Die Nachbarschaftshilfe ist gut organisiert. Es sind noch genügend Leute am Ort, zurückgebliebene Soldaten meist, die noch nicht in ihre Heimat zurückkehren konnten. Auf jedem Hof sind ein paar, nur sie selber will niemand im Haus haben. Wenigstens keinen Mann. Der Fiedler von Bruck schickt eine von seinen Töchtern zum Melken, der Talhuber und der Öltinger kommen mit ihren Leuten, und es wäre gar nicht notwendig gewesen, daß auch der Pfarrer in seiner Sonntagspredigt daran erinnert, daß ja nun bald die

Heuernte beginnen wird, und daß man dabei auch an die Not der Verlassenen denken solle. Er wisse, daß die Nachbarschaftshilfe in Nolgen nicht ausgestorben sei. Dabei deutet er mit der Hand durch das offenstehende Fenster zur Höhe von Schorham hinauf.

Auch der Gemeindesekretär Brattl, nunmehr Bürgermeister, schaltet sich tatkräftig ein. Körperliche Arbeit kann er zwar nicht leisten, dazu ist er zu schwach gewachsen, und außerdem hat er ein Hüftgelenksleiden. Aber es gibt auch Schriftliches zu erledigen. »Du kannst mit allem zu mir kommen«, sagt er. »Ich bin jederzeit für dich da.«

Und dabei schaut er die Schorhamerin immer so an, als ob er Mitleid mit ihr hätte, obwohl er selber des Mitleids bedürftig gewesen wäre, denn man machte ihm manchmal sein Amt wirklich nicht leicht. Es will einfach niemand begreifen, daß er den Anordnungen der Militärregierung unterworfen ist.

Am Montag in aller Herrgottsfrühe rücken sie gleich mit zwei Mähmaschinen an, der Angerer und der Fischbacher. Sie mähen gleich die große Breite bis nach Nolgen hinunter, noch bevor sie ihre eigenen Wiesen mähen. Sie bringen auch ihre Soldatenknechte mit. Und es kommen auch noch so viele andere Leute, die Herz und Hände an die Nachbarschaftshilfe verschenken wollen, auch wenn es die Näherin Gabriele vielleicht nur deswegen tut, um ihrer blassen Haut etwas Sonnenbräune zu schenken oder den Männern, die da mithelfen, den Anblick ihrer schön gewachsenen Schultern oder des üppigen Busenansatzes zu bieten, wenn sie sich der Bluse entledigt und diese an den Rain der Wiese legt. Am liebsten hätte sie auch den Rock noch abgestreift, aber darunter hat sie wirklich zu wenig an.

Es kommt auch die Hollmeier Regina und beugt sich in der glühenden Sonne zur Erde nieder in der Hoffnung, daß sie etwas von ihrer Sünde abschwitzen könne, bevor ihr der Vater das Kreuz abschlägt.

Der Mond ist im Wachsen, das Wetter bleibt schön, und auf Schorham ist das Heu noch nie so schnell eingebracht worden wie in diesem Juni 1945. Das ist ohne große Worte geschehen, und die Schorhamerin quittiert das auch ohne große Worte. Sie will ein Schwein schlachten und alle dazu einladen, die geholfen haben. Sie weiß nur nicht, ob das schon wieder erlaubt ist, so ohne weiteres, oder ob man da noch eine Genehmigung braucht wie in der vergangenen Zeit. Aber wozu ist denn Brattl da, der ihr doch in allem seine Hilfe zugesagt hat. Der aber muß ihr eröffnen, daß die strengen Gesetze der Zwangsbewirtschaftung nach wie vor Geltung hätten. Immerhin könne er ihretwegen aber ein Auge zudrücken, wenn darüber geschwiegen würde.

Der Schmied Jirgl ist auch so eine Art Brandmetzger, und es tut ihm in der Seele wohl, wenn er den Behörden wieder einmal ein Schnippchen schlagen kann. Als Honorar nimmt er dafür einen halben Saukopf.

Für den Samstagabend sind dann alle, die bei der Heuarbeit mitgeholfen haben, eingeladen zu einer Schlachtschüssel. Auch der Brattl kommt. Er möge doch ein paar Worte reden, meint die Schorhamerin. Aber es wäre beinahe eine mißglückte Rede geworden, denn er gebraucht zunächst, der alten Gewohnheit gemäß, das Wort »Volksgemeinschaft« bis es ihm dann gelingt, das Wort von der großen Nachbarschaftshilfe einfließen zu lassen, und zwar in so bewegender Weise, daß es alle Herzen anrührt.

Schade, daß man seinen Durst immer noch mit dem zweiprozentigen Bier löschen muß, sonst wäre sogar ein bißchen Lustigkeit an den zwei langen Tischen aufgekommen, die man auf der Gred vor dem Haus angerichtet hat. Es gibt Leber- und Blutwürste, Wellfleisch und Kraut.

»Eßt soviel ihr wollt«, sagt die Schorhamerin. »Nur ned scheniern. Es ist schon noch was da in der Küch.« Es ist genauso wie beim Dampfdreschen früher, wenn sie für so viele Leute hat kochen müssen. Und den Leuten schmeckt es, sie sind guter Dinge, und niemand denkt mehr daran, daß nur sechs Wochen zuvor noch ein blutiger Krieg getobt hat.

Nur die Näherin Gabriele denkt daran und löst ihr Schürzenband, weil sie an diesem Abend ein geblümtes Dirndlgewand anhat. »Jetzt muß ich aber aufhörn«, sagt sie. »Sonst z'reißt es mich.«

An ihrer Seite sitzt der Feldwebel Friedrich aus Erkelenz, den der Waffenstillstand in Nolgen überrascht hat. Er genießt diesen Abend zugleich als eine Art persönliches Abschiedsfest, denn Montagfrüh will er sich auf den Weg in seine Heimat wagen. Auf Kohlenzügen könne man sich durchschmuggeln, hat er gehört. Es ist Gabriele gelungen, sich an seine Seite zu mogeln, und als sie sagt, daß sie mit dem Essen aufhören müsse, wegen ihrer Figur, da meint der Feldwebel, das sei doch wirklich nicht notwendig, denn sie sei doch so schlank. Er habe dies bei der Heuernte schon bewundert.

»Meinen S'? Aber wenn ich aufhör zu essen, aufhörn muß wegen meiner Figur, Sie können ruhig weiteressen.«

»Oh, Sie wissen scheinbar gar nichts von Ihrer wunderbaren Figur. Immerhin habe ich Ihre Schultern bewundert und überhaupt alles an Ihnen.«

Er hat eine andere Sprache als die Gabriele, und meint, sie müsse sich dieser leichten, schwingenden Sprache anpassen.

»Dieses«, sagt sie gespreizt, »beruhet ganz auf Gegenteil.«

Man kommt ins Gespräch, und der Feldwebel meint mit dem Anflug von größter Ehrlichkeit, als sie ihn aufmuntert, ruhig weiterzuessen, daß sein Leib zwar jetzt gestärkt sei, aber sein anderer Hunger sei noch übermäßig groß, der Hunger des Herzens und der Seele.

Ja, er kann alles so schön in Worte kleiden, es ist ein poetischer Klang in seiner Stimme, eine Melodie, in der für die siebenundzwanzigjährige Näherin Gabriele etwas Verheißungsvolles herausklingt und sie zu dem offenen Geständnis verleitet: »Ach ja, wir sind alle ein wenig ausgehungert in dieser Hinsicht.«

Der Feldwebel schaut sie an, er stützt den Kopf in die Hand und betrachtet sie. Nein, eine ausgesprochene Schönheit ist die Gabriele sicher nicht. Ein bisserl pausbackig, aber mit dem Putz des schönen Haares über der Stirne, dem geschwungenen Mund und den runden Kugelaugen über einer leichtgebogenen Nase durchaus reizvoll. Daß ihr ganzes Wesen auch ein bißchen zum Leichtsinn neigt, ist für einen Fremden nicht zu erkennen. Immerhin darf sie sich getrost zurechnen, daß sie so manchem Soldaten Trost und Wärme gegeben hat, bevor er zum Sterben gegangen ist. Alle sind zwar nicht vor dem Feind geblieben, mancher ist wiedergekommen und hat vergessen, wie leicht ihm damals die Liebe der Gabriele zugefallen ist. Darüber ist sie ein bißchen enttäuscht, und sie meint, daß es bei den Männern halt doch keine Dankbarkeit gibt.

Darüber hat Gabriele lange nachdenken müssen. Sie spürt, daß ihr Ruf ein bißchen angeschlagen ist, und sie weiß auch, daß sie durch ihre Gutgläubigkeit schon ein wenig an sich selber schuldig geworden ist. Sie ist auch fest entschlossen, ihr Leben jetzt in eine straffere Ordnung zu bringen und trägt sich mit allerhand Plänen. Sie will sich selbständig machen, will einen Damenschneidersalon eröffnen. Das Haus, in dem sie dieses zu tun gedenkt, hat sie von einer Tante geerbt. Sie will dann ein paar Lehrmädchen einstellen und sich dabei von keinem Mann mehr etwas dreinreden lassen.

Das alles erzählt sie dem fremden Feldwebel, der ihr gar nicht mehr so fremd ist, je länger sie so beieinandersitzen. Sie spürt die Wärme seines Knies an ihrem Knie, und Zufall kann man es auch nicht mehr nennen, wenn sich ihre Hände unter dem Tisch berühren. Und als die Tafel sich dann auflöst, fragt dieser Friedrich, den sie Fritz nennt, ob er sie vielleicht heimbegleiten dürfe.

»Dieses wäre mir sehr angenehm«, sagt die Gabriele leise. Er legt den Arm um ihre Hüfte, ganz langsam gehen sie. Manchmal bleiben sie stehen. Der Himmel ist voller Sterne, die Sichel des Halbmondes steht zwischen ihnen, und man weiß nicht recht, wer diese Nacht mehr erhellt, die Sterne oder der Mond. Jedenfalls liegt ein gedämpftes Licht über der Erde. Beim Postwirt hätten sie eigentlich nach links abbiegen müssen, um zu Gabrieles Haus zu kommen, aber Gabriele strebt nach rechts hin zum Bach. Schwer hängt sie dann auf einmal an seinem Arm und beschleunigt den Schritt. Der Mann weiß gar nicht, wie er das deuten soll. Dann bleibt sie wieder stehen und atmet ein paarmal tief durch. Dann sagt sie: »Allein würde ich niemals am Blutacker vorbeigehn. Aber du bist ja bei mir. Hier spukt es nämlich.«

»Spuken? Wieso spuken? Du meinst vielleicht geistern.«

»Ja, geistern. Hier war das Unglück mit dem Bauern Schorhamer.«

»Das hat man mir erzählt.«

»Um die Mitternachtsstunde soll man da immer einen seufzen hören, gerade so, als ob seine arme Seele noch nicht erlöst wäre. Wenn ich daran denke, fröstelt es mich. Du, halt mich ein bisserl fester.«

Was täte er lieber. Sein Arm umfaßt sie enger, es ist geradeso, als möchte Gabriele in ihn hineinschlupfen. Es regt sich kaum ein Lüftchen in dieser Nacht. Nur der Bach plätschert sein ewig gleiches monotones Lied. Dann macht der Bach eine scharfe Biegung nach rechts hinüber. Links aber ist ein kleines Birkenwäldchen, in dem sie dann ihre Lagerstätte finden. Es duftet ringsum nach Thymian und Moos. Der Feldwebel hat seinen rechten Arm ausgestreckt, und darauf kann Gabriele ihren Kopf betten, damit ihr Gesicht mit der Kühle der blanken Erde nicht in Berührung kommt. Dem Mann macht das nichts aus, er ist in Rußland bei dreißig Grad Kälte im Schnee gelegen. Gabriele beginnt wieder zu reden. Sie ist mit ihren siebenundzwanzig Jahren immer noch nicht klug genug, um zu wissen, daß man in so einer Stunde schweigen soll, um nichts zu zerreden. Von ihrem Haus erzählt sie wieder, von ihrem Geschäft, das sie gründen will und von den zwei Lehrmädchen, die sie sich nehmen will. Ihr Modesalon werde sich so entwickeln, daß er mit leichter Mühe auch noch einen Mann ernähren kann. »Höchstens, daß du dich um die Buchführung kümmern müßtest«, sagt sie.

Aber dieser Mann will gar nicht von einer Frau ernährt werden. Er stammt ja selber aus vermögender Familie und wird in Erkelenz einmal die große Gärtnerei seiner Eltern übernehmen. Er nimmt schweigend, was Gabrieles strammer Körper ihm bietet. Es ist ein ungeheuerliches Begehren nach einander, daß sie gar nicht hören, welche Stunde die ferne Kirchenuhr schlägt.

»Ich hab dich schrecklich gern«, flüstert Gabriele in sein Ohr.

»Ich dich auch.«

»Bloß, daß es bei mir die Wahrheit ist.«

»Das glaube ich dir, Gabriele. Glaube es dir aufs Wort. Du gehörst nicht zu der Kategorie von Mädchen, bei denen die Lüge in jeder Rockfalte verborgen ist.«

»Du lügst auch nicht?«

»Mit Ausnahmen, vielleicht mal eine Notlüge.«

»Und wann ist es eine Notlüge?«

»Wenn man einem Menschen nicht weh tun will.«

»Aha«, sagt Gabriele, schweigt dann eine Weile, bis ihr einfällt zu fragen: »Mußt du dich eigentlich bei diesem Harteggerbauer so abschinden?«

»Ich muß ihm dankbar sein, daß er mich aufgenommen und vor den Amerikanern verborgen hat.«

»Ich hätte dich auch verbergen können und kann es noch, wenn du möchtest. Aber einmal wirst du ja doch heimkehren wollen?«

»Ja, einmal sicher«, sagt er. »Wenn nur erst die Züge wieder fahren!«

»Hoffentlich fahren sie noch lange nicht. Dann bleibst du mir wenigstens noch eine Zeitlang.«

»Zumindestens bis zum Montag«, denkt er, verschweigt es aber, weil er doch niemandem weh tun will und versinkt neuerdings in ihre Liebkosungen. Dann gehen sie langsam wieder den Weg zurück. Er begleitet sie bis vor ihr Haus. Noch einmal zieht er ihr Gesicht zu sich heran und küßt sie. »Auf Wiedersehn, Liebes. Und tausendmal Dank für alles.«

Gabriele bleibt am Gartenzaun noch eine Weile stehen, bis seine Schritte verklungen sind. Sie zieht den Hausschlüssel aus ihrer Kitteltasche und denkt darüber nach, was dieser Friedrich, den sie so zärtlich »mein Fritzl« genannt hat, für ein feiner Mensch sein muß, denn ein Dankeschön für alles, das hat ihr noch keiner gesagt.

Um diese Zeit ist es, daß ein Mann durch den nächtlichen Wald wandert. Es ist dunkel um ihn, nur manchmal sieht er einen Stern durch die Lücken der Fichtenwipfel blinzeln. Aber es könnte gar nicht so dunkel sein, als daß er sich hier nicht zurechtfände. Hier ist ihm alles vertraut, die Erde riecht hier anders, der leise Wind in den Baumwipfeln ist ihm eine bekannte, wenn auch lange nicht mehr gehörte Melodie. Die Melodie der Heimat. Lange ist er abseits der Straßen gegangen, um nicht wieder aufgegriffen zu werden wie damals.

Altersmäßig ist der Mann schwer abzuschätzen. Sein Gesicht ist grau und müde. Kinn, Wangen und Mund sind von dichten Bartstoppeln überwuchert. Er trägt eine graue Wehrmachtskeilhose und eine Ziviljoppe aus dunklem Stoff. Über der Achsel hat er einen Brotbeutel hängen, aus dem der Hals einer Feldflasche ragt.

Nun tritt er aus dem schützenden Dunkel des Waldes. Wie angewurzelt bleibt er stehen. Im milden Licht der Sterne und des Halbmonds sieht er den Marktflecken vor sich liegen, sieht die einzelnen Höfe auf den Höhen ringsum, hört von ferne das Geplätscher des Baches und sieht vor sich das Feld mit den Kartoffelstauden. Das alles ist Heimat, langersehnte Heimat, und er weiß nicht, was es ist, das ihn so überwältigt. Eigentlich hätte er lachen müssen jetzt, oder sich einen Juhschrei aus der Brust reißen. Aber er steht ganz stumm, es würgt ihn in der Kehle und plötzlich rinnen ihm die Tränen über die eingefallenen Wangen. Es hat ihn einfach alles überwältigt; der Glockenschlag der Kirchenuhr zu nächtlicher Stunde, der Wind in den Bäumen und Büschen, das Gefunkel der Sterne am hohen Himmel, der ihm auf einmal nicht mehr fremd ist, der Duft aus den Gräsern. Er will durch das Kartoffelfeld gehen und dann den Bach durchwaten, denn durch den Ort getraut er sich nicht zu gehen. Er weiß nicht, ob noch Besatzungstruppen hier liegen, und er will nicht, da er seinen Fuß bereits auf den Boden der Heimat gesetzt hat, plötzlich angerufen werden und eine Maschinenpistole vor die Brust gehalten bekommen wie damals im Taunus . . .

Flüsternde Stimmen lassen ihn zusammenschrecken. Er duckt sich ins Kartoffelkraut und lauert. Am Feldweg draußen gehen engumschlungen zwei Menschen vorüber.

»Ist das nicht wieder dein Blutacker?« fragt der Mann.

Das Mädchen kichert und sagt: »Ja, aber wenn du bei mir bist, Fritzl, dann denkt man nicht an Geister.«

»Ach, Gabriele, was bist du für ein wunderliebes Geschöpf.«

Dann sind die beiden vorüber, und der Heimkehrer richtet sich auf. Sein Herz ist von einer frohen Hoffnung erfüllt, denn er weiß, wenn zwei Menschen so unbesorgt durch die Nacht gehen können, dann ist keine Besatzung mehr im Ort, und es gibt auch keine Sperrstunde mehr.

Trotzdem fühlt er keine Erleichterung. Vielmehr verspürt er auf einmal eine ungeheure Müdigkeit, die von den Beinen heraufkriecht bis in sein Herz. Er bleibt sitzen, verschränkt die Hände um die hochgezogenen Knie und läßt die Bilder der letzten Zeit wie einen Film an sich vorüberziehn.

Er ist verwundet gewesen und hat mit einem Schulterschuß im Lazarett gelegen, als die Amerikaner ungehindert über die nicht rechtzeitig gesprengte Brücke bei Remagen gekommen sind. Man hat ihm die Kugel herausgeschnitten, aber die Wunde hat einfach nicht heilen wollen. Viele sind damals abgehauen ins Ungewisse. Manche sind nach Tagen wieder eingeliefert worden. Es hat keinen Sinn, haben sie gesagt. Die Amerikaner sind überall. Aber dann ist es etwas leichter geworden. Und da hat er es auch gewagt. Bei Tag hat er sich versteckt gehalten, nachts ist er gewandert, hat unter Bäumen geschlafen im Moos oder in einsamen Bauernstädeln auf dem Feld. Die Wunde, nun nicht mehr täglich gereinigt und verbunden, hat zu eitern begonnen. Es muß Schmutz hineingekommen sein. Mühsam und unter Schmerzen hat er sich weitergequält, ist dann vom Fieber geschüttelt und schon am Ende seiner Kräfte vor der Stalltüre eines Bauern in der Eifel zusammengebrochen. Die Barmherzigkeit selber hat ihn in die Arme genommen. Einfache Menschen sind es gewesen, die ihn ins Haus gebracht und in einer Dachkammer versteckt haben, obwohl es bei Strafe verboten war, streunende Soldaten in den Häusern zu verstecken.

»Wir müssen einen Doktor holen«, hat der Bauer gesagt. »Er stirbt uns sonst unter den Händen weg.«

Ein Mädchen namens Anita ist auch dagewesen, hat ihm Wasser gereicht und die Kissen geordnet. Nachts hat man sie um den Doktor geschickt. Als dieser gekommen ist, hat man ihn in die Stube heruntergetragen. »Da heroben hab ich zu wenig Licht«, hat er gesagt. »Sind unten die Fensterläden geschlossen? Herr Marlich, Sie wissen ja, was Sie da auf sich geladen haben. Und ich damit. Wenn wir erwischt werden, sperren sie uns alle zwei ein.«

»Ja, aber immerhin, er ist ein Mensch. Man kann ihn doch hier nicht einfach krepieren lassen.«

Dann hat man ihn drunten in der Stube auf den Tisch gebettet. Der Doktor hat ihn lange betrachtet und dann gefragt: »Wie heißen Sie denn?«

»Mathias Lindner.«

»Die volle Adresse, bitte.«

»Wohnhaft in Schorham, Post Nolgen am Kirchbach.«

»Wo liegt das?«

»In Oberbayern. Warum müssen Sie das alles wissen, Doktor?«

»Weil ich wissen muß, wer da eventuell benachrichtigt werden müßte, falls die Sache hier . . .«

»Schiefgeht, meinen Sie?«

»Das habe ich nicht gesagt.« Der Doktor hat die Wunde jetzt freigelegt, zieht an der Schnur die Lampe weiter herunter, bewegt sie nach jeder Seite hin und läßt sie wieder emporschnellen. Dann richtet er sich auf.

»Mein lieber Mann, das sieht schlimmer aus, als ich gedacht habe. Sie müßten eigentlich sofort in ein Lazarett.«

»Nein, nie wieder in ein Lazarett. Da bin ich ihnen ja abgehauen. Ich will heim, nichts wie heim. Zu Vater und Mutter heim, zu unserm Hof. Sie müssen das verstehn, Doktor. Die Zeitrechnung stimmt bei mir nicht mehr genau, aber der Krieg müßte ja schon über vier Wochen zuende sein.«

»Genau sechs. Aber was Sie da wollen, ist heller Wahnsinn. In dem Zustand? Nein, mein Lieber, Sie kämen keine fünf Kilometer weit. Vorausgesetzt, daß Sie sich in einem Güterzug im Bremserhäusl verstecken könnten. Daß Sie noch leben, ist sowieso ein Wunder, bei diesem Fieber. Aber einmal ganz im Ernst, junger Mann. Meinen Sie, daß Sie das, was ich jetzt mit Ihnen machen muß, überhaupt aushalten! Ich habe leider keinerlei Betäubungsmittel mehr.«

»Ich werde ned schreien, Doktor.«

»Na, dann wollen wir einmal sehn. Anita, bring einmal kochendes Wasser und frische Handtücher. Und du, Marlich, sieh nochmals draußen nach, ob die Fensterläden dicht geschlossen sind.«

Der Bauer hat ihm dann die Füße halten müssen. Und weil er ein einfacher Mensch ist, hat er sich einfach mit seinem ganzen Gewicht auf die Beine des fremden Soldaten gesetzt. So brauchte er wenigstens nicht hinzuschauen, wenn der Doktor jetzt das Skalpell ansetzte.

Die Bäuerin hat ihm den rechten Arm halten müssen, den linken band der Doktor der Einfachheit halber mit einem Kälberstrick an das Tischbein. Das Mädchen mußte dem Arzt assistieren.

Der Doktor öffnet seine dicke Arzttasche, legt einige Instrumente auf eine Tischplatte und knüllt dann ein Handtuch zu einem Ballen zusammen. »Jetzt paß auf, Anita«, befahl er, »wenn er schreit, dann drückst du ihm sofort das Handtuch auf den Mund.«

»Ja«, flüsterte das Mädchen und zitterte.

An all das muß jetzt Mathias Lindner wieder denken, in

dieser nächtlichen Stunde, mitten im Kartoffelacker, mitten im Blutacker, dem Sterbebett seines Vaters. Aber von all dem wußte er noch nichts. Seine Gedanken kehrten wieder zurück in die Vergangenheit.

Der Doktor hatte dann angefangen zu schneiden, auszukratzen und zu bohren. Das alles hatte ihm wahnsinnige Schmerzen verursacht. Aber kein Schrei war über seine Lippen gekommen. Er hatte die Zähne zusammengebissen, gestöhnt und geächzt. Hätte er dem nachgegeben, was sich an Schmerz in seiner Schulter angesammelt hat, es wäre ein Schrei gewesen, der die Fenster hätte erzittern lassen. Vielleicht hatte er sich auch des Mädchens wegen so zusammengerissen, das so nahe bei ihm saß, das einmal mit dem Handtuch über seine schweißtriefende Stirne gewischt und dicht über seinen Augen geflüstert hatte: »Sei tapfer, Soldat, und denk daran: unser Herr Jesus hat auch nicht geschrien am Kreuz.«

Dabei sind ihr die Tränen über die Wangen gelaufen, auf sein Gesicht nieder, Tränen aus kirschendunklen Augen. Dann hat sie ihm abermals den Schweiß von der Stirne gewischt, ganz vorsichtig, mit zitternden Händen, als hätte sie Angst, daß auch sie ihm weh tun könnte.

Dann war es endlich zu Ende. Erschöpft fiel sein Kopf auf das Kissen zurück und sank zur Seite hin, und von diesem Blickwinkel aus konnte er die alte Großmutter auf der Ofenbank sitzen sehen, um die runzeligen Hände einen Rosenkranz gewunden und die Lippen leise bewegend, genauso wie auch seine eigene Großmutter immer zur Feierabendzeit gesessen und gebetet hatte. Für den geschenkten Tag vielleicht, oder daß sie an diesem Tag die Gicht nicht so arg geplagt hatte. Die Großmutter hatte immer etwas, für das es sich zu beten lohnte. Diese fremde Frau aber, die hat für ihn gebetet, für ihn, den fremden Soldaten, der auf ihr Mitleid und ihre Barmherzigkeit angewiesen war.

»Sie sind tapfer gewesen, junger Mann«, sagte dann der Arzt. »Jetzt bleiben Sie einmal ein paar Tage ganz ruhig liegen. Ich werde Ihnen ein paar Schlaftabletten hierlassen. Morgen, wenn es dunkel geworden ist, schaue ich wieder nach. Wenn alles gut verläuft, können Sie in vierzehn Tagen daheim sein.«

Und nun sitzt er wirklich daheim. Noch nicht ganz daheim in der Stube unterm Herrgottswinkel, sondern auf dem Kartoffelacker, auf dem sein Vater hat sterben müssen. Aber wie gesagt, das weiß er noch nicht.

Jetzt aber springt er auf, rennt über den Acker hinunter. Die Kartoffelstauden schlagen um seine Beine, das Wasser des Baches, den er durchwatet, geht ihm bis über die Knie hinauf. Dann eilt er mit weit ausholenden Schritten den Steilhang hinauf. Nur einmal bleibt er stehen und schaut zurück. Dunkel und verschwiegen liegen die Häuser unter dem Sternenhimmel. Irgendwo wird kurz einmal ein Fenster erhellt. Vielleicht hat ein Kind im Schlaf geschrien. Es muß beim Radlehner gewesen sein. Es wird auch gleich wieder dunkel. Dafür bellt ein Hund. Es ist ein schläfriges Bellen, kein wütendes Gekläff, wie wenn jemand ums Haus schleichen würde.

Dann steht er vor dem Hof auf Schorham. Lange steht er davor und seine Blicke tasten sich suchend die weißen Mauern entlang, über das dunkle Gebälk der künstlerisch geschnitzten Laube, die sich um das ganze Wohnhaus zieht. Hortensien und Geranien hängen in üppiger Pracht über das Geländer nieder. Er weiß, wieviel Mühe die Mutter immer gehabt hat, diese Blumenkästen über den Winter zu bringen, damit sie im Frühjahr wieder neue Triebe ansetzen.

Dann hebt er die Hand und klopft ans Fenster, an das zweite links neben den Wohnstubenfenstern, dreimal kurz hintereinander, so wie immer in früheren Zeiten, wenn er einmal spät in der Nacht heimgekommen ist aus einer Vereinsversammlung des Trachtenvereins »Die Kirchbacher«, aus einer Schuhplattlerprobe oder sonst aus einer geselligen Runde. Der Vater hat immer einen tiefen Schlaf gehabt und hat manchmal auch beim zweiten Klopfen nicht reagiert, bis ihn dann die Mutter wachgerüttelt hat: »Vater, der Bub ist draußen, mach ihm auf.«

Heute ist es wieder die Mutter, die beim zweiten Klopfen aus dem Schlaf aufschreckt. »Wer ist denn draußen?«

»Ich bin's, Mutter. Der Mathias.«

»Math – – –«, sie spricht den Namen nicht aus, es ist nur ein Aufschrei des Schreckens oder der Freude. Sofort aber wird das Fenster hell, dann die Stubenfenster, das Flurlicht und schließlich flammt die Hoflampe über der Haustüre grell auf. Ein Riegel wird zurückgeschoben und die Tür weit aufgerissen. Barfuß, im langen, weißen Nachthemd steht die Schorhamerin im grellen Licht, für ein paar Sekunden wie erstarrt, bis sie dann die Arme ausbreiten und aufschluchzend dem Sohn um den Hals fallen kann.

»Bub, mein Bub – mein Mathiaserl. Weil du nur grad da bist. Ich hab's ja gewußt, einmal wirst du kommen. Und jetzt bist du da.« Sie zieht ihn an der Hand in den Flur hinein und nimmt dann sein Gesicht in ihre zitternde Hände. »Laß dich einmal anschaun, Bub. Mager bist geworden und – schlecht schaust aus. Aber ich werde schnell alles an dich hinfuttern, was du brauchst. Komm rein jetzt in die Stube. Siehst, Mathias. Den ganzen Tag ist es mir schon so vorgegangen, als wenn noch was Besonderes geschehn müßt, heut. Und jetzt bist du da.«

»Ja, jetzt bin ich da, Mutter.«

Er entledigt sich des Brotbeutels und der Joppe. Dann nimmt er seinerseits die Mutter in die Arme. »Daheim«, flüstert er in tiefer Ergriffenheit. »Ich bin wieder daheim, Mutter.«

Er hält ihr Gesicht ein wenig von seinem weg. »Du bist«, er betrachtet sie genauer, »du bist so mager geworden, Mutter und dein Haar, Mutter, es war doch früher ned so weiß.«

»Der Kummer, Bub, der Kummer um dich.«

Zum ersten Mal, seit er zu Haus ist, kann er jetzt lachen. »Aber jetzt bin ich ja da, Mutter. Und der Vater – ich werd ihn aufwecken.«

Er will in die Kammer hinaus, aber sie hält ihn zurück. »Laß es sein, Mathias, es hat keinen Sinn.«

»Warum? Was ist mit dem Vater?«

Die Schorhamerin hebt die Hand und deutet zur Wand hin, wo zwischen zwei Rehgewichtln das Bild des Schorhamers zu sehen ist, mit einem schwarzen Trauerbändchen in der rechten Ecke des Bilderrahmens. Hemdsärmlig steht der Schorhamer da, die Haare ein bißchen strubbelig wie immer, die Arme über der Brust verschränkt, eine halbgerauchte Virginia im Mundwinkel.

Von einer dunklen Ahnung ergriffen, starrt Mathias die Mutter an und würgt dann die kleine, schreckliche Frage heraus: »Tot?«

»Ja, Mathias, wir haben keinen Vater mehr. Vierzehn Tage vor Kriegsende ist das Furchtbare geschehn.«

»Aber um Himmelswillen, Mutter, was ist denn passiert. So rede doch.«

»Da gibt es ned viel zu reden, Mathias. Aber – du bist ja unten herum ganz naß.«

»Ich bin durch den Bach gewatet, weil ich ned gewußt hab, ob noch Besatzung im Ort liegt. Aber das ist jetzt ned so wichtig. Wie war das mit dem Vater?«

»Es sind keine Amerikaner mehr im Ort. Bloß hin und wieder fährt so ein Jeep, oder wie man das heißt, in der Gegend umeinander. Aber komm, zieh was Trockenes an jetzt und Hunger wirst auch haben?«

Er schüttelt wie verzweifelt den Kopf. »Als ob ich jetzt was essen könnt. Nur Durst hab ich.«

Die Mutter bringt einen Krug mit Milch, und während er sie gierig trinkt, holt sie aus seiner Kammer einige Kleidungsstücke aus seinem Schrank. Sie selber ist ein bißchen ins Frieren geraten in dem bloßen, rupfenem Nachthemd.

»Mutter, du frierst. Leg dich wieder in dein Bett.«

Er selber deckt sie dann zu, zieht ihr die Decke bis zum Hals hinauf.

»Bleib da«, sagt sie, »dann können wir alles bereden.«

Er sitzt dann eine Zeitlang auf dem Rand ihres Bettes. »Erzähl mir alles ganz genau, Mutter, ich muß das wissen. Und wie bist du denn mit allem allein weitergekommen? Hast du Leute im Haus?«

Und die Mutter redet und redet und wird von keiner Frage mehr unterbrochen. Nur sie selber hält auf einmal still.

»Du frierst ja auch, Mathias. Komm, leg dich zu mir rein, so wie früher als Kind. Oder nimm dem Vater sein Bett nebenan. Morgen richte ich dann deine Kammer zurecht.«

Wortlos schlupft er dann unter die Zudecke, sie rückt ein bißchen zur Seite, der Sohn jedoch rückt nach, legt den Arm um ihre Schulter und will wieder ganz Kind sein, Wärme suchend an der Wärme des mütterlichen Körpers. So wie damals. Aber so wie damals wird es ja nie mehr sein. Der Vater ist nicht mehr da, und nun hört er, auf welche Weise er ums Leben gekommen ist. Mathias fühlt, wie seine Schläfen pochen, wie seine Stirn durchflutet wird von einem rasenden Zorn und dem heftigen Verlangen, diesen fremden Amerikaner zwischen seine Fäuste zu bekommen, um seine Gurgel zuzudrücken, bis er zu röcheln aufhört, denn so einen Vater erschießt man nicht von hinten her aus reiner Lust am Töten und von einer sicheren Flugzeugkanzel aus.

Immer wieder verlangt er Genaueres, gerade so, als ob er gegen diesen jungen Flieger einen Prozeß anstrengen möchte. Zugleich weiß er aber, daß so etwas sinnlos ist. Im Krieg gelten andere Gesetze. Vielleicht hat der junge Feindflieger sogar einen Orden bekommen, wegen Tapferkeit vor dem Feinde. Im Krieg bleibt manches Verbrechen ungesühnt, wird Unrecht mitunter gar verherrlicht, außer man verliert ihn.

»Ja, also ganz genau, Mutter. Du sagst, um sechs Uhr in der Früh hat er eingespannt und ist aus dem Hof gefahren, um das Kartoffelfeld zu pflügen.«

»Er hat immer um sechs Uhr früh eingespannt. Das weißt du ja, Mathias.«

»Und wann genau sind die Schüsse gefallen?«

»Es wird um halb neun Uhr gewesen sein. Aber Bub, das hab ich dir doch schon alles gesagt.«

»Macht nichts. Ich muß es mir immer wieder einprägen.«

Immer müder wird ihre Stimme, immer schläfriger, zuletzt ist sie nur mehr wie ein sachtes Bachgeplätscher. Schließlich verstummt sie ganz, um jedoch gleich wieder aufzuschrecken. Mühsam stützt sich die Schorhamerin mit dem linken Ellenbogen hoch und schaut hinüber in Mathias Bett. Ganz tief ist er eingeschlafen. Seine Brust hebt und senkt sich, aus seinem halbgeöffneten Mund strömt ruhig der Atem. Jetzt erst löscht die Mutter das Licht aus. Der Raum versinkt aber nicht mehr in tiefe Finsternis, denn vor dem kleinen Fenster macht sich bereits ein anderes Licht bemerkbar. Der neue Tag ist am Erwachen. Mathias aber schläft bis in den hellen Mittag hinein.

Der große Sommer ist über das Land gekommen. Brütend liegt die Hitze über den Dächern von Nolgen, der Teer auf den Straßen wird weich, und der Straßenwärter Thomas Holmaier ist damit beschäftigt, mit einer Scharre die Einbuchtungen, die so ein schwerer Erntewagen hinterläßt, gleich wieder zuzuschieben. Er arbeitet mit nacktem Oberkörper, braungebrannt, so braun wie die Farbe jener Partei, der er einmal hat dienen müssen. – Widerwillig, wie der Holmaier versichert. Aber inwendig sei er sauber geblieben. Der Bürgermeister hat das bestätigen müssen, sonst dürfte der Holmaier die Straße jetzt gar nicht mehr in Ordnung halten.

Schweiß rinnt von seiner Stirne. Manchmal hält er in seiner Arbeit inne, wischt sich mit dem Arm über das Gesicht und blinzelt zum Kirchturm hinauf, ob denn immer noch nicht Feierabend ist. Dann erst schaut er auf seine Taschenuhr und vergleicht die Zeit mit der auf der Kirchenuhr. »Geht schon wieder fünf Minuten nach«, stellt er fest. »Und unser lieber Herrgott schaut ruhig zu, wie so ein Straßenwärter beschissen wird.«

Dann greift er wieder zu seinem Werkzeug und streut feine

Kiesel in die Dellen und Rinnen der Straße. Da kommt schon wieder so ein schwerbeladenes Erntefuhrwerk daher, gezogen von einem gelbfarbigen Traktor, der von einem jungen, großgewachsenen Burschen gelenkt wird. Sein dunkles, leicht gewelltes Haar bewegt sich sacht im Fahrtwind. Sein Gesicht ist braungebrannt, die grauen Augen leuchten unter den buschigen Brauen. Mißmutig schaut Holmaier dem Gefährt entgegen, es wird wieder neue Rillen in den Teer pressen. Er tritt ein wenig zur Seite und stützt das Kinn auf den Stiel der Harke. Der junge Bursch schaltet den Leerlauf ein und zieht die Bremse. Das Fuhrwerk steht.

»Grüß dich, Thomas.«

»Ach, du bist es, Mathias. Ich hab schon gehört, daß du da bist.«

»Ja, seit vierzehn Tagen schon.«

Sie reichen sich die Hand.

»Das freut mich, Mathias. Aber sag einmal, gehst denn du gar ned unter die Menschen?«

»Zuerst muß jetzt das Getreide eingebracht werden, dann laß ich mich schon sehen. Übrigens, deine Regina geht meiner Mutter gut zur Hand. Wir sind recht froh um sie.«

»Dann ist's recht, Mathias. Aber jetzt hast du ja selber wieder Leut genug.«

»Ja, weil es so ned weitergegangen wäre, mit der Mutter allein. Ein Schweizer Ehepaar hab ich eingestellt und ein paar Knechte, zurückgebliebene Soldaten, weißt, die noch ned heimkönnen. Aber – noch ein Madl fürs Haus brauchen wir. Weißt, die Gesündeste ist sie auch nimmer, die Mutter, und wenn deine Regina noch bleiben könnt.«

»Ich werd es ihr sagen, Mathias. Daheim ist sie ja auch zu wenig ausgelastet, weil ja mei' Alte noch gut beieinander ist.«

»Also, dann verlaß ich mich darauf. Sei nimmer zu fleißig und laß dir nach Feierabend beim Postwirt eine Maß einschenken auf meinen Namen. B'hüt dich, Thomas.«

»B'hüt dich, Mathias.«

Der Motor des Traktors wird wieder angelassen. Er macht

Lärm genug, den klingenden Hammerschlag aus der Schmiede zu dämpfen. Vom Dach der Apotheke flattern erschreckt ein paar Tauben hoch, lassen sich aber auf dem Dach des Rathauses schon wieder nieder.

Im Schatten des Kastanienbaumes beim Postwirt sitzen um diese Zeit wie jeden Donnerstag ein halbes Dutzend älterer Männer beim Feierabendtrunk. Mehr als sechs sind es selten. Stirbt einmal einer weg, dann rückt ein anderer nach. Als Mathias mit seinem Erntewagen vorbeifährt, winkt er mit der Hand freundlich in den Garten herein, und der alte Dachdecker Pröpstl hebt sein Halbekrügel in die Höhe, um den Jungbauern trinken zu lassen. Aber Mathias nimmt sich keine Zeit. Immerhin hat man jetzt wieder ein neues Gesprächsthema, denn es ist schon bemerkenswert mit welcher Vehemenz sich der junge Schorhamer nach seiner Heimkehr wieder in die Arbeit gestürzt hat. Will er den Krieg vergessen, oder den tragischen Tod seines Vaters?

»Ein bildsauberer Mensch«, meint der pensionierte Postinspektor Röhn, der wirklich pensioniert ist und nicht um seiner politischen Vergangenheit willen hinausgeworfen wurde wie der Leiter des Postamtes, der nun, um über die Runden zu kommen, bei den Bauern Erntehelfer macht.

»Meiner Ansicht nach«, meint er, »wird er bald heiraten müssen, denn so weit ich informiert bin, ist die Schorhamerin keineswegs mehr die Gesündeste. Seit dem Tod ihres Mannes hat sie abgebaut und siecht so dahin.«

»Aber ned zum Doktor gehn«, schimpft der Hierlein, seines Zeichens Gemischtwarenhändler, der sein Geschäft aber bereits der Tochter übergeben hat.

»Weil sie ja bei keiner Krankenkasse sind, die Bauern«, weiß der ehemalige Streckengeher Rudolf Hanisch. »Das tät ja was kosten.«

»Im Augenblick macht ja unser Doktor Althaus Krankenbesuche bei den Bauern nur gegen Lebensmittel.«

Die Kellnerin erscheint unter der Türe und ruft in den Garten: »Habt ihr noch was?«

Ja, sie haben schon noch was. Das immer noch zweiprozentige Bier läuft nicht so schnell durch die Gurgel. Aber an der Zeit wäre es, nach einer Brotzeit zu fragen. Die Kellnerin antwortet nicht, sie nickt nur zweimal mit dem Kopf, und da wissen die Stammtischbrüder, daß der Wirt wieder geschlachtet hat. Man hat zwar immer noch die Lebensmittelmarken, und die Verordnungen gegen das Schwarzschlachten sind immer noch in Kraft. Aber wer hält sich schon noch daran. Der Postwirt zumindest nicht. Er schlachtet in der Woche zwei Schweine, für eines hat er einen Schlachtschein im Rathaus abgeholt, das zweite geht schwarz. Bei ihm schreit ja auch keine Sau mehr um vier Uhr früh, wenn er sie, so wie früher, mit einer Schlegelhacke zwischen die Augen geschlagen hat. Heute geht das fast lautlos mit dem kurzen, trockenen Knall einer Walther Pistole, die ein deutscher Oberst zurückgelassen hat.

Es geschieht so vieles in dieser Zeit, das verschwiegen wird. Wer soll denn auch Anzeige erstatten? Der Bürgermeister nimmt sein Mittag- und Abendessen ein ohne Marken. Die zwei neu eingesetzten Gendarmen sind hier noch fremd, sind also noch keine richtigen Gendarmen und haben außerdem auch Hunger, und der Colonel sagt auch nichts, wenn ihm die Postwirtin neben der gebackenen Forelle noch ein Stückl Filet vorlegt.

Ja, so zweimal jede Woche schaut der Colonel schon nach. Er hat nichts zu beanstanden, ist mit dem Bürgermeister Brattl recht zufrieden, der sich auch wirklich Mühe gibt, allen Anforderungen gerecht zu werden. Er würde niemals einen Bauern wegen Schwarzschlachtens anzeigen, zumal man ihm eine Äußerung des Rieglerbauern zu Ohren gebracht hat, der getönt haben soll: »Wenn der Alex einmal einen von uns anzeigt, soll er dabei bedenken, daß auch wieder einmal andere Zeiten kommen, und dann wird er abgestochen.«

Das alles wissen die Stammtischbrüder unter den Kastanienbäumen. Sie haben die Zinndeckel ihrer Bierkrügel heruntergeklappt, weil manchmal ein Vogel aus dem Geäst etwas fallen läßt und das Bier verdirbt, und warten auf ihre Brotzeit, die zugleich Abendessen sein soll. Heute gibt es schwarzen Pressack in Essig und Öl. Vorige Woche waren es Kuttelfleck mit Semmelknödel. Ja, die Postwirtin hat immer was übrig für ihre Stammgäste, die sie so vortrefflich nebenbei noch mit Neuigkeiten füttern. Es werden Fragen aufgeworfen, die rasch beantwortet sind, aber auch solche, auf die keiner eine Antwort weiß. Zum Beispiel, warum die Näherin Gabriele Hechtl scheinbar problemlos die Genehmigung erhalten hat, ihr Haus umzubauen. Baumaterial unterliegt schließlich immer noch der Bewirtschaftung, weil noch niemand daran gedacht hat, daß man die einschlägigen Bestimmungen lockern oder ganz aufheben könnte. Aber es geht soviel hinten herum in jener Zeit, heimlich und schwarz in nächtlichen Stunden. Und von der rührigen Gabriele sagt man ohnehin, daß sie alles erreichen könne, weil sie Beziehungen habe und mit einem gewissen Körperteil recht lustig sei.

Eine Zeitlang sei die Gabriele recht trübsinnig herumgelaufen, damals, als der Feldwebel Friedrich so plötzlich verschwunden ist, zwei Tage, nachdem sie mit ihm im Birkenwäldchen gewesen ist. Jetzt aber hat sie sich wieder gefangen, und baut ihr Haus um, in dem sie eben diesen Feldwebel ernähren hat wollen. Sie bekommt alles, was sie braucht: Ziegel, Dachplatten, Zement und Kalk. Sie gibt dafür amerikanische Zigaretten und Bohnenkaffee. Natürlich erfährt sie, was man über sie redet, daß der Schmied Jirgl sie eine Amischixn nennt, und daß überhaupt an ihrem Ruf wieder einmal kräftig gekratzt wird. Und sie bittet den amerikanischen Sergeanten James, er möge künftig seinen Jeep nicht mehr vor ihrer Haustüre parken, sondern außerhalb des Marktfleckens.

Ja, so ist das mit der Gabriele. Man redet über sie, man kratzt an ihrem Ruf, aber man braucht sie. Ein Militärmantel, noch sehr gut erhalten, hängt zu Hause. Ob die Gabriele nicht eine Trachtenjoppe daraus machen könne. Ja, meint sie, das ginge schon, und nimmt als Honorar nur drei Pfund Butterschmalz und zwanzig Eier.

Sie ist voll bezaubernder Liebenswürdigkeit zu jedermann. Sie ist einerseits gütig und neigt andererseits zu geradezu unfaßbarem Leichtsinn. Manchmal verwünscht sie sich selbst wegen ihrer mannstollen Veranlagung und weint dann vor sich hin, oder faßt den Entschluß, sich zu bessern. Aber das dauert meistens nicht lange, und sie tröstet sich dann mit der verwitweten Sägmüllerin Barbara Schmederer, von der man sagt, daß ihr mit ihren vierunddreißig Jahren keiner zu jung und keiner zu alt sei. Ihr, der Gabriele kann man ja direkt gar nichts nachsagen, von der andern erzählen sich die Männer, daß sie einfach hinreißend zu küssen vermöge, und daß der Pinegger Lois kürzlich im Sprechzimmer des Doktors erschienen ist und über heftiges Herzjagen geklagt hat.

Über all diese Dinge wissen die Stammtischbrüder im Postwirtsgarten Bescheid. Die haben es wahrhaftig nicht nötig, ihre Frauen elende Tratschweiber zu nennen, sie sind nämlich noch viel ärger. Wenn sie auch nichts Genaues wissen, irgendwo schnappen sie immer etwas auf, und dann reimt man sich schon etwas zusammen, bis sich schließlich ein Bild ergibt, das zu bereden sich lohnt. Die Hauptsache ist, man hat wieder Gesprächsstoff, man weiß etwas zu sagen, auch wenn man in Wirklichkeit überhaupt nichts weiß – so wenig wie man weiß, ob nicht doch ein Fünkchen Wahrheit daranhängt, wenn die alte Kräutersammlerin Cordula erzählt, sie habe in einer Mondnacht beim Blutacker einen Geist gesehen in einem weißen Umhang. Er habe die Arme hochgehoben, als ob er vom Himmel etwas erflehen wolle. Dann aber habe er sich wieder zur Erde niedergebeugt, als ob er Kartoffeln aufsammle.

Darüber lächelt man zwar und wird solange lächeln, bis einem dieser Geist selber erschienen ist. So einfach an Gespenster zu glauben, dazu ist man zu klug und zu alt geworden. Damit kann man höchstens Kinder erschrecken, wenn sie wieder einmal nicht folgen wollen.

Die Dämmerung fällt schon herein, als der Schorhamer Mathias zum zweiten Mal mit einer Fuhre Korn vorbeifährt. Die Kellnerin erscheint und kassiert noch schnell ab, bevor ihr einer ein Zehnerl für eine Mark hinschieben kann. Man steht auf, ächzt ein bißchen, schlenkert ein wenig mit den Beinen und greift sich stöhnend an die Hüfte. Es hat halt jeder schon sein Wehwehchen in diesem Alter, auch wenn das Mundwerk noch wie geschliffen geht. Aber am nächsten Donnerstag wird man sich schon wieder treffen und jemand finden, den man ausrichten kann. Man will ja niemandem wehtun. Man redet halt, damit geredet ist.

»Gut Nacht, Simmerl. Gut Nacht alle miteinander.«

»Ja, gut Nacht. Grüß mir dein Weiberl recht schön, Simmerl.«

»Werd' es ausrichten.«

»Die meine legt bloß keinen großen Wert auf solche Grüß«, meint der Dachdecker Schorsch.

»Ich richt solche Grüße gar ned erst aus«, meint der Hierangl, »weil die meine allweil sagt: Geh, laß mir doch mei Ruh mit deine Saufbrüder.«

»Das ist ein Beweis, daß uns die Frauen immer noch nicht zu schätzen wissen«, erklärt der Postinspektor Röhn und hebt dabei den Finger hoch. »Trotz langjähriger Ehe haben sie uns noch nicht ergründet.«

Dann zerstreuen sie sich in verschiedene Richtungen. Über dem Marktflecken liegen schon die Schatten friedlicher Stille. Manche Fenster sind schon erleuchtet und werfen einen rötlichen Schein auf die Straße heraus. Der Meßner Adam Klaff schlürft durch den Friedhof und verschwindet im dunklen Glockenhaus. Dort greift er nach dem Strick an der Mauer und gleich darauf klingt die Abendglocke über die Dächer von Nolgen hin.

Feierabend ist. Alle Hände ruhen, und die Herzen werden still. Nur in der Schmiede sitzt der Jirgl noch bei schwachem Licht und feilt an einem großen, schmiedeeisernen Kreuz herum, das im Spätherbst, wenn die Kartoffeln eingebracht sind, auf dem Blutacker aufgestellt werden soll – für den Bauern Andreas Lindner.

Auch im Rathaus, am hintersten Fenster, brennt noch Licht. Aber die Vorhänge sind zugezogen. Der Bürgermeister Brattl, der Alex, wie ihn die Bauern vertraulich nennen, sitzt noch an seinem Schreibtisch und arbeitet. Es wird ihm hoch angerechnet, daß er für die Gemeinde auch noch Überstunden macht. In Wirklichkeit aber schreibt er in sein Tagebuch. Und wenn er etwas aufschreibt, das niemand in der Öffentlichkeit erfahren darf, dann schreibt er es auf englisch, zum Beispiel, daß sie einen strammen Körper habe und hinter dem linken Schulterblatt ein Muttermal.

Der Winter fällt in diesem Jahr früh und mit viel Schnee ins Land. Mathias Lindner geht mit seinen zwei Knechten in den Wald und fällt Bäume – viele Bäume. Im Vorjahr war das noch genau vorgeschrieben, wieviel man hat fällen dürfen. Heute interessiert sich niemand mehr dafür. Daheim aber sitzt die Mutter Schorhamer in der Küche in der Nähe des Herdes, hüstelt viel und fühlt sich oft so schwach, daß sie meint, in den Knien einzubrechen. Die Last der Verantwortung für den Hof ist mit der Heimkehr des Sohnes von ihr genommen. Ihre Stimme wird immer leiser, ihre Augen immer trüber.

Aber das sieht sie doch noch, daß sich diese Holmaier Regina, die ihr Mathias ins Haus gebracht hat, um die Leibesmitte herum ganz schön rundet. Die Regina ist sonst sehr tüchtig, nimmt ihr in der Küche viel Arbeit ab und ist von angenehm stillem Wesen. Gerade hat sie wieder eine Kürbe voll Holz hereingebracht und schürt das Feuer im Herd nach. Sie richtet sich dann auf und schiebt das Kopftuch aus der Stirne. Und wie sie jetzt so dasteht und den Bauch ein wenig vorstreckt, da schießt es der Schorhamerin siedend heiß durch den Kopf. Sie würde zwar gar nichts sagen wollen, wenn ihr bei näherer Betrachtung nicht auch noch ein anderer Verdacht gekommen wäre.

»Du, sag einmal, Regina, schlägt dir bei uns das Essen so gut an, oder ist was anderes los mit dir?«

Glutheiß schießt der Regina das Blut in den Kopf. »Ich weiß ned, was die Bäuerin meint?«

»Ich mein schon, daß du mich verstehst. Gib es ruhig zu, daß du so dran bist.«

Da senkt die Regina den Kopf und fängt zu weinen an. »Schaffst mich jetzt aus?«

»Nein! Ich will bloß wissen, wer der Vater ist.«

Die Regina zuckt die Schultern. »Ist es vielleicht – mein Mathias?«

Heftig schüttelt die Regina den Kopf. »Nein, das darfst ned glauben, Bäuerin.«

»Oder von den zwei Knechten einer?«

»Das tät zeitmäßig gar ned stimmen«, schluchzt die Regina.

»Ja, dann ist mir leichter zumut. Das andere mußt mit dir selber ausmachen. Was sagt denn dein Vater dazu?«

»Der weiß noch nichts.«

»Aber erfahrn wird er es ja doch bald.«

»Ja, leider. Und davor habe ich heut schon Angst.«

»Mit Angst soll man aber kein Kind kriegen«, meint die Schorhamerin. »Man sollt' halt für sowas hergerichtet sein, mit einem Ehering und dem Segen des Herrn Pfarrers. Und eine recht große Freud ist es für unsern Herrgott auch ned, wenn man sich so einfach über seine Gebote hinwegsetzt.«

»Ja mei', an alles denkt man halt auch ned«, seufzt Regina. »Wenn einmal eine schwache Stund über einen kommt, vergißt man auf manches und – wenn 's Blut rauschig wird.«

»So, so, rauschig nennst du das? Na ja, mich geht es nichts an. Einen Vater wirst ja haben für dein Kind?«

»Ja«, antwortet Regina aufsässig. »Oder meinst', daß mich der Heilige Geist überschattet hat.«

Das hätte Regina freilich besser nicht sagen sollen. Die Bäuerin ist davon doch recht betroffen, und der vorher nur ganz zaghaft aufgeflammte Verdacht erhält neue Nahrung.

»Du hast es notwendig, so gschnappig zu sein«, grollt sie und schaut hinter dem Mädchen her, das mit schweren Schritten hinausgeht.

Den ganzen Tag über ist die Schorhamerin dann unruhig und nachdenklich. Aber erst am späten Abend, als sie mit Mathias noch allein in der Stube sitzt, platzt es aus ihr heraus: »Horch einmal, Mathias, laß dir sagen, die Regina kriegt was Kleines.«

Mathias legt die Zeitung weg, die seit kurzem wieder erscheint, wenn auch vorerst nur wöchentlich. »So? Von wem denn?«

»Ich weiß es ned. Aber das ist es ja, was mich bis in die Seel' hinein plagt, den ganzen Tag schon.« Die Schorhamerin schaut ihren Sohn an, fragend, lange, forschend und eindringlich, bis sie weiterspricht: »Du wirst es doch hoffentlich...?«

»Aber Mutter«, lacht Mathias laut heraus. »Wie kommst denn bloß auf so was? Nichts gegen die Regina. Sie ist fleißig und ehrlich und auch grad ned häßlich. Aber daß ich mich deswegen an ihrer Schlafzimmertür verirren müßt, das brauchst ned glauben, Mutter.«

Die Schorhamerin tut einen tiefen Atemzug der Erleichterung. »Dann Gott sei Dank. Aber weil wir schon bei dem Thema sind, Bub, schön langsam solltest doch dran denken, dich um eine Bäuerin umzuschaun, denn mit mir wird es allweil schlechter. Oft krieg ich gar keine Luft mehr.«

»Ja, ich merk es schon, Mutter. Der Doktor soll kommen und dich gründlich untersuchen.«

Die Mutter tut so, als habe sie das gar nicht gehört und spinnt hartnäckig an ihren Gedanken weiter.

»Wie wär es denn mit der Hirtreiter Lena? Die hast doch früher einmal ganz gern gesehn?«

»Ja, früher«, sagt Mathias gedehnt und schiebt sich hinter dem Tisch hervor, geht ein paarmal in der Stube auf und ab, zieht dann die Gewichte der Kuckucksuhr hoch, ehe er weiterspricht: »Vor dem Krieg, da waren wir noch viel zu jung, die Lena und ich. Und dann, ja dann, wie ich im letzten

Urlaub da war und zu ihr ans Kammerfenster gegangen wär, da hat sie den Wiesloher Franzl dringehabt. Und da war es bei mir dann aus.«

»Dann war es schon von Anfang an ned das richtige.«

»Ganz recht, Mutter. Und einmal, da wird schon die Richtige kommen. Überhudeln möcht ich da gar nichts. Und wie gesagt, in den nächsten Tagen fahr ich dich einmal zum Doktor nunter. Der soll dich einmal richtig untersuchen.«

»Mir soll es recht sein, wenn du es willst.«

»Dann leg dich jetzt schlafen, Mutter. Ich geh auch. Gute Nacht und schlaf gut.«

»Du auch, Bub.«

Die Tür fällt hinter Mathias ins Schloß. Man hört seinen Schritt noch über die Stiege hinaufgehn, dann wird es still im Haus.

Die Schorhamerin aber bleibt noch ein wenig auf der Ofenbank sitzen und hält ihre besinnliche Stunde, wie sie es nennt. Die Hände im Schoß verschlungen, schaut sie zur Wand hin, zum Bild ihres Mannes. Aber man kann ja nicht jeden Tag sein eigenes Leben überdenken und ob es wert war, es gelebt zu haben. Der Sinn des Lebens mündet in so viele Zweiglinien hinein. Es hat darin auch keine großen, markanten Stationen gegeben, es sei denn, an jenem Tag, als der Großbauer Andreas Lindner aus Schorham mit seinem Schimmelgespann auf ihrem elterlichen Hof vorgefahren ist und ohne lange Erklärungen und Umschweife sie, die zweitälteste von vier Schwestern zu seiner Bäuerin begehrt hat. Das hat in die kleine, niedere Bauernstube hineingeschlagen wie ein Blitz, denn sie hatte ihn erst kurz vorher auf dem großen Jahrmarkt in der Kreisstadt kennengelernt. Er ist mit ihr in die Schiffschaukel gestiegen, hat sie zum Essen geführt und ist mit ihr auf dem Tanzboden gewesen. Einmal, bald vielleicht, werde ich zu euch kommen, hatte er gesagt. Und nun war er plötzlich mit seinem Schimmel aufgekreuzt.

Ihr Vater, der Hollinger von Hagbach, hat dann gemeint, daß dies wohl eine große Ehre sei, aber ob sich der Schorhamer denn nicht geirrt habe und nicht die ältere Tochter, die Bawet meine, denn die Anna sei ja erst vor ein paar Tagen neunzehn geworden. Darauf hatte der Schorhamer geantwortet, daß er sich nie oder nur höchst selten einmal irre, und hatte sie, die Anna, an der Hand genommen, damit jeder Zweifel von Anfang an beseitigt war.

Die Mutter aber hat dann still für sich hingeweint vor lauter Glück. Der Vater aber hat dann noch zu bedenken gegeben, daß der Schorhamer auf eine große Mitgift nicht rechnen dürfe, denn er habe im ganzen acht Kinder, und bei der Größe des Anwesens falle dabei für keines zuviel ab.

Der Schorhamer hat nur die Stirn gerunzelt und geantwortet: »Hab ich von Geld geredet? Fragt man nach Geld, wenn man's selber hat. Ich will die Anna und sonst nichts. Und acht Kinder, jawohl, acht Kinder will ich von ihr auch haben.«

Es hat sich alles ein wenig überheblich angehört, hat nach Größenwahn geklungen. Aber der Schorhamer ist weder das eine noch das andere gewesen. Eher war er ein Mensch von unvergleichlicher Güte, in seinem Herzen voller Erbarmen für sie, als er ihre große Not gesehen hat, ihr stummes Leiden, als sie erkannnt hat, daß sie außer diesem Sohn Mathias kein weiteres Kind mehr bekommen durfte.

Es ist keine leidenschaftsbewegte Ehe gewesen, aber eine sehr glückliche Ehe, in innigem Verstehen zueinander und im liebevollen Verschweigen mancher Dinge, die zu Ärger oder Unmut hätten Anlaß geben können.

Nun ist die Schorhamermutter halt doch wieder mit ihren Gedanken zu Gast gewesen in der Vergangenheit. Fast gewaltsam schaltet sie um und wendet ihr Denken auf die Zukunft des Sohnes hin. Wer wird einmal sein Herz bewegen können, wer wird einmal am Herd des Hauses stehen? Die Rottler Christine fällt ihr ein. Oder die Josefa, deren Schwester. Mit keiner von denen würde Mathias einen schlechten Griff machen. Beide sind von herber Schönheit und tief im Bauernleben verwurzelt. Aber nein, sie will keineswegs Schicksal spielen. Mathias soll diesen Weg nur selber gehn.

Das kleine Türchen an der Stirnseite der Kuckucksuhr springt auf, der kleine Vogel läßt elfmal seinen Ruf ertönen. Die Schorhamerin erhebt sich, es ist ihre Zeit. An keinem Tag ist es früher oder später, weil sie meint, selbst in dieser Kleinigkeit ihrem Mann treu bleiben zu müssen. Um elf Uhr sind sie immer schlafen gegangen, um vier Uhr früh haben sie jeden neuen Tag begonnen. Auch an jenem zwölften April, als der Tod für ihn schon unterwegs gewesen ist.

Erst gegen Ende März, später als sonst, bricht der Föhn herein und säubert Felder und Wiesen und die schattigen Winkel im Ort von den letzten schmutzigen Schneeresten. Schon sind auch die ersten Schwalben da, die mit ihrem fröhlichen Gezwitscher kundtun, wie froh sie sind, über die Not des langen Winters gekommen zu sein. Krokusse blühen in den Gärten, und am Ufer des Kirchbaches entlang stehen in dichten Büscheln die Schneeglöckchen beisammen.

Das neue Jahr hat verheißungsvoll angefangen. Nach der Lähmung des Zusammenbruchs kommt nun endlich einiges in Bewegung. Seit dem ersten März fährt das Züglein wieder in den Sackbahnhof ein. Es bringt eine Flut von Menschen aus der Stadt, in der die Lebensmittel immer noch rar sind und der Hunger groß. Aus einem dieser Züge steigt als letzter auch ein Mann, abgemagert zum Skelett, mit tiefliegenden Augen. Er bleibt auf dem Bahnsteig eine Weile stehen, schaut sich um und geht dann auf der andern Seite über die Gleise hin davon, als schäme er sich, durch die Sperre gehen zu müssen.

Bis zum Abend spricht es sich dann aber doch herum. Der ehemalige Bürgermeister Michael Scheerer ist entlassen worden und könnte ja nun sein Amt wieder übernehmen. Am Abend rücken sie auf seinem kleinen Hof an und bedrängen ihn: der Postwirt, der Apotheker, der Seilermeister Hofer und auch der jetzige Bürgermeister Alexander Brattl. Aber so einfach ist das gar nicht. Der Heimgekehrte selbst muß die

Bürger erst darauf hinweisen, daß in diesen Dingen immer noch die Amerikaner zu entscheiden hätten. Zweitens sage er selber nein, und dieses Nein begründet er mit der Feststellung, daß er schließlich schon einmal hier Bürgermeister gewesen und dafür bestraft worden sei.

»Ja, weil du bei der falschen Partei gewesen bist«, meint der Apotheker.

»Und wer garantiert mir, daß es in zehn Jahren ned wieder die falsche Partei ist? Ich bleib bei meinem Nein. Und überhaupt, der Xandl macht doch seine Sache ganz großartig, was ich so gehört habe. Ich vergesse es dir ned, Xandl, daß du so manche Eingabe um meine Freilassung gemacht hast.«

»Das war doch selbstverständlich.«

Nein, man kann den Scheerer zu nichts mehr bewegen. Er will seine Tage jetzt in Ruhe leben, und das kann man ihm nach allem, was er durchgemacht hat, auch nicht verdenken. Was aber diesen Alexander Brattl betrifft, so muß man zugeben, daß er ein vortrefflicher, zuverlässiger Bürgermeister geworden ist. Er übt sich fleißig in Demokratie, katzbuckelt dabei aber keineswegs vor der Besatzungsmacht. Er hat an Selbstbewußtsein gewonnen und daraus eine Menge Mut geschöpft. Inzwischen trägt er auch eine dicke Hornbrille – ob er damit seiner Würde mehr Nachdruck verleihen will, oder ob seine Augen wirklich ein wenig nachgelassen haben, das bleibt dahingestellt. Jedenfalls trägt er in sein heimliches Tagebuch darüber nichts ein. Dafür gibt es genug anderes zu berichten. Zum Beispiel:

»Am dritten März wurde in Nolgens das erste Mischlingskind geboren. Ein Schandfleck für die ganze Marktgemeinde, wie es bislang noch keinen gegeben hat. Ich, als kommissarisch eingesetzter Bürgermeister schäme mich jedenfalls.«

Zunächst aber empfindet dieses Ereignis als wirkliche Schande nur der Wegmacher Holmaier, als es ihm seine Frau schonend beibringt. Er starrt sie an, als habe ihn soeben der Blitz getroffen. »Was sagst du da? Unsere Regina. Das darf doch ned wahr sein.«

»Ist aber wahr, Vater.« Die Frau versucht sanft und auf alle mögliche Weise, den Mann zu überzeugen, daß man sich halt mit den unabänderlichen Tatsachen abfinden müsse. »Unser lieber Herrgott wird schon wissen, warum er weiße und schwarze Menschen geschaffen hat.«

»Da muß er vielleicht für einen Augenblick die Farbenhaferl verwechselt haben. Ja gibt's denn sowas auch. Unsere Regina und ein Mohrackerl. Ja, der schlag ich ja das Kreuz. Und ins Haus kommt mir die nimmer.«

Die Frau läßt ihn eine Zeitlang toben; erst als er sich etwas beruhigt hat, versucht sie es von neuem. »Bevor du der Regina das Kreuz abschlägst, schau dir das Kinderl wenigstens einmal an.«

»Nein! Nie! So was schaut man sich ned an. So was wirft man gleich ins Wasser oder schüttet es mit dem ersten Bad weg.«

»Das sagt man so leichthin. Aber wenn du das Kindl erst einmal gesehn hättest.«

»Warum? Hast es du vielleicht schon g'sehn?«

»Ja, ich war gestern drinnen im Krankenhaus in der Kreisstadt. Das steht mir als Mutter zu. Und die Regina, das kann jetzt sein wie es mag, sie ist doch unser Kind.«

»Ja, das Schand über uns gebracht hat.«

»Das kann man jetzt anschaun, wie man mag. Ich jedenfalls fahr am Samstag wieder hin. Und ich bitt dich, Thomas, sei kein Rabenvater. Es wird dich reuen, wenn du ned mitfährst.«

Der Wegmacher weiß zwar nicht, warum ihn dies reuen sollte, aber immerhin strampelt er am Samstagnachmittag mit dem Radl geduldig neben seiner Frau her in Richtung Kreisstadt. Hier wimmelt es noch von Besatzungssoldaten, darunter besonders viele Farbige.

»Hundskrüppeln, verreckte«, schimpft der Wegmacher und macht mit seinem Fahrrad einen großen Bogen um einen Panzer, der mitten auf dem Stadtplatz steht.

Die Mutter hat für ihre Tochter eine Tasche voll Rohrnudeln mitgebracht. Im großen Vorraum, in dem sich eine Menge Leichtkranker mit ihren Besuchern aufhalten, kauft sie noch eine Flasche Limonade und steckt sie dem Mann in die Joppentasche.

»Da, Thomas, nimm sie du, ich bring sie in meine Tasche nimmer rein.«

Dann fahren sie mit dem Aufzug in den dritten Stock hinauf. Je weiter sie hinaufkommen, desto unruhiger wird Vater Thomas. Wenn er mit den Unterzähnen immer wieder nach seinem Schnurrbart hinaufschnappt und ihn durchkaut, ist dies ein untrügliches Zeichen bei ihm für höchste Erregung. Die Frau stößt ihn etwas unsanft gegen den Arm. »Jetzt sei doch ned so nervös, Vater.«

Er schaut sie an wie ein Hunderl, das von seinem Herrn Schläge befürchtet. »Eins sag mir noch, Emma. Ist es ganz schwarz?«

»Nein, kaffeebraun.«

»Was hat es denn für Haar?«

»Bloß einen Flaum.«

Die Regina hat das Kind nicht bei sich im Zimmer. Es liegt nebenan in einem ziemlich großen Raum mit mächtigen Fensterscheiben. Durch die kann man die Kinder betrachten, die da nebeneinanderliegen. Und siehe da: der kleine Mischling aus Nolgen ist nicht der einzige in Kaffeebraun. Am untersten Rande liegt noch so ein Kindlein in gleicher Farbe.

Aber die Holmaier Mutter weiß ja bereits Bescheid und deutete auf den eigenen Familiennachwuchs. »Schau her, Vater, der ist es. Ist er ned süß?«

»Unter süß stell ich mir was anders vor. Aber immerhin, ich hab mich auf was Ärgeres gefaßt gemacht.«

»Schau nur grad die zarten Handerl an und die weißen Fingernagerl.«

»Ob die einmal einen Maßkrug heben können?« zweifelt der Wegmacher.

Eine Schwester kommt vorbei, eine Nonne mit weißer Flügelhaube. Sie verweilt.

»Sind Sie vielleicht die Großeltern?«

»Ja, uns hat es erwischt«, seufzt Vater Holmaier.

»Es ist ein liebes Kind. Es könnte einem höchstens leid tun, daß es später einmal manchen Vorurteilen ausgesetzt sein wird. Der liebe Gott in seiner Allwissenheit wird schon gewußt haben, warum er seine Geschöpfe verschiedentlich gezeichnet hat. Der Herr sei mit Ihnen.«

Weg ist sie wieder, und die Holmaierin sagt: »Siehst, die sagt auch, daß es der Herrgott schon wissen wird, warum er Menschen von verschiedener Farbe geschaffen hat.«

»Wenn ich mir den so vorstell, als einen Buben in kurzen Lederhosen, einem Trachtenjanker und Federhut«, sinniert der Wegmacher.

»Stell dir lieber nichts vor und komm jetzt. Und sei net so grob mit der Regina. Sie hat eine schwere Geburt gehabt.«

»Bei so einem Lackl wär's ja kein Wunder. Werden da überhaupt Alimente bezahlt?«

»Das weiß ich ned. Komm, gehn wir jetzt.«

Regina liegt mit zwei weiteren Frauen in ihrem Zimmer. Ängstlich blickt sie auf den Vater, der hinter der Mutter das Zimmer betritt. Sie sieht seine gefurchte Stirn, die strengen Falten um seine Mundwinkel. Gleich wird er jetzt losbrüllen, denkt sie. Die Anwesenheit der andern beiden Frauen wird ihn nicht davon abhalten können, so wie sie ihn kennt. Bittend hängen ihre Augen an den seinen. Aber er brüllt nicht los, beugt sich nur ein wenig zu ihr nieder und sagt mit gedämpfter Stimme: »Da hast uns ja was Sauberes ins Nest gelegt.«

»Ned schimpfen, Vater«, bittet Regina mit leiser Stimme. »Oder schimpf mich erst dann, wenn ich wieder daheim bin.«

»Der Vater schimpft ned«, mischt sich die Mutter ein. »Er ist halt ein bisserl verdrossen, weil du uns vorher nichts gesagt hast.«

»Weil ich Angst gehabt hab.«

»Gefressen hab ich noch niemanden«, verteidigt sich Vater

Holmaier. »Und wenn er ned schwärzer wird, der Bub, dann ist es schon noch zu ertragen. Die Sonn' macht die Leut auch oft so braun. Und daß sein Vater ein Neger ist, na ja, das müssen wir halt schlucken in Gott's Nam. Allweil noch besser wie ein Preiß.«

Es ist Stillstunde. Die Kinder werden hereingetragen, und es ist staunenswert, wie schnell der kleine Mohr die Brust seiner Mutter sucht und findet. Eine Zeitlang schaut der Holmaier zu, dann wendet er sich ab und greift wieder nach seinem Schnurrbart.

»Der sauft ned schlecht«, flüstert er seiner Frau zu.

Als die Zeit vorüber ist, werden die Kinder wieder hinausgetragen. Die Zeit des Abschiednehmens ist gekommen. Die Regina lächelt jetzt glücklich und wie von allen Sorgen erlöst, weil dem Vater noch einfällt, daß im Speicher droben noch die Wiege sein müsse, in der er selber schon als Kind gelegen habe. Die werde er morgen gleich herunterholen und himmelblau streichen, mit ein paar aufgemalten Almröserln an der Seite.

Auch das erfährt Alexander Brattl und trägt es in sein Tagebuch ein. Aber es ist nur mehr eine Nebenbemerkung, denn ihn plagen in diesen Tagen ganz andere Sorgen.

Es gibt da in der Kreisstadt seit Jahresbeginn ein neugeschaffenes Amt für Flüchtlinge und Heimatvertriebene. Von dorther flattert ein amtliches Schreiben ins Rathaus nach Nolgen, demzufolge am fünfzehnten April nachmittags ein Sonderzug mit Heimatvertriebenen eintreffen wird, die im Gemeindebereich menschenwürdig unterzubringen sind. Ihre Zahl belaufe sich auf zweihundertfünfzig.

Als Brattl das Schreiben gelesen hat, ruft er seine Sekretärin herein und schiebt ihr das Papier hin. Er ist verärgert über den Ton des Schreibens. Man bittet nicht, man befiehlt einfach, wie ehedem. Er weiß noch nicht, wie er diese Menschen unterbringen soll. Gerecht will er dabei vorgehen. Aber wieviel Haß wird er sich dadurch, aller Gerechtigkeit zum Trotz, zuziehen.

»Fräulein Else«, fragt er die Sekretärin. »Können Sie sich vorstellen, wie wir das bewerkstelligen könnten?«

»Nein, Herr Bürgermeister. Das heißt . . .«

»Daß es eine ungeheuere Belastung für uns wird.«

»Ich wollte, Herr Bürgermeister – ich habe an die leerstehende Ziegelei in Aschach gedacht.«

»Guter Gedanke. Aber ist das menschenwürdig?«

»Es müßte eben alles erst hergerichtet werden.«

Brattl nickt, nimmt seine Brille ab und putzt sie hingebungsvoll. Dann fällt ihm ein, daß es in dieser Situation das beste sein wird, wenn er sofort eine Bürgerversammlung einberuft. Er sieht im Kalender nach, sucht das Datum des nächsten Samstags heraus und wendet sich wieder an Fräulein Else.

»Ein hektographiertes Schreiben an alle Haushaltungen, daß am Samstag, den dritten April, im Saal des Gasthauses zur Post eine Bürgerversammlung stattfindet, zu der ich dringend alle Haushaltsvorstände lade.«

Und was der früher oft so unbeholfene Alexander Brattl sich nicht im Traum hätte einfallen lassen, in dieser Bürgerversammlung wächst er geradezu über sich hinaus.

Der Saal liegt zu ebener Erde und ist zur angegebenen Zeit gerammelt voll. Dazu ist auch ein sogenannter Flüchtlingskommissar aus der Kreisstadt zusammen mit dem Colonel erschienen, und Brattl fällt ein Stein vom Herzen, daß er nicht den Hauptredner spielen muß. Er hat zunächst die Versammlung nur zu eröffnen, hat die Herrn aus der Kreisstadt und dann die Bürger zu begrüßen: »Meine lieben Nolgener« nennt er sie und übergibt dann dem Kommissar das Wort.

Der indessen versteht von Diplomatie herzlich wenig und fällt gleich mit der Tür ins Haus. »Sie haben«, sagt er, »der Bürgermeister hat es ja schon, wenn auch nur sehr vorsichtig, gesagt, am fünfzehnten April einen Sonderzug mit zweihundertfünfzig Flüchtlingen aus dem besetzten Ostgebieten zu erwarten, die Sie in Ihrer Gemeinde unterzubringen haben.«

Sofort setzte ein ohrenbetäubender Lärm ein. Es wird geschimpft und durcheinandergeschrien, als wäre das jüngste Gericht über Nolgen hereingebrochen. Wenn der Herr Flüchtlingskommissar gemeint haben sollte, es würden sich vor Mitleid sofort alle Herzen und alle Türen weit öffnen, so trifft er nun auf steinerne Mienen und verriegelte Türen.

Wie er sich das vorstelle? fragt der Molkereibesitzer Hölzl.

Er stelle sich gar nichts vor, meint der Herr aus der Kreisstadt.

Er habe das genau berechnen lassen. Nolgen könne und müsse eben diese Anzahl aufnehmen. Und falls das nicht freiwillig geschehe, dann müßten eben die entsprechenden Räumlichkeiten beschlagnahmt werden. Dazu habe er die Befugnis.

Jetzt erst entsteht ein richtiggehender Tumult. Alles schreit durcheinander, Drohungen werden ausgestoßen und in der hintersten Ecke schreit der Hannerbauer Sixt, daß er die Bauern zusammentrommeln werde, und sie würden mit Mistgabeln und Sensen das Pack aus Ostpreußen wieder hinausjagen. In den letzten zwölf Jahren hatten sie über die erlassenen Verordnungen nur gemurrt, jetzt dürfen sie schreien, fluchen, randalieren und toben. In der Demokratie sei das schließlich erlaubt.

Nein, so hat es keinen Sinn, der Mann kann einfach nicht weiterreden. Der Colonel sitzt daneben, hat die Arme über der Brust verschränkt und lächelt wie vergnügt vor sich hin. So sind halt die Deutschen, mag er sich denken. In dem wirren Geplärr ist nicht einmal herauszuhören, wer die gröbsten Beleidigungen in den Tumult hineinschreit, der nur zögernd verstummt, als der Brattl von seinem Platz aufsteht, die vier Stufen zur Bühne hinaufhinkt, beschwörend die Arme hebt und fast flehend um Ruhe bittet. Als diese endlich eingetreten ist, empfindet man es im ersten Augenblick geradezu als wohltuend, weil er im Gegensatz zum schnarrenden Befehlston des anderen eine dunkle, ruhige Stimme hat.

»Meine lieben Nolger«, beginnt er. »Ich verstehe, daß es

euch genauso erschreckt hat, über zweihundert Menschen aufzunehmen, wie mich, als ich das Schreiben erhalten habe. Fräulein Steffens kann es bezeugen. Ich war entsetzt. Aber nachdem ich eine Nacht darüber geschlafen habe, scheint mir diese Angelegenheit nicht mehr gar so bedrohlich, so unmöglich wie im ersten Schrecken. Ich habe nach Möglichkeiten gesucht, fand da und dort eine Lösung und bin zu der Überzeugung gekommen, daß, wenn etwas guter Wille vorhanden ist, sich manches bewältigen läßt. Ein bißchen zusammenrücken. Da und dort kann man schon ein Zimmer freimachen. Und wir sollten ja auch daran denken, daß es kein Zustand auf ewig ist. Irgendwie werden diese Leute sich selber wieder eine Existenz gründen können.«

»Aber zunächst haben wir das Gesindel da«, schreit der Hannerbauer wieder.

In der ersten Reihe sitzend, reißt plötzlich einer die Hand hoch, um sich zu Wort zu melden. Der Mann, der sich so gertenschlank erhebt, der ein so junges, fast noch knabenhaftes Gesicht hat mit hellen Augen, nimmt die Stufen zur Bühne hinauf mit einem einzigen Satz, legt seine Hände auf das Rednerpult und blickt ruhig in die aufgeregte Versammlung. Ein Gemurmel geht durch den Saal. Was will denn der Schorhamer Mathias da droben? Der aber wartet geduldig, bis es ganz still im Saal ist. Dann hebt er seine Stimme, eine dunkle, wohlklingende Stimme: »Ich hätt' mich vielleicht ned eingemischt«, beginnt Mathias, »wenn mich das Wort »Gesindel« vom Hannerbauern nicht bis ins Herz hinein getroffen hätte. Überhaupt, was heißt hier Flüchtlinge. Das hört sich an, als wären sie freiwillig abgehaun. Man hat sie aus ihrer Heimat vertrieben, hinausgepeitscht, hinausgejagt, wie man einen Hund hinausjagt. – Sei still, Hannerbauer, jetzt rede ich. Und jetzt stellt euch einmal vor, oder denkt euch hinein in das Elend, wir würden von unseren Höfen, ihr Bürger von euren Häusern hinausgetrieben mit nichts als einem Sack voll Kleinigkeiten. Unsere Pflüge stünden verlassen auf den Äckern, das Vieh brüllte in den Ställen. Man kann nichts tun, als der Gewalt zu weichen. Wir wüßten in dieser Lage doch auch nicht wohin, und was würden wir sagen, kämen wir dann an ein Ziel, an dem uns nichts umgibt als Ablehnung und Haß? Wir Nolger haben doch nie im Haß gelebt. Wir haben uns immer vertragen. Und jetzt nochmal zu dir zurück, Hanner. Du hast doch auch ein Zuhäusl. Das steht leer. Ich jedenfalls stelle das unsere zur Verfügung, und ich bin der festen Überzeugung, daß meinem Beispiel auch andere folgen werden und können. Einmal werden auch wieder andere Zeiten kommen. Diese Menschen, die uns heute noch so fremd sind, die werden sich einfügen, sie werden in unsere Gemeinschaft hineinwachsen. Sollen wir uns denn später einmal nachsagen lassen, daß wir Nolger unsere Herzen verschlossen haben in den Zeiten der größten Not? Verschließen wir uns nicht, und bedenken wir doch, daß es ja nicht uns allein, sondern auch alle anderen Gemeinden trifft. Dies wäre meine Meinung.«

Zuerst tödliches Schweigen, dann vereinzeltes Händeklatschen. Als Mathias von der Bühne heruntergeht, steht der Colonel auf und gibt ihm die Hand. Er sagt nichts dabei, drückt nur fest die Hand und sieht ihm in die Augen.

Langsam leert sich dann der Saal. Zuletzt bleiben nur mehr ein Dutzend Männer zusammen, darunter auch der Colonel. Natürlich dreht es sich hauptsächlich darum, wie und wo man die Leute unterbringen soll. Der Bürgermeister kann das allein nicht bewältigen und bittet um Unterstützung. Dabei erwähnt er auch die aufgelassene Ziegelei, einen Kilometer außerhalb des Ortes an der Kreuzung nach Hirlbach.

Mathias greift dies sofort auf. »Menschenskind, warum sagst' denn das ned gleich?«

»Wie hätte ich mich bei dem Trubel noch durchsetzen können?«

»Na ja«, mischt sich der Amerikaner ein, »aber jetzt scheinen sich die Wägen – oder wie sagt man gleich?«

»Der Herr Colonel meint vielleicht Wogen«, hilft der Apotheker aus.

»Ganz richtig, die Wogen geglättet zu haben. Aber wie meinen Sie das mit der Ziegelei? Wieviel Leute könnte man dort unterbringen?«

»Nach entsprechenden baulichen Änderungen schätze ich an die hundert. Man müßte uns nur das entsprechende Material zur Verfügung stellen.«

»Wir Bauern könnten Spanndienste leisten«, schlägt Mathias vor.

Der Colonel notiert sich alles. Er will gerne helfen, soweit seine Befugnisse reichen. Es ist schon gleich Mitternacht, als man auseinandergeht.

Der vierzehnte April ist ein Samstag. In der Zeit zwischen der Versammlung und der Ankunft des Sonderzuges hat sich doch allerhand bewältigen lassen. Man hat sich mit der Tatsache abgefunden, die einen mehr, die andern weniger. Immerhin, die Gemüter sind ruhiger geworden.

In der Zwischenzeit sind Listen ausgeteilt worden, aus denen hervorgeht, wieviel Flüchtlinge jeder Haushalt zugeteilt bekommt. Und siehe da, die Karoline Schwägerl etwa erscheint ganz von selbst in der Gemeindekanzlei und erklärt sich bereit, fünf Personen aufzunehmen unter der Bedingung, daß sie diese selber aussuchen dürfe, und katholisch müßten sie schon auch sein.

Bei der Näherin Gabriele will man sechs Personen unterbringen. Sie murrt nicht, sie fragt nur in aller Bescheidenheit, ob auch ein Mann darunter sei, denn in so einem Haus mit großem Garten gäbe es immer Arbeit.

Fieberhaft ist in der alten Ziegelei gearbeitet worden. Statt des Lehmbodens gibt es jetzt einen soliden Bretterboden. Es gibt weiterhin einen großen Gemeinschaftsraum mit mehreren Kochgelegenheiten, eine Gemeinschaftsküche sozusagen, und verschiedene Schlafräume. Es ist freilich kein Hotel, aber für die erste Zeit mag es gehen. Die Amerikaner liefern Strohsäcke und Lebensmittel.

Der Colonel ist jeden Tag hier, in der letzten Woche bringt

er gleich eine ganze Pionierabteilung mit. Er unterhält sich viel mit dem jungen Bauern von Schorham und bemerkt einmal gegenüber dem Bürgermeister: »Diesen jungen Mann müßt ihr euch für den Gemeinderat sichern. Der hat nicht nur Verstand, sondern weiß ihn auch anzuwenden.«

Ja, das ist merkwürdig, so jung Mathias auch sein mag, von ihm geht etwas aus, eine Ausstrahlung könnte man sagen, der sich die andern Bauern ohne Murren unterordnen, denn es erweist sich immer wieder, daß seine Vorschläge und Anordnungen durchdacht und zweckmäßig sind.

Dann ist die Zeit gekommen. Der Bahnhofsplatz ist voll von Menschen und Fuhrwerken. Die Bauern wollen »ihre« Flüchtlinge abholen. Sie sind nun direkt neugierig, wer da kommen soll.

Dann rollt der Zug langsam ein und kommt schnaufend zum Stehen. Niemand von den Wartenden denkt daran, wie diesen Ankömmlingen zumute ist, wie schwer ihre Herzen sind, wie die Angst in allen Gliedern sitzt und wie sie nun voll banger Erwartung sind gegenüber dem, was das Schicksal mit ihnen nun vorhat. Aus dem düsteren Lagerleben heraus jetzt vielleicht in ein anderes Fegefeuer hinein? Und den Himmel erwarten sie ohnehin nicht.

Jetzt drängen sie heraus, schwer bepackt mit Rucksäcken, Pappschachteln und Handtaschen, Männer, Frauen und Kinder, viele ältere Menschen. Sie stehen auf dem Bahnsteig, Kinder mit ängstlichen Augen, denen selten ein Lächeln dargeboten wird. Die Einteilung beginnt, Namen werden ausgerufen. Es ist wie bei einer Versteigerung, und die Flüchtlinge nennen es auch so.

Ein älteres Ehepaar wird aufgerufen und dazu der Name Lindner von Schorham. Mathias tritt aus der Menge heraus und stellt sich vor. Dann nimmt er einiges Gepäck auf und trägt es zum Wagen hinaus, bittet aufzusteigen, sitzt selber auf und ruckt an den Zügeln. Der Braune zieht an und setzt sich dann in Trab. Es ist, als wolle Mathias mit seiner Fracht möglichst schnell aus dem Blickfeld der Gaffer hinauskommen.

Ganz hinten, am Ende des Zuges steht noch immer eine Frau – oder ist es ein Mädchen? Ganz allein steht sie da, verlassen, so als sollte sie vergessen werden. Ihre hohe, schlanke Gestalt überragt die andern um Haupteslänge. Langsam hebt sie die Arme und legt ein geblumtes Kopftuch über das blonde Haar. Ein paar Strähnen davon lassen sich nicht bändigen und bewegen sich leicht über der Stirne im Wind. Ihr Gesicht ist von herber Strenge, und über ihren blauen Augen sind die sichelförmigen Brauen dicht zusammengeschoben. Ihr Blick geht über das Getriebe auf dem Bahnsteig hinweg in die Ferne, als suche sie dort nach etwas Verlorenem.

Immer leerer wird es auf dem Bahngelände. Endlich fällt dem Bürgermeister die einsame Gestalt da hinten auf. Er schaut auf seine Liste und geht dann die Waggons entlang, bis er vor der Fremden steht.

»Gestatten Sie, Bürgermeister Brattl.«

Die Fremde schreckt auf aus ihrer Versunkenheit und sieht ihn an: »Sehr erfreut.«

»Ich vermute –« Brattl schaut wieder in seine Liste – »Fräulein Ramona von Ette-Barhausen?«

»Bitte, nur ganz einfach Barhausen.«

Oh, diese Stimme hat einen betörenden, weichen, dunklen Klang, gewinnend und zugleich auf Abstand bedacht. Der gute Brattl gerät direkt in Verlegenheit vor soviel Selbstsicherheit und vor allem vor dieser Schönheit. So etwas kann gar nicht aus Masuren oder aus Schlesien kommen, denkt er. Eher schon aus dem Olymp. Kann es sein, daß man dort eine der Göttinnen entlassen und ausgerechnet nach Nolgen gesandt hat? Er räuspert sich und schaut wieder auf die Liste..

»Ich habe Sie – das heißt, wir haben Sie ins Forsthaus eingewiesen, Fräulein von . . .«

»Bitte nur Barhausen«, erinnert sie ihn.

»Ich werde es mir merken. Also ins Forsthaus zu Frau Rangels. Die Frau lebt allein dort, Sie werden es sehr ruhig haben. Der Oberförster Rangels ist während des Rußlandfeldzugs nach Osten versetzt worden und ist vermißt. Wenn ich Sie nun bitten dürfte, Frau Rangels wird zwar nicht am Bahnhof sein, aber ich schicke Ihnen jemanden mit.«

»Sehr liebenswürdig, Herr Bürgermeister.«

Sie hat einen weiten, zügigen Schritt, so wie Kinder, die vom Berg kommen oder aus den Wäldern. Brattl hat Mühe, mitzukommen. Am Bahnhof lungern immer noch die Buben herum. Auf einen von den kräftigsten geht Brattl nun zu. »Paß auf, Toni, du führst jetzt die Dame« – er weiß selber nicht, warum er jetzt zur Dame Zuflucht nimmt – »du führst die Dame jetzt ins Forsthaus hinaus. Als Kavalier wirst du ihr auch den Rucksack tragen, oder?«

Dann blickt Brattl den beiden nach und macht sich wieder seine Gedanken. Sie schreitet tatsächlich wie eine Herzogin durch Blumenbeete, denkt er und schaut sich nochmal suchend um. Nein, es ist niemand mehr da, der untergebracht werden müßte. Es hat ja auch lange genug gedauert. Die Dämmerung ist schon fortgeschritten, und die Nacht bricht herein.

Weit draußen in der Ziegelei sieht man zum erstenmal nach vielen Jahren wieder Licht brennen. Es ist ein ganz ungewöhnlicher Anblick, und er erinnert an die Zeit, als dort noch Hochbetrieb gewesen ist und in Tag- und Nachtschichten gearbeitet wurde. Aus Mangel an geeignetem Lehm hat man dieses Werk dann stillgelegt. Später hat ein Makler die riesigen Gebäulichkeiten aus Spekulationsgründen billig erworben. Im Augenblick sind die Besitzverhältnisse etwas ungeklärt, und der Bürgermeister Brattl wird sich in nächster Zeit darum kümmern müssen. Aber es eilt nicht, zunächst ist die Ziegelei ja von den Amerikanern beschlagnahmt.

Jetzt sitzt Brattl an seinem Schreibtisch, hat die Vorhänge zugezogen und schreibt in ein dickes, schwarzes Buch, so eine Art Ortschronik, in die er gewissenhaft alles einträgt, was sich im Ort zuträgt, damit spätere Generationen nachlesen können über die Zeit, in der Nolgen am Kirchbach für über zweihundert Menschen eine neue Heimat geworden ist.

Erst spät, es geht bereits auf elf Uhr, schließt er das Buch weg und holt aus seinem Schreibtisch ein viel kleineres, in Leder gebundenes Büchlein heraus, sperrt es mit einem winzig kleinen Schlüsselchen auf und malt die Buchstaben förmlich auf das feine Büttenpapier:

»Heute habe ich Pallas Athene persönlich gesehen. Eine Frau von so vollendeter Schönheit, daß mir die Worte fehlen, sie zu beschreiben. Sie kommt jedoch nicht aus Griechenland, sondern aus den masurischen Wäldern. Ihr Name ist Ramona von Ette-Barhausen. In der Verlorenheit ihres Blickes liegt das ganze Erleben eines schweren Schicksals. Jedenfalls wünsche ich mir, daß dieser Stern, der über Nolgen aufgegangen ist, nie mehr erlöschen möge.«

Ja, Brattl hat seinen Pegasus wieder einmal geritten. Hat er bisher ein Loblied auf die schöne Sägmüllerin gesungen, so hat ihn jetzt eine neue Melodie gefangengenommen. Schon der Name Ramona kann bezaubern. Das Dunkelschwingende in ihrer Stimme ist wie das Raunen eines Morgenwindes im Tannenwald. Ein Blick aus ihren Augen kann wie Balsam auf eine wunde Seele sein.

Brattl sperrt das Rathaus ab und geht heim, in seine kleine Mansardenwohnung unterm Dach des Seilerhauses. Dort wohnt er bereits, seit er aus der Großstadt nach Nolgen gekommen ist.

Leise plätschert der Bach durch die Gassen, ein Schlaflied für alle, die an seinem Ufer wohnen. Wie Kobolde hüpfen die Sterne des Himmels auf seinen kleinen Wellen dahin, und es ist schwer, auszumachen, welcher davon der Hellste und Größte ist.

Den ganzen April hindurch wintert es immerzu. »April weiß nicht, was er will«, sagt ein Sprichwort. Und in diesem Jahr weiß er es wirklich nicht. Einen Tag schneit es, anderntags bläst der Föhn den Schnee wieder davon, dann wieder regnet es ein paar Tage. Die Blumen in den Gärten wollen sich in ihren Farben präsentieren, werden aber durch dieses Wetter immer daran gehindert. Nur die Palmkätzchen lassen sich nicht beirren, die müssen doch spätestens am Palmsonntag da sein. Aber dann endlich, als der Mai naht, drängt der Frühling mit Macht herein. Die Tage werden lang und licht, münden fast wie im Spiel in warme Nächte ein und heben sich wieder heraus mit dem Gesang der Vögel und mit den Blumen, die sich über Nacht schützend ins Gras geduckt haben.

An diesen warmen Abenden sieht man den Wegmacher Holmaier mit einem Leiterwägelchen, in dem das kleine Mohrackerl seelig schlummert, in Richtung Ziegelei hinausziehen. Der Pfarrer hat das Knäblein der Holmaier Regina eigentlich auf den Namen Petrus getauft, aber der Wegmacher nennt es der Farbe wegen »mein Mohrackerl«. Es liegt in sauberen Kissen und hellblauer Kinderwäsche. Es wird bestaunt und bewundert, aber der Großvater läßt niemand zu nahe heran, der Bazillen wegen. Er mag damit auch nicht gern durch den Marktflecken fahren, weil da immer noch unterschwellig von einer Schande geredet wird, obwohl man auch hier das Mohrackerl recht niedlich, wenn auch ein wenig fremdartig findet. Schokolade wird ihm wohl nicht zuträglich sein, meint die Kramerin, aber vielleicht Bananen. Und so reicht sie eine solche ins Leiterwägelchen. Schön langsam gewöhnt man sich daran, man versteht bloß den überheblichen Stolz nicht, den der Wegmacher zur Schau trägt. Direkt mit geschwellter Brust zieht er so dahin, hält vielleicht einmal vor dem Haus der Schneiderin Gabriele und läßt einen leisen Pfiff ertönen. Gabriele hat sich damals freiwillig erboten, die Taufpatin für das kleine Mulattenkind zu machen. Sie kommt dann herunter, nimmt den Kleinen auf den Arm und mißt mit den Augen seine Größe, weil sie etwas Neues für ihr Taufkind anfertigen will.

Und was die alte Ziegelei da draußen betrifft, so herrscht dort zu früher Stunde schon reges Leben. Wäsche flattert an einer langen Leine, die rote Ziegelmauer wird weiß gestrichen, es wird gehämmert und gesägt, Kindergeschrei mischt sich drein. Aber all diese Geräusche dringen nur gedämpft bis in den Ort herein, in dem sich mittlerweile alle Aufregung über den Zuzug der Flüchtlinge gelegt hat. Sie sitzen ja mit wenigen Ausnahmen nicht herum wie Almosenempfänger, sie greifen zu, sie fügen sich ein in die häuslichen Gemeinschaften, geben sich Mühe, den Bräuchen und Gewohnheiten der Einheimischen gerecht zu werden, die sich ihrerseits auch an die Fremden gewöhnen und ihre anfängliche Verschlossenheit, ja manchmal sogar Feindseligkeit ablegen. Es ist ein gegenseitiges, langsames Auftauen der Herzen, ein Schwinden des Mißtrauens, ein Zueinanderfinden, insbesondere der Kinder. In fast allen Bedrängnissen findet der Mensch ja auch Trost und die Zuversicht, daß es ja nicht ewig so bleiben muß und daß auch einmal wieder andere Zeiten kommen können. Dazu trägt auch der Pfarrer das Seine bei, indem er für seine Predigten Themen wählt, mit denen er anhand der Heiligen Schrift zeigen kann, daß am Ende allen Dunkels doch das Licht steht.

Die Kirche ist sonntags jetzt immer überfüllt. Auch die Zugewanderten kommen, besonders die Frauen, erkennbar an ihren Kopftüchern. Nur eine kommt immer barhäuptig. Groß, das blonde Haar in der Mitte gescheitelt und im Nacken zu einem Knoten verschlungen, steht sie an der Seitenwand unter der Gipsfigur des heiligen Sebastian, hat die Hände über der Brust gefaltet, und bei der Wandlung sinkt sie mit beiden Knien auf den steinigen Boden nieder und legt die Hand ans Herz.

Ramona von Ette-Barhausen weiß genau, daß sich alle Blicke auf sie richten, besonders die der Männer von der Empore herunter. Aber von ihr ist alles abgefallen, was sie irgendwie bedrängen könnte. Sie erinnert sich höchstens, daß sie in ihrer Heimat nicht an der Kirchenmauer hat lehnen müssen, sondern mit ihren Eltern ganz vorne, in der mit rotem Samt ausgeschlagenen Stuhlreihe gekniet hat, und daß der Vater sich nie über die Betbank gebeugt, sondern straff aufgerichtet hat. »Man beugt sich nicht, sondern schaut dem Herrn ins Angesicht!« pflegte er zu sagen.

In der Zwischenzeit hat es sich ja herumgesprochen, daß sie wirklich von einem großen Gut in Ostpreußen stammt. Dreitausend Morgen sollen es gewesen sein. Das kann der Hauptlehrer Prinding bezeugen, der mit seiner Frau auf dem Schorhamerhof einquartiert worden ist. Dieser Hauptlehrer Prinding kann auch über die grauenvolle Tragödie berichten, die sich dort abgespielt hatte, als der Gutsherr von Ette-Barhausen am 23. März 1945 von betrunkenen Russen an der Stallmauer seines Gestüts erschossen worden war. Seine Frau, die ihm hatte zu Hilfe eilen wollen, war unter den Kugeln einer Maschinengewehrsalve tot zusammengebrochen. Ramona war um diese Zeit bereits mit dem ersten Treck unterwegs gewesen, der aber von russischen Panzern eingeholt worden war. Der ganze Treck mit Pferden, Frauen und Kindern war von ihnen niedergewalzt worden. Wie durch ein Wunder war Ramona allein davongekommen.

Der Ort ist von deutschen Truppen wenig später noch einmal zurückerobert worden. Mit ihnen ist Ramona für kurze Zeit zurückgekehrt an die Stätte des Grauens. Die Mutter hat noch kalt und starr an der Hausmauer gelegen, den Vater hatte man notdürftig im Pflanzgarten verscharrt, ein Fuß mit dem Reitstiefel ragte noch steif aus dem Schnee. Mit Hilfe der Soldaten hat sie ihre Eltern auf den nahen Friedhof gebracht. Dann hat sie sich in den Gebäuden noch umgesehen. Die wertvolle Bücherei lag verstreut herum, zum Teil zerfetzt und zertreten, der Rest der Möbel zertrümmert.

Zwei Tage hat sie sich dort noch aufhalten können, dann kamen die Russen wieder.

Mit den zurückflutenden Resten der Wehrmacht flüchtete Ramona ein zweites Mal, obwohl sie damals nahe daran gewesen war, ein Leben hinzuwerfen, das ihr nach all dem erlittenen Grauen sinn- und hoffnungslos erschien. Fast mit Gewalt hatte sie ein junger Oberleutnant dann auf seinen Panzer zerren müssen und hatte ihr dann seinen Mantel um die Schultern gelegt. Unter furchtbaren Strapazen waren sie dann doch noch bis Pillau gelangt. Ein letzter, kleiner Haffdampfer hatte sie dann aus dem abgeschnittenen Ostpreußen in den rettenden Westen gebracht.

Das sind nur ein paar Einzelheiten aus dem Leben der Ramona von Ette-Barhausen, von denen sie aber niemals spricht. Außer diesem Lehrer Prinding, bei dem sie noch die ersten vier Schulklassen absolviert hat, kann auch niemand für sie zeugen. Nicht für ihr Abitur, nicht für ihr Agrarstudium und nicht für die Tatsache, daß sie die Leitung des Gutes bereits übernommen hatte, nachdem ihr Vater sich nur mehr seiner Trakehnerzucht gewidmet hat.

Das ist der Steckbrief der Ramona von Ette-Barhausen. Dokumente hat sie notdürftig noch einige retten können. Sonst muß man ihr einfach aufs Wort glauben.

Immerhin, wenigstens Hauptlehrer Prinding erklärt, daß er das alles bezeugen könne. Dieses und noch viel mehr. Er ist gerade dabei, in chronologischer Folge niederzuschreiben, was alles über die Heimat im Osten hereingebrochen ist. Ob er für dieses Manuskript so schnell einen Verleger finden wird, steht in den Sternen. Denn einstweilen sitzen die Sieger zu Gericht über die Schuld der Besiegten, und diese ist bei Gott groß genug.

»Haben Sie das gewußt?« fragt Ramona von Ette-Barhausen, als sie eines Morgens vor dem Bürgermeister Brattl in dessen Amtszimmer steht.

»Was soll ich gewußt haben, Fräulein von Barhausen? Aber bitte, nehmen Sie doch Platz. Ich bin sehr erfreut, Sie hier zu sehen, und ich wäre betrübt, wenn ich Sie mit der Unterbringung im Forsthaus nicht zufriedengestellt hätte.«

»Das ist es nicht, Herr Bürgermeister. Im Gegenteil. Die Ruhe und Einsamkeit dort hinten, tun mir wohl, im Augenblick wenigstens. Es ist die Frau. Haben Sie nicht gewußt, daß die Frau dort unter, nun, unter einem leisen Wahn leidet?«

Alexander ist sichtbar betroffen, und bei solchen Gelegenheiten macht er immer ein Gesicht, als sei er schon einmal mit Moses durch die Wüste gegangen. Seine Hände trommeln nervös auf die Schreibtischplatte.

»Nein, das habe ich nicht gewußt. Ein bißchen eigen ja, aber ich dachte, das hänge mit ihrem Mann zusammen, von dem sie seit langem nichts mehr weiß.«

»Sie wird auch nie mehr etwas von ihm erfahren. Sie hat mir erzählt, daß er große Wälder zwischen Gumbinnen und Insterburg zu verwalten gehabt hat. Ich weiß von Flüchtlingen, daß die Russen dort alles erschossen, was Mann gewesen ist, erschlagen oder nach Sibirien verschleppt haben. Ich glaube, tief in ihrem Innern weiß diese Frau das auch.«

»Ja, was machen wir denn da?«

»Das wollte ich Sie fragen, Herr Bürgermeister.«

»Haben Sie Angst im Haus?«

Zum erstenmal huscht etwas wie ein Lächeln um Ramonas Mundwinkel. »Ich? Angst vor einer kranken Frau? Zweimal in meinem Leben habe ich Angst gehabt, große, herzbeklemmende Angst. Nach dem, was ich erlebt und gesehen habe, werde ich nie mehr Angst haben.«

»Ich schon«, gesteht Brattl ehrlich, und er meint es witzig.

Aber Ramona ist für einen Witz nicht die richtige Adresse. Sie denkt an ganz etwas anderes, und ihre nächste Frage ist bereits wieder in die Zukunft gerichtet. »Wem gehört denn das Forsthaus eigentlich?«

»Dem Staat – noch. Aber das hiesige Forstamt ist während des Krieges aufgelöst und dem Kreisforstamt angeschlossen worden. Das Haus ist schon einmal der hiesigen Gemeinde zum Kauf angeboten worden.«

»Und was tut die Gemeinde damit?«

»Wahrscheinlich wieder verkaufen, weil es für uns bloß eine Belastung ist.«

Ramona steht jetzt auf. Groß und imponierend steht sie vor dem kleinen Brattl. Sie sieht auf ihn herunter und er zu ihr hinauf. Ihre Stimme ist auf einmal ganz dunkel und schmeichelnd. »Ich hätte Interesse an diesem Haus. Würden Sie beim Wiederverkauf an mich denken, Herr Bürgermeister, bevor eine Währungsreform kommt?«

»Kommt sie?«

»So sicher wie das Amen im Gebet.«

»Aber ich bitte Sie, so eine alte Hütte.«

»Man kann aus Altem auch etwas Schönes gestalten. Ich bitte Sie herzlich, helfen Sie mir. Ich kann nicht so herumsitzen, eine kranke Frau pflegen, oder träumen. Ich muß wieder etwas aufbauen, muß wieder festen Boden unter die Füße bekommen, mir ist zuviel verlorengegangen.«

»Ja, das glaube ich Ihnen«, sagt Brattl. »Es hat sich mittlerweile herumgesprochen.« Er steht nun auch auf und reicht ihr die Hand. »Kommen Sie ruhig immer zu mir, wenn Sie etwas auf dem Herzen haben.«

»Ich werde es mir merken, Herr Bürgermeister.«

»Das heißt, solange ich hier das Sagen habe, denn einmal wird sich das auch ändern, denn vorerst bin ich hier nur kommissarisch eingesetzt.«

»Das wird sich auch ändern. Es wird und muß sich überhaupt bald alles ändern.«

»Können Sie in die Zukunft sehn?«

»Sie wird auf uns zukommen. Unerbittlich und ganz von selbst.«

»Es hat mich gefreut, daß sie hier gewesen sind.«

»Das beruht auf Gegenseitigkeit. Auf Wiedersehn, Herr Bürgermeister.«

»Auf Wiedersehn, Fräulein von Barhausen.«

An der Türe dreht sie sich nochmal um. »Haben wir nicht vereinbart, daß Sie das »von« weglassen sollen?«

»Ich werde nur schwer darauf verzichten können.«

»Na gut, wenn Sie es nicht lassen können.« Sie verschenkt erneut ein Lächeln an ihn. »Ihnen beuge ich mich.«

Der kleine Alexander Brattl wird wie von einer Glutwelle erfaßt. Sie beugt sich mir, denkt er ergriffen. Wahrscheinlich wird Ramona nie begreifen, welche Wirkung ihre in leichtem Scherz hingeworfenen Worte auf den Menschen Brattl ausüben können. Nur ein kleines Zündholzflämmchen hat sie entfacht, eine brennende, verzehrende Glut kann daraus werden.

Er sieht ihr vom Fenster aus nach, wie sie über den Marktplatz geht, hoheitsvoll, mit weiten, zügigen Schritten. Sie verschwindet im Metzgerladen des Postwirts, später geht sie dann noch zur Bäckerei Weindl. Dann kann er sie nicht mehr weiter verfolgen, weil die Sekretärin hereinkommt und ihm eine Mappe mit Unterschriften vorlegt.

Am späten Abend aber schreibt Brattl in sein Tagebuch: »Heute habe ich zum erstenmal ihre Augen richtig gesehen. Sie sind nicht veilchenblau, wie ich ursprünglich gemeint habe, sondern viel tiefer, klarer, so tiefblau wie die Tinte, mit der ich jetzt schreibe. Oder sind sie gar lila? Bischofslila? Und wie sie von den schwarzen Wimpern beschattet werden. Und dieser Mund erst, ein einziges Wunder der Sehnsucht. Was wird aus mir noch werden?«

Der Nachmittag ist von goldener Schönheit. Zum erstenmal geht Ramona vom Forsthaus weg an der Ziegelei vorbei in den Wald hinein und dann in südliche Richtung. Der Wald ist hier noch ziemlich licht, dünne Fichtenstämme mit Föhren und Buchen durchmischt. Es ist ein ausgeforsteter Bauernwald, Ramona kennt sich aus, was die Wälder betrifft. Dann wird er dichter, älter und zieht sich endlos hin über Hügel und Mulden. Nur einmal kommt eine größere Lichtung mit einem kleinen Weiher. Am Rande des Weihers eine Gruppe von Birken, deren weiße Stämme sich fast gespenstisch abheben von den dunklen Tannen dahinter. Das Wasser schimmert grünlich, graue Fliegenschwärme stehen darüber, Libellen huschen hin und her. Was sich aber dem Auge von dieser Lichtung aus sonst noch bietet, das ist das blau erstarrte Wunder der Berge, sonnüberflutete Gipfel, schimmernde Platten, steilabfallende Wände. Als es im Lager geheißen hat, daß ein Transport zusammengestellt werde ins bayerische Oberland, da ist durch Ramonas Herz zum erstenmal wieder ein Hauch von Freude gegangen. Und nun sind sie fast greifbar nahe, diese Berge. Sind es fünfzehn oder zwanzig Kilometer? Mit dem schönen alten Maybach, den sie zu Hause gehabt haben und den dann die Wehrmacht beschlagnahmt hat, wäre diese Entfernung in einer Viertelstunde zu bewältigen gewesen. Aber so. Mein Gott, daß man so arm hat werden können.

Und wenn ich zu Fuß hingehen muß, einmal werde ich oben stehen auf so einem Gipfel, nimmt sich Ramona vor und sieht sich dann um. Tannen und Fichten ringsum, hohe, alte Bäume, deren Wipfel der Wind bewegt, so sanft nur, daß die Äste unter ihnen gar nicht ins Rauschen kommen. Sonnenbänder huschen strahlenförmig durch die Stämme und malen ein wunderschönes Mosaik auf den Moosboden. Auf der anderen Seite des Weihers ragt hinter Gebüsch ein Hochstand heraus. Wie oft mag dieser Förster Rangels auf ihm gesessen haben im Morgengrauen oder abends in der Dämmerung. Jetzt steht er leer, und die Fäulnis nagt an seinen Holzstangen.

Die Frau aber sucht diesen Mann, der niemals wiederkehren wird, wenn sie mit einer Kerze in der Hand barfuß in der Kammer auf und abgeht. »Versteckst du dich unterm Bett, Konrad? Oder bist du im Schrank? Komm doch heraus, Konrad, es ist so kalt ohne dich . . .«

Manchmal singt sie auch vor sich hin, mit einer kindlich leisen Stimme: »Es zog ein Jäger frühmorgens zur Pirsch, zu jagen Hase, Rehlein und Hirsch . . .«

Ramona ist des öfteren wach geworden und hat durch einen Spalt in der Holzwand die Frau beobachtet. Sie sieht so gespenstisch aus, die Frau im langen Nachthemd, mit einem weißen Schleier über dem grauen Haar, eine Kerze in der Hand. Aber Ramona hat nie gewagt, sie in ihrem Wahn zu stören.

Sie nimmt schweigend hin, was man ihr zugemutet hat: daß sie nämlich mit der kranken Frau schon zurechtkommen würde, da hinten in dem alten Försterhaus. Es ist ja bis jetzt auch ganz gut gegangen, und manchmal hat die Försterin auch wieder ganz lichte Momente. Das dauert dann ein paar Tage, da redet sie dann ganz natürlich, wie eine ältere Frau vom Land eben redet, wenn sie aus ihrem Leben erzählt.

Aber dann überschreitet sie wieder die Grenzen des Normalen, dann geht ein kühler Hauch von ihr aus, wie von einem Grabgewölbe.

Das alles hat der Bürgermeister Brattl nicht gewußt, der kleine Tor, in den Ramona hineinsieht wie in ein aufgeschlagenes Buch. Ramona weiß genau, wie sie auf Männer dieser Art wirkt, obwohl sie, was die Liebe betrifft, noch keine großen Erfahrungen gesammelt hat. Aber bei Brattl fühlt sie die verborgene Leidenschaft, und sie weiß, daß er um ihrer Schönheit willen bereit wäre, selbst einen Frevel zu begehen. Natürlich weiß sie um den eigenartigen Zauber, der über ihrer Schönheit liegt, weiß auch, daß sie damit Macht ausüben könnte. Aber sie will nichts auf die Probe stellen, will schon gar nichts verschenken und vergeben, denn sie hat ihre Erfahrungen gesammelt und in einem Schrein in einem Winkel ihres Herzens verschlossen. Dieser Schrein ist nicht aus Holz, eher aus kaltem Marmor oder Erz und ihn zu öffnen, findet sie einstweilen nicht die Kraft. Zwar hat sie dem Bürgermeister gesagt, daß sie etwas aufbauen, sich wieder auf eigene Füße stellen will. Aber noch ist alles so verschwommen. Einige Ideen sind zwar da, kühne Gedanken, einem Adlerflug gleich, aber wenn sie die Hände danach ausstreckt, greifen sie ins Leere. Nicht der Verlust der Heimat allein ist es, nicht das fürchterliche Sterben ringsum, nein, es ist vorher schon etwas zerbrochen in ihr, und die Scherben wollen sich nicht mehr kitten lassen. Auch durch eine Liebe nicht, weil diese unendlich groß sein müßte, um den Widerstand in ihr selbst zu überwinden, nachdem die erste Regung ihres Herzens in einem so schrecklichen Irrtum hat enden müssen.

Wind ist auf einmal da, ein leises Rauschen in den Bäumen, die Vögel singen lauter, als seien sie durch den aufgekommenen Wind erst aus einem Dämmerschlaf aufgeschreckt worden. Von weither ein paar Glockentöne, der Uhrenschlag einer Dorfkirche fern hinter den Wäldern, verlorene Klänge, die Erinnerungen wecken.

Ramona steht und sinnt, gleich selber einem verlorenen

Bild, an dem der Rahmen zersprungen ist. Weit und breit ist kein Mensch und immer, wenn sie so allein ist, steigt all das in ihr auf, was ihr Leben einmal getragen hat, und dann versucht sie, nach einem Rahmen zu suchen, um das so arg beschädigte Bild neu einzukleiden, damit es wieder ein bißchen Glanz ausstrahlt.

Nein, niemand ist unterwegs an diesem Nachmittag. Nur ein Salamander kriecht über den vermoosten Fahrweg, und hoch über dem Wasser zieht lautlos ein Bussard seine Kreise.

Langsam tritt Ramona ein wenig zurück, löst den Gürtel ihres Kleides, läßt es zu Boden gleiten und streckt sich ins Moos, nur mit einem rosaroten Slip und einem ärmellosen, weißen Hemdchen bekleidet. Wohlig streckt sie die langen Beine neben die abgestreiften Sandaletten, schließt die Augen und legt den rechten Arm schattend über die Stirn. In so einer Stunde, denkt sie, kann auch die Fremde schön und tröstend sein. Diese Gegend hat soviel Verwandtes mit der Unendlichkeit und dem Schweigen der heimatlichen Wälder.

Ist sie eigentlich weit gewandert? In dieser Gegend ist sie noch nie gewesen. Eine wohlige Müdigkeit will sie überkommen, aber sie schläft nicht ein. Im Gegenteil, ihre Gedanken wandern zurück in die Vergangenheit, in das Dunkle, von dem sie gemeint hat, es habe sich darüber bereits ein Schleier des Vergessens gebreitet. Aber wahrscheinlich gibt es Dinge in eines Menschen Leben, die sich nie vergessen und auslöschen lassen. In dieser stillen Stunde in einem fremden Wald steht die Erinnerung wieder überwältigend klar und drohend vor ihr: die einfallende Dämmerung über dem weiten Land, auf dem die Kartoffelfeuer auf den Feldern gespenstisch glühten.

Um so eine Stunde ist damals, lange nach der Wende von Stalingrad, eine Kompanie junger Grenadiere in den Gutshof einmarschiert, um dort für eine Nacht zu biwakieren. Am Morgen sollten dann Lastwagen eintreffen, um die jungen Menschen möglichst schnell an die Front zum Sterben zu bringen. Ein junger Fahnenjunker ist auch dabei gewesen, fast noch ein Kind mit blonden Locken, mit knabenhaften Hüften und Schultern so schmal, daß man fürchten mochte, die klobige Maschinenpistole auf seiner Achsel könnte ihm die Schulterknochen zerdrücken.

Mitten im Gutshof hat die Gulaschkanone gestanden. Ganze Körbe voll Kartoffeln wurden herbeigeschleppt, und was die Gutsküche sonst noch zu bieten hatte, wurde gerne gegeben und dankbar angenommen. Ausgehungert sind sie ja gewesen, diese jungen Burschen und vielleicht dachten sie: Nur einmal noch sattessen, bevor wir sterben müssen. Die Offiziere haben nach dem Essen noch lange in der Gutshalle gesessen, darunter auch der kleine Fahnenjunker, traurig und wie verloren vor sich auf das Steinpflaster hinstarrend. Er hatte sich kaum an dem Gespräch der übrigen Offiziere beteiligt, die diese mit dem Vater führten. Der Vater war selber zu Beginn des Polenfeldzuges als Oberst der Reserve eingezogen worden, aber des Gutes wegen bald wieder uk gestellt worden.

Man sprach vom Krieg – was hätten Männer in dieser Zeit auch sonst reden sollen? Sie sprachen ein bißchen vorsichtig und gedämpft. Nur der Fahnenjunker schaute schweigend an dem flackernden Kaminfeuer vorbei auf die andere Seite hinüber, wo sie, Ramona, mit ihrer Mutter saß. Manchmal huschte die Flamme eines Buchenholzscheites auf und erleuchtete sein schmales Gesicht, das aussah, als sei es soeben aus einer Verzauberung erwacht. Wenn ihr Blick ihn traf, dann lächelte er auf eine Art, die an ein griechisches Götterbild erinnerte.

Zum Schluß war dann allgemeiner Aufbruch. Stiefelabsätze krachten, als die unvermeidlichen Toasts auf den Endsieg erschallten, die Gläser wurden geleert, der Hausfrau Beifall für das köstliche Abendbrot gespendet. Am Ende blieben nur mehr dieser Major Englstein und der Vater noch ein wenig sitzen. An Ramona dachte niemand, sie blickte immer noch wie gebannt zur Eingangspforte hin, unter der sich der Fähnrich noch einmal vor ihr verbeugt hatte.

Der Major hob sein Glas zum Vater hin. »Auf Ihre Gesundheit, Herr von Ette-Barhausen. Das war ein herrlicher Tropfen ...« Er räusperte sich ein paarmal und hob den Kopf. »Nach dem, was Sie mir beim Einrücken in Ihren Gutshof gesagt haben, könnten wir jetzt – selbst auf die Gefahr hin, daß Sie es doch anders meinten – der Wahrheit näher kommen.«

Der Vater machte ein paar hastige Züge an seiner Zigarre. »Ich habe gesagt, daß es ein Irrsinn ist, so junges Blut noch in die Schlacht zu werfen.«

»Ich nenne es, was es wirklich ist: ein Verbrechen. Glauben Sie mir, Herr von Ette-Barhausen, mir ist geradeso zumute, als müßte ich meine eigenen Buben zur Schlachtbank führen. Ich weiß, wie sie nach ihrer Mutter schreien werden, wenn eine Granate oder eine Bombe ihre Leiber zerfetzt. Ich aber muß dann nach dem bekannten Schema an die Eltern schreiben, daß ihr Sohn wie ein Held gestorben sei für Führer und Vaterland. Eine Kugel mitten ins Herz oder in die Stirn. Hier läßt man mir noch die Wahl. Er hat keine Minute leiden müssen, wurde mit militärischen Ehren beigesetzt, und die Kompanie wird ihm ein ehrendes Andenken bewahren. Alles Lüge, alles Betrug. Man denkt doch nur an sich, und wie man sein armseliges Leben durch das Schlamassel bringen kann. Das sieht doch ein Blinder, daß dieser Krieg nicht mehr zu gewinnen ist.«

»Er hätte nach meiner Meinung nie begonnen werden dürfen, Herr Major.«

»Anfangs habe ich wenigstens noch geglaubt, England und Amerika hätten uns zwangsläufig und aus wirtschaftlichen Gründen ...« Der Major verstummte plötzlich, weil er im Schein des erlöschenden Kaminfeuers das Mädchen sitzen sah.

»Sie können ruhig weitersprechen, Herr Major. Meine Tochter ist nie hinter dieser Fahne marschiert.«

»Und doch haben auch Kinder schon ihre Eltern verraten.«

»Ramona nicht.«

Während der Nacht sind dann die Lastwagen angekommen, und es war noch dunkel, als die Kompanie im Gutshof angetreten ist. Im Kübelwagen stehend hat der Major die Meldung eines Hauptmanns entgegengenommen. Am rechten Flügel seines Zuges hat der Fahnenjunker gestanden, wie zur Salzsäule erstarrt. Seine Augen waren unverwandt auf das Fenster gerichtet, hinter dem Ramona stand. Langsam hat er seine Hand an den Mützenrand gelegt. Dann kam der Befehl: »Aufsitzen!«. Ein wildes Durcheinander, ein Rennen und Springen, bis dann endlich die Wagen aus dem Hof gefahren sind.

Ramona nimmt den Arm von der Stirne und schaut versonnen zu den wiegenden Ästen hinauf. Die Sonne ist inzwischen gewandert, es ist nicht mehr so heiß.

Merkwürdig, noch nie hat Ramona die Tragödie vom November 1944 so deutlich nachempfunden wie zu dieser Stunde. Sie hatte es doch vergessen wollen, und nun ist alles wieder da, mit einer Deutlichkeit und Eindringlichkeit, als laufe ein Film vor ihren Augen ab. Das Rauschen des Windes ist wie das Surren einer Kamera, das Stückchen hellen Himmels zwischen den Wipfeln ist die Leinwand. Das alles aber ist erst der erste Akt des grausamen Dramas, das so unverhofft über ihre Jugend gefallen war.

Gegen Mittag nach dem Abmarsch der Kompanie preschte ein Kradschütze in den Gutshof. Der Fahnenjunker Helmut Schaller sei nicht bei der Kompanie. Ob er hier vielleicht versehentlich zurückgeblieben sei?

Nein, hier ist niemand zurückgeblieben. Der Vater hat ihm sogar die Hand gegeben. Das kann er bezeugen. Ramona könne das ebenso bezeugen, aber Ramona schweigt. Es gibt ihr nur einen Riß, als der Vater sagt: »Auf Fahnenflucht steht der Galgen.«

Dann wird nicht mehr darüber geredet. Es geschieht so viel in dieser Zeit. Eine Hiobsbotschaft jagt die andere und geht dann ins Tagesgeschehen über. Ein kleiner Fähnrich ist verschwunden. Vielleicht taucht er wieder auf, und alles war nur ein Irrtum. Jedenfalls weiß kein Mensch, ob dieser Fähnrich absichtlich seine Truppe verlassen hat. Aber selbst dies bekümmert niemanden groß, höchstens daß jemand sagt: »Hoffentlich kommt er durch, der arme Kerl.«

Das Leben geht weiter. Ramona reitet wie jeden Morgen auf ihrer Schimmelstute über die Felder. Die Leute grüßen, es sind größtenteils polnische Landarbeiter. Sie mögen das Fräulein, das ihre Sprache versteht, Ramona ist ihnen vertraut, und manchmal steigt sie aus dem Sattel und redet mit ihnen. Dann tut sie so, als sähe sie in ihren Augen nicht das Glänzen des Triumphes, wenn man ganz weit in der Ferne ein ganz sonderbares Rumpeln hört, so als stände ein Gewitter hinter den Wolken.

Eines Morgens nun nimmt Ramona eine Abkürzung über das Moor. Es ist längst ausgestochen, hier sagen sich Fuchs und Hase gute Nacht. Plötzlich scheut der Schimmel. Hinter zwei hohen Wacholderbüschen hat sich etwas bewegt. Der Gaul steigt hoch, aber Ramona ist eine zu gute Reiterin, als daß er sie abwerfen könnte. Sie beruhigt das Tier, klopft ihm den Hals.

»Sei ganz ruhig, Juta, es geschieht dir nichts.«

Daß ihr selber etwas geschehen könnte, daran denkt sie überhaupt nicht. Sie wird nur bleich, als sie absteigt und den jungen Mann erkennt, der zwischen den Büschen steht, die Maschinenpistole im Anschlag. Hinter ihm ist eine Grube, sorgfältig mit Fichtenzweigen abgedeckt. Dort wird er sich in diesen sieben Tagen aufgehalten haben. »Sie?« fragt Ramona, und ihre Stimme zittert ein wenig, weil sie an den Galgen denkt.

Grau und eingefallen steht er vor ihr, läßt die Maschinenpistole ins Gras fallen und senkt den Kopf. »Ja, ich. Und nun reiten Sie weiter zur nächsten Ortsgruppe oder gleich zur Kreisleitung und melden Sie den desertierten Fahnenjunker Helmut Schaller.

»Unsinn.«

Langsam hebt er den Kopf und schaut sie lange an. »Was denken Sie jetzt von mir?«

Eine jähe Röte fährt in seine Wangen. »So wie Sie es sagen, hört sich das wie eine Schande an. Aber ist es nicht auch eine Schande, für etwas zu kämpfen, das man als falsch, geradezu als ein Verbrechen erkannt hat, ist es nicht töricht, sich hinzugeben für ein falsches Ideal, das aus lauter fragwürdigen Symbolen zusammengesetzt ist?«

»Man muß nicht immer »Führer« denken«, unterbricht sie ihn scharf, »sondern »Vaterland«. Was wollen Sie denn jetzt überhaupt tun?«

»Ich weiß es nicht. Wahrscheinlich werde ich verhungern, verdursten oder erfrieren.«

»Sie sind ein Narr, Fahnenjunker. Niemand wird Sie verhungern oder erfrieren lassen.«

In seinen Augen glimmt etwas auf wie Hoffnung oder wiedergefundene Willenskraft.

»Seit ich Sie gesehen habe, in der Halle, neben dem Kaminfeuer, da habe ich gewußt, daß ich hierbleiben werde, daß es sich nicht mehr lohnt zu sterben für etwas, das keinen Wert und keine Zukunft hat.«

»Ah so? Jetzt soll also ich es gewesen sein?«

»Weil Sie für mich den Sinn des Lebens verkörpern.«

»Sie reden viel wirres Zeug, Fähnrich.« Ramona wendet sich ab, setzt den linken Fuß in den Steigbügel und reitet davon.

Vor Einbruch der Dunkelheit aber ist sie wieder da, bringt Brot und Rauchfleisch, eine Thermosflasche mit Tee und Streichhölzer. Das reicht für die nächsten Tage. Am dritten Abend liegt ein vollgepackter Rucksack unter den Wacholderbüschen. Zu Hause läßt sie sich kaum mehr sehen. Eine große Angst ist über sie hergefallen, nicht weil sie sich schuldig fühlt oder weil sie sich in eine strafbare Handlung verwickelt sieht, sondern weil sie mit ihrem Herzen in einen Zwiespalt geraten ist. Liebe ist es nicht, noch nicht, eher so etwas wie Abenteuerlust, Erbarmen oder gar Mitleid mit diesem jungen, verstörten Mann. Wenn sie bei ihm in der abgedeckten Grube sitzt, duldet sie es, daß er seine Hand auf ihr Haar legt, oder ihre Hand an seine Wange. »Ramona«, flüstert er dann. »Du Engel in meiner Finsternis.«

»Ach Helmut, was soll denn aus uns nur werden?« fragt sie dann, obwohl sie längst Vorsorge getroffen hat, denn eines Tages wird Schnee über das Moor fallen, wird das Moor im Frost erstarren und seine Grube unbewohnbar werden. Aber ein Gutshof hat neben zahlreichen Zimmern auf den Dachböden viele Ecken und Winkel. Neben dem Kamin, der Wärme genug spenden wird, läßt sich leicht ein Versteck herrichten. Keine Menschenseele kommt dorthin, schon gar nicht im Winter.

Und es fällt Schnee. Ramona kommt zu später Stunde noch ins Moor, ein Windlicht unter dem schützenden Umhang. »Komm, Helmut«, sagt sie und nimmt ihn an der Hand. Vorsichtig und auf Umwegen über Wendeltreppen und schmale Gänge gelangen sie zum vorbereiteten Verschlag auf den Dachboden. Dort ist der Fahnenjunker Helmut Schaller einstweilen geborgen. Er hungert nicht, er friert nicht, aber er hört in den Nächten in immer noch weiter Ferne das Toben der Schlachten. Das hört auch der Gutsherr Ette-Barhausen. Manchmal steht er mit schiefgehaltenem Kopf vor der Wagenremise neben dem Herrenhaus und lauscht in die Nacht hinein, bis er der festen Überzeugung ist, man müsse jetzt daran denken, sich abzusetzen. Er richtet deswegen an die Gauleitung ein Gesuch, in dem er um die Genehmigung bittet, einige Trecks zusammenzustellen, um wenigstens Frauen und Kinder aus dem vom Feind schon unmittelbar bedrohten Gebiet zu evakuieren.

Die Antwort der Gauleitung kommt postwendend: Ob der Herr Ette-Barhausen als altgedienter Offizier nicht wisse, was Defaitismus ist. Ob ihm etwa gar das Vertrauen an die oberste Führung abhanden gekommen sei. Er dürfe versichert sein, daß noch vor Weihnachten die neuen Wunderwaffen zum Einsatz kämen und der Russe dann bis Sibirien zurückgeworfen werde. Herr Ette-Barhausen möge sich den Gedanken des Treckens aus dem Kopf schlagen. Falls sich dazu irgendeine Notwendigkeit ergebe, so werde die Gauleitung die entsprechenden Befehle zur rechten Zeit erteilen. Einstweilen aber werde man jede diesbezügliche Vorbereitung als Verrat ansehen und strengstens bestrafen.

Zu jener Zeit freilich wäre ein solcher Befehl noch rechtzeitig gekommen, denn noch war der Weg nach Westen frei. Ramona hatte sich schon alles ausgedacht. In Zivilkleidern würde sie Helmut auf einem der Treckwagen verstecken und in den rettenden Westen hinausschmuggeln. Aber der Evakuierungsbefehl kam nicht, und als er endlich kam, war es bereits zu spät.

Angst und Nervosität überfallen die Menschen. Es ist ein zermürbendes Warten auf den angekündigten, von allen erwarteten Befehl, der nicht kommt. Wieder einmal sitzen Ramona und Helmut droben in ihrem Verschlag. Manchmal stehen sie auf und lüften einen der Dachziegel. Dann sehen sie für ein paar Minuten einen Himmel voller Sterne und den Mond, der blau und kalt zwischen den blinkenden Sternbildern steht. Schließlich sitzen sie wieder nebeneinander auf dem muffigen Strohsack, den Rücken an die warme Mauer des mächtigen Kamins gelehnt, und halten sich bei den Händen. Eine ungeheuere Spannung liegt zwischen ihnen. Sie kommen sich vor wie Gefangene, die durch nichts mehr zu befreien sind, nicht einmal durch die Liebe, jene kleine, sehnende Liebe, die in ihnen keimt, die aber eher schmerzt als befreit.

Es ist nicht Liebe, denkt Ramona, keine Liebe, die mich herausreißen könnte aus meiner Bedrängnis. Sie ist so erregt in dieser Nacht, fühlt sich so hilflos und verlassen, daß sie es nicht mehr länger in sich hineinfressen kann, daß sie es einfach sagen muß. Sie sieht im trüben Schein des Hindenburglichts die Umrisse seines schmalen Gesichts. Sie will ihm ja nicht weh tun, und so sucht sie eine Weile nach Worten, die dem, was sie ihm sagen muß, die Härte nehmen sollen, aber es kommt halt nichts anderes aus ihrem Munde, als das, was sie schon die ganze Zeit hat sagen wollen.

»Das ist auch mit unser Elend, Helmut, daß du nicht Manns genug bist, selber auch Entschlüsse zu fassen.«

Und schon ist es wie immer, er weint wie ein Kind, das gerade noch im Nachschluchzen die Frage herausbringt: »Aber was soll denn aus mir werden, Ramona?«

»Siehst du, nun ist es schon wieder so, jetzt fragst du wieder mich, was aus dir werden soll. Was aus mir werden soll, das kümmert dich überhaupt nicht. Wie ein Kind bist du. Und aus einem Kind kann auch nichts Männliches herauskommen, kein fester Entschluß, kein Plan, nicht einmal ein Vorschlag. Du läßt alles mich allein machen, alles allein planen. Ich weiß selber nicht, warum ich alles tue. Wahrscheinlich doch, weil ich irgendwie an dir hänge, weil ich dich lieb hab. Du bist mein Kind, mein Bruder, und wenn wir uns küssen, dann habe ich immer das schmerzliche Gefühl dabei, daß ich dabei innerlich leer bleibe, niemals ist ein wirkliches Verlangen nach deinem Körper in mir, und auch von dir spüre ich keine Leidenschaft. Du bist meinem Herzen nah und doch wieder fern.«

So deutlich hatte sie ihm das noch nie gesagt, aber sie mußte endlich mit ihm reden, in der Hoffnung, ihn herausreißen zu können aus seiner weinerlichen Lethargie, ihn zu zwingen, endlich einmal einen männlichen Entschluß zu fassen. Statt dessen bricht er neuerdings in Schluchzen aus, schlägt verzweifelt mit der Faust an seine eigene Brust und klagt zuerst sich selber an.

»Ja, du hast recht, Ramona. Was bin ich denn schon? Du sprichst es nur nicht aus! Ja, wenn ich wenigstens ein Rebell wäre und offen aufstehen würde gegen alles Unrecht, das an uns geschieht. Aber ich halte still, laß mich von dir verwöhnen und bin zum Deserteur geworden. Du vergißt bloß, Ramona, daß ich es deinetwegen geworden bin. Du warst wie ein Magnet, der mich zurückgezogen hat. Und nun kannst du oder willst du mir nur Schwester sein, baust damit eine unüberwindliche Schranke auf, weil man ja eine Schwester nicht begehren darf.«

Er hält inne und starrt sie wie verstört an. Mit hartem Griff faßt er sie an den Armen und sagt sarkastisch: »Das hast du dir fein ausgedacht. Ich will aber nicht bloß Bruder sein, und darum hat das alles auch keinen Sinn mehr mit uns beiden. Ich werde gehn, ich werde aus deinem Leben gehn, ich werde mich bei der nächsten Frontdienststelle melden: Fahnenjunker Helmut Schaller von einem Herbsturlaub zurück.«

Ramona nimmt das nicht mehr ernst. Zu oft hat er damit schon gedroht, und das hat sie abgestumpft. Sie weiß es ja aus ähnlichen Situationen, er wartet jetzt nur darauf, daß sie sein Gesicht in die Hände nimmt und ihn tröstet: Bitte, tu es nicht, Helmut. Sie werden dich an die Wand stellen oder am nächsten Ast aufhängen. Halt nur noch ein Weilchen aus, dann trecken wir, und du bist gerettet.

Auf diese Weise hat sie ihn bisher immer wieder zurückholen können in die Wirklichkeit. Aber nun ist sie müde geworden, es geht über ihre Kräfte, immer nur die Helfende zu spielen, und sie antwortet, wie es ihr die Erregung eingibt: »Hör doch endlich mit deinen Drohungen auf. Dich selber zu stellen, dazu bist zu doch viel zu feige.«

Er starrt sie an, als habe er soeben sein Todesurteil vernommen. »Zu feig? Jetzt hast du es endlich einmal gesagt. Ich werde mich stellen, und sie werden mich dann fragen, wer mich die ganze Zeit verborgen hat. Und ich werde dann die Wahrheit sagen. Es ist dir doch bewußt, daß du mitschuldig bist. Und du weißt, daß die in solchen Situationen nicht zimperlich sind.«

Entsetzt springt Ramona auf. Ekel und Empörung spiegeln sich in ihren Augen. Sie kann ihn nicht anschreien, wonach ihr eigentlich zumute wäre, aber das Zischen, das über ihre Lippen kommt, ist voll tiefster Verachtung. »Bei allem, was uns je miteinander verbunden hat, das hättest du jetzt nicht sagen dürfen. Jetzt hast du etwas zerbrochen in mir, das nie wieder zu reparieren ist. Wie hab ich mich in dir nur so täuschen können? Du bist –« Ihre Stimme geht in Schluchzen über – »du bist wirklich nichts wert.«

Die Hände vors Gesicht schlagend, verläßt sie ihn, taumelt in das Dunkel des Dachbodens hinein, stolpert dabei über irgendetwas und findet sich endlich in ihrem Zimmer. Aber sie kann nicht schlafen. Zu entsetzlich ist diese Enttäuschung. Wie hat sie am Schicksal dieses Menschen mitgetragen, und was hätte sie um seinetwillen noch alles auf sich genommen. Wie Rutenschläge empfindet sie seine Worte: Du hast dich mitschuldig gemacht – mitschuldig gemacht – und du weißt, daß die in solchen Sachen nicht zimperlich sind. . .

Ja, das weiß Ramona nur zu gut. Der Name Ette-Barhausen hat bei den braunen Machthabern ohnehin keinen besonders guten Klang. Das kann zu einem schrecklichen Verhängnis werden.

Vor Erschöpfung fallen ihr schließlich doch die Augen zu. Aber gegen vier Uhr morgens schreckt sie wieder auf. Sie hört Stimmen drunten im Hof. Mit beiden Füßen springt sie aus dem Bett und öffnet das Fenster einen Spalt.

Vor der Stalltüre stehen dort unten ihr Vater und der Pole Stanislaus. Er hatte Hufgetrappel gehört in der Nacht, so als ob jemand weggeritten wäre. Aber er hatte gemeint, nur zu träumen. Jetzt aber habe er festgestellt, daß der Schimmel weg sei.

In fliegender Hast kleidet sich Ramona an und eilt hinunter.

»Gott sei Dank, da bist du ja«, empfängt sie der Vater mit einem befreiten Aufatmen. »Ich dachte schon, du wärst weg – der Schimmel ist nicht mehr da.«

»Und das Sattelzeug auch nicht«, stellt Ramona mit einem Blick an die Mauer hin fest. »Stanislaus, sattle mir den Fuchswallach.«

»Was ist denn – was soll das alles bedeuten? Wo willst du denn hin. Es ist ja noch Nacht draußen.«

»Ich werde dir alles später erzählen, Vater.« Sie nimmt den

Gaul an den Zügeln, schwingt sich in den Sattel und reitet in den eiskalten Morgen hinein.

Ramona richtet sich auf und reibt sich die Augen. Hat sie denn jetzt geträumt oder bei vollem Bewußtsein alles noch einmal durchlebt, was sich damals abgespielt hat. Sie blickt sich um. Nichts hat sich verändert, nur die Sonne ist wieder um ein Stückchen weitergewandert. Die Schatten sind länger geworden und bald werden sie auch ihre Füße, ihre ganze Gestalt ergreifen. Aus weiter Ferne hört man irgendein unbestimmbares Geräusch, das wie aus einer anderen Welt herüberklingt, in die sich auch Ramona erst wieder hineinfinden muß. Zu fern ist sie mit ihren Gedanken in der Vergangenheit gewesen. Aber so lange dies alles auch schon zurückliegt, ihr kommt es vor, als sei es erst gestern gewesen, daß sie dann ein langer Ritt über das Moor, später dann an einsamen Höfen vorüber bis zur Hauptstraße nach Neidenburg geführt hat.

»Helmut«, hat sie immer wieder in Zeitabständen gerufen. Sie ist auf seiner Spur gewesen, ein Bauer hat es ihr im Morgengrauen bestätigt. Ja, es sei einer vorbeigeritten. In diese Richtung, jawohl.

»Helmut!« So ein Narr, denkt sie. Er reitet ja direkt in sein Verderben. Aber der Narr antwortet nicht. Ist er eigentlich nicht vom ersten Augenblick ihrer Begegnung an ein Narr gewesen? Weiter galoppiert sie durch die Nacht, bis ihr endlich am Eingang des Dorfes Nikelsberg ein energisches Halt entgegengerufen wird. Zwei Stahlhelme sieht sie, die Mündung zweier Gewehre auf sich gerichtet.

Nein, sie weiß keine Parole. Sie sieht nur, daß einer der Soldaten den Fuchswallach am Zügel führt und sie dann vor einem Gasthaus auffordert, abzusteigen.

Ein Nebenzimmer, schwach beleuchtet, Drähte und Kabel auf dem Boden, Apparate auf dem Tisch, an dem ein höherer Offizier sitzt, ein halbes Dutzend Soldaten, darunter auch ein paar »Kettenhunde«, Feldgendarmen mit dem Blechschild vor der Brust. Sie alle stehen um den großen Sägmehlofen herum, und dort steht auch Helmut, abgehetzt, mit bleichem

Gesicht, aber heftig errötend, als Ramona von den Soldaten in den Raum geschoben und Meldung erstattet wird.

»Herr Oberstleutnant, melden gehorsamst, dieses Frauenzimmer aufgegriffen.«

Der Oberstleutnant hebt den Kopf und schaut Ramona an. Dann herrscht er den Soldaten an. »Solange nichts anderes vorliegt, ist die Frau hier kein Frauenzimmer, sondern eine Dame.«

Dann sieht er Ramona wieder an. »Bitte, nehmen Sie doch Platz. Wo kommen Sie her? Ich meine, was führt Sie um diese Zeit auf die Straße?«

»Ich habe mein Pferd gesucht.«

»Aha. Einen Schimmel vielleicht?«

»Ja, einen Schimmel. Er wurde aus unserm Gestüt . . .«

Der Oberstleutnant greift nach dem Soldbuch des Fähnrichs, das vor ihm auf dem Tisch liegt. Dann eine rasche Kopfwendung. »Fähnrich Schaller, treten Sie einmal vor. Haben Sie vielleicht das Pferd . . .?«

»Jawohl.«

»In welcher Absicht?«

Keine Antwort.

»Kennen Sie die junge Frau hier?«

Ramona schließt die Augen. Ihr Herz schlägt wie rasend. Was wird Helmut jetzt antworten. Wird er sie mit hineinziehen in den Strudel des Verderbens. Hoffentlich verleugnet er mich, denkt sie und atmet erlöst auf, als sie ihn sagen hört, daß er sie nicht kenne.

Die Stimme des Oberstleutnants wird jetzt schneidender. »So, wie ich die Sache jetzt beurteilen muß, Fähnrich Schaller, haben Sie sich von Ihrer Truppe eigenmächtig entfernt. Sie haben den Krieg nach Ihren Wünschen beenden wollen. Und das nennt man? Sagen Sie es nur selber. Ich möchte es von Ihnen hören.«

»Fahnenflucht, Herr Oberstleutnant.«

»Und was steht auf Fahnenflucht?«

Helmut gibt keine Antwort mehr. Und alles weitere läuft

jetzt so nüchtern, so geschäftsmäßig ab, als ereigne sich jeden Tag so ein Fall.

»Feldwebel, reißen Sie ihm die Achselstücke ab. Und Sie, Unteroffizier, verständigen einen Gerichtsoffizier. Rufen Sie den Divisionsstab an. Und einen Geistlichen. Es soll alles nach der strengen Ordnung geschehn. Na ja, wie üblich, Sie wissen ja.«

Ramona versucht ein paarmal Helmuts Blick zu begegnen. Aber der starrt stur zu Boden, blickt überhaupt nicht mehr auf, als habe er sich bereits in sein Schicksal ergeben.

Der Oberstleutnant steht plötzlich vor ihr. »Kommen Sie, Fräulein, jetzt wollen wir einmal sehn, daß wir in der Wirtschaft drüben ein anständiges Frühstück bekommen.«

Der Tag ist gerade im Erwachen. Eine noch schlaftrunkene Wirtin zieht die Verdunklungsrollos hoch und serviert dann tatsächlich ein Frühstück für zwei Personen, mit etwas Speck und Eiern. Aber Ramona bringt nichts hinunter. Immer hat sie das totenblasse Gesicht Helmuts vor Augen.

»Was geschieht jetzt mit ihm?« fragt sie schaudernd.

»Was jedem Soldaten, ganz egal in welcher Armee, nach einer solchen Tat auch passiert.«

»Sie werden ihn erschießen?«

»Ich plädiere wenigstens dafür. Aber das kommt auf das Gericht an. Es kann ihn auch zum Galgen verurteilen. Ich persönlich habe mit der Sache nichts mehr zu tun. Jetzt ist das Kriegsgericht zuständig.« Der Oberstleutnant breitet jetzt eine Landkarte aus. »Und nun zeigen Sie mir einmal, wo ungefähr das Gut Ihrer Eltern liegt.«

Ramona sucht mit zitternden Fingern auf der Landkarte herum und deutet dann auf einen Punkt.

»Was? So weit sind Sie geritten? Sie müssen ja vollkommen erschöpft sein? Kommt gar nicht in Frage, daß Sie sich nochmal solchen Strapazen aussetzen. Ich werde Sie mit meinem Wagen heimfahren. Die Pferde können von meinen Leuten nachgebracht werden.«

Vergeblich versucht Ramona, Helmut noch einmal zu

sehen. Aber man hat ihn bereits weggebracht, eingesperrt.

Der Oberstleutnant bringt sie nach Hause. Der Vater, der in großer Sorge um sie gewesen ist, sucht sie gleich mit Fragen zu überschütten, aber sie bedeutet ihm mit einer kurzen Geste zu schweigen. Der Oberstleutnant sagt noch, daß er großen Respekt vor ihr habe und daß sie ein tapferes Mädel sei. Dann geht er mit dem Vater ins Haus.

Erst spät am Nachmittag haben zwei Soldaten die beiden Pferde zurückgebracht. Und von den beiden hat Ramona dann erfahren, wie Helmut gestorben ist. Helmut war in seinem Leben nie tapfer und aufrecht gewesen, und darum hat er auch nicht so sterben können. Ein feiner Pinkel sei er gewesen, dieser Fähnrich, der im Zivilleben Student der bildenden Künste gewesen sein wollte, aber zu sterben habe er nicht gewußt. Man habe schon andere erlebt in solchen Situationen, erzählten die Soldaten. Richtige Kerle und Haudegen, die Haltung angenommen und in die Gewehrläufe geblickt hätten, manchmal sogar spöttisch oder mit Verachtung. Dieser kleine Fähnrich aber habe sich die Augen verbinden lassen, habe bis in die Knie hinein geschlottert und habe vor der Salve noch einen Namen in den kalten Schneewind geschrieen. Silvia habe sie wohl geheißen.

Ramona hatte die Hände vors Geschicht geschlagen und war hinausgerannt. Immerhin hatte sie gehofft, daß Helmut im letzten Augenblick seines Lebens und dem ersten seines Sterbens sich wenigstens noch ihrer erinnern würde. Nein, Silvia hat er gerufen und nicht Ramona. Silvia, so hatte er ihr einmal erzählt, sei seine erste Liebe gewesen, und mit ihrem Namen auf den Lippen ist er in den Tod gegangen. Vielleicht ist es ihr darum in der nachfolgenden Zeit auch recht leicht gefallen, den Schleier des Vergessens zu breiten über ein Geschehen, das, wie sie sich einzureden sucht, den hohen Einsatz nicht wert gewesen war.

Ramona weiß nicht, warum sie gerade heute dieses tragische Geschehen noch einmal an sich hat vorüberziehn lassen. Vielleicht, um endlich jetzt einen Schlußstrich ziehen zu können. Eine große Liebe ist es ja ohnehin nie gewesen, und vielleicht ist es ihr bestimmt, daß sie auch nie auf eine solche warten soll. Sie fühlt sich einfach nicht dafür geschaffen, einem Mann untertan zu sein. Vielleicht erwartet sie auch zuviel. Die Jahre werden vergehn, und sie wird in den Herbst ihres Lebens hineinwelken, ohne daß ein Mann darin eine wesentliche Rolle spielt.

Als sie an diesem Abend heimkommt, von der Sonne gebräunt, hat die Försterin den Tisch schon gedeckt fürs Abendbrot – wie immer für drei Personen.

»Du darfst mich nicht mehr so lang allein lassen«, meint sie vorwurfsvoll. »Du bist schließlich in meine Obhut gegeben, und ich habe Angst um dich, wenn du so lange weg bist. Du mußt es mir wenigstens vorher sagen. Ich muß ja sonst befürchten, daß du dich mit meinem Konrad irgendwo draußen im Wald triffst.«

Nur Ruhe, denkt Ramona, nichts dagegen reden, sonst steigert sich ihr Wahn nur. Sie nimmt die Frau am Arm und führt sie zu ihrem Stuhl.

»Nein, zuerst wird gebetet«, beharrt die Försterin und hebt die Hand zum Kreuzzeichen.

»Lieber Gott, sei unser Gast
auch wenn du mir den Mann genommen hast.
Oder versteckst du ihn nur vor mir,
wartet er draußen vor der Tür?
Oder komm selber herein, Herr Jesus dann sind wir zu dritt
und iß, was wir haben, mit uns mit. Amen.«

»Amen« sagt auch Ramona, die längst nicht mehr lächerlich findet, was sich die Frau bei jeder Mahlzeit an Tischgebeten zusammenreimt. Sie füllt auch den Teller des nichtanwesenden Mannes und ißt dann auch diesen leer, jammert aber beständig über die stetige Zunahme ihres Gewichtes.

Übrigens ist es nicht so, daß sich Ramona nur als Gast der Försterin betrachtet hätte, eher spielt sie deren Haushälterin, denn Ramona kauft stets ein, was für die zwei Lebensmittelkarten zu haben ist, sorgt für das ganze Haus, ohne daß die Försterin je gefragt hätte, was sie schuldig sei.

In dieser Nacht aber, als Ramona lange nicht einschlafen kann, faßt sie den Entschluß, endlich etwas zu unternehmen, um wieder auf eigenen Füßen zu stehn.

Schön langsam kommt auch im öffentlichen Leben wieder alles in Ordnung, auch wenn sich die Militärregierung noch überall einmischt. Aber die Behörden sind jetzt besetzt – wenn auch überwiegend mit neuen Leuten, die zwar von der Sache wenig verstehen, aber eine weiße Weste haben. Der neue Landrat zum Beispiel ist früher einmal Hausierer gewesen, hat auch wegen Betrugs schon einmal gesessen und kann gerade seinen Namen schreiben. Aber er hat im KZ gesessen, wie er behauptet, wegen Widerstands gegen das Regime. Etwas anderes kann ihm niemand beweisen. So sitzt er also im Landratsamt an seinem großen Schreibtisch, gefällt sich in seiner Macht, ist gnädig und herablassend gegen das Volk, soweit es ihm unterwürfig genug entgegenkommt.

Es sind aber nicht alle unterwürfig. Manche stehen aufrecht und ohne jede Angst oder Ehrerbietung vor ihm und sagen ohne Umschweife, was sie wollen. So wie diese Ramona von Ette-Barhausen, die jetzt vor dem Herrn Landrat steht und erklärt, es sei ihr bekannt geworden, daß dieses alte Forsthaus in Nolgen am Kirchbach zum Verkauf stehe.

»So? Davon weiß ich ja gar nichts.«

»Man hat mir aber gesagt, daß zum gegenwärtigen Zeitpunkt nur das Landratsamt zuständig wäre, nachdem das Forstamt noch nicht arbeitet.«

»Ja, dann wird es schon so sein. Komisch, aus diesem Nolgen war gestern schon einer hier, ein gewisser Wenzel Harbricht und wollte eine alte Ziegelei haben. Was ist denn da eigentlich los? Haben denn die Flüchtlinge soviel Geld?«

»Wenn Sie mich bitten, Platz zu nehmen, kann ich Ihnen nähere Auskunft geben.«

»Was meinen Sie? Ach so, ja, also setzen Sie sich. Wie ist das also mit dem alten Forsthaus? So alt wird es ja auch nicht sein. Was soll es denn kosten?«

»Zwanzigtausend Reichsmark.«

»Aha, die wollen Sie wohl noch unterbringen, bevor diese Reichsmark einmal umkippt. Haben Sie überhaupt soviel?«

»Ja.«

»Aha, ich verstehe. Vor Abreise aus der Heimat noch schnell das Konto abgehoben.«

»Jawohl. Nur – wenn ich den Herrn Landrat darauf aufmerksam machen darf, ich bin nicht freiwillig abgereist aus meiner Heimat, sondern wir sind hinausgejagt worden wie Hunde, und wenn wir nicht gegangen wären, hätte man uns möglicherweise ermordet.«

Der Herr Landrat hebt die Schultern und läßt sie wieder sinken. »Das tut mir leid, Frau Bar...? Wie war doch gleich der Name?«

Ramona, die in Nolgen nur Barhausen genannt werden will, antwortet jetzt mit betonter Schärfe: »Ramona von Ette-Barhausen.«

Der ehemalige Hausierer nickt. »Und Sie sind sozusagen in Nolgen evakuiert. Ist das der Marktflecken mit dem kleinen, hinkenden Bürgermeister?«

»Herr Brattl, ja.«

»Sie, das ist vielleicht ein hartnäckiger, unangenehmer Mensch. Der kommt mir doch dauernd mit Forderungen für seine Gemeinde: Scheinbar hat der bei den Amerikanern einen mächtigen Rückhalt, weil er gar so forsch auftritt. Ich bin gerade dabei, nachzuforschen, ob der wirklich keinen braunen Fleck auf seiner Weste hat. Ich warte jetzt nur noch auf das Ergebnis eines meiner Informanten. Dann wackelt sein Stuhl...«

Ramona lächelt still vor sich hin und antwortet: »Herr Brattl ist sehr tüchtig. Er setzt sich tatkräftig für uns Flüchtlinge ein. Aber wenn ich jetzt bitten dürfte, Herr Landrat. Wie stehn Sie überhaupt zu meinem Anliegen?«

»Ich verstehe, Sie erwarten von mir, daß ich Ihren Kaufantrag befürworte. Ich bin ja im allgemeinen auch sehr wohlwollend, zumal Sie so schön bitten können. Reichen Sie doch einmal Ihre sämtlichen Unterlagen ein. Polizeiliches Führungszeugnis, Unbedenklichkeitsbescheinigung und vor allem den großen Fragebogen über Ihre nationalsozialistische Vergangenheit. Ich werde das alles genau prüfen. Und wenn alles in Ordnung ist, werde ich mich nochmal erkundigen, ob mein Amt wirklich für den Verkauf dieses Forsthauses zuständig ist. Dann hören Sie von mir.«

»Ist es unbescheiden von mir, Herr Landrat, wenn ich um Beschleunigung der Angelegenheit ersuche?«

»Keineswegs, zumal Ihnen Ihre Bescheidenheit gut ansteht. Früher wird Ihnen das ja fremd gewesen sein!«

Ramona gibt keine Antwort mehr, nimmt ihre Handtasche vom Tisch und steht auf. »Auf Wiedersehn«, sagt sie mit Widerwillen und geht hinaus. Erst als sie die Tür hinter sich geschlossen hat, sagt sie ganz laut gegen die Mauer hin: »Ganove, ungehobelter.«

Drinnen aber denkt der ehemalige Hausierer darüber nach, in welche niedrige Tiergattung er dieses hochnäsige Frauenzimmer einreihen könnte. Es fällt ihm aber nur eine »überspannte Ziege« ein. Natürlich wird er keinen Finger für sie rühren. Das könnte dieser adeligen Hopfenstange gerade so passen. Kaum hereingeschmeckt in ein anderes Land und schon wieder Reichtümer an sich raffen. Eines muß man ihr allerdings zugestehn: Schön ist sie. Eine berauschend schöne Erscheinung. Und das scheint sie auch zu wissen.

Es ist ein wunderschöner Sommertag. Kein Wölkchen steht am Himmel. Die Schwalben kreisen hoch über den Dächern, und am Floriansbrunnen auf dem Stadtplatz sitzen ein paar Tauben und tauchen ihre Schnäbel immer wieder in das kühle Wasser, das aus vier gußeisernen Schlangenmäulern in ein weites Betonbecken rinnt.

Die Uhr auf dem Turm der Stadtpfarrkirche schlägt die elfte Vormittagsstunde. Ramona steht auf den Stufen des

Landratsamtes. Sie vergleicht ihre Armbanduhr mit den Stundenschlägen der Kirchturmuhr und überlegt, was sie jetzt nur mit der vielen Zeit anfangen soll, denn der Omnibus, der sie am frühen Morgen von Nolgen hierhergebracht hat, fährt erst am Nachmittag gegen vier Uhr wieder zurück.

Auf der andern Seite des Stadtplatzes ist das Finanzamt, augenblicklich noch Sitz der Militärregierung. Davor stehen eine Reihe Jeeps und schwarzlackierte Limousinen. Das Sternenbanner auf dem Dach weht leicht im Wind.

Während Ramona noch so dasteht und überlegt, ob sie mit ihrer schon recht zusammengeschrumpften Fleischkarte in ein Gasthaus gehen oder sich in einem Metzgerladen nur eine Wurstsemmel kaufen soll, sieht sie plötzlich einen Herrn aus einem der Torbögen kommen. Freudig überrascht eilt sie ihm entgegen und streckt ihm beide Hände hin.

»Ach, Herr Hauptlehrer Prinding. Nett, daß ich Sie treffe.«

»Die Freude ist ganz meinerseits, Ramona. Wie kommst denn du hierher?«

»Ich bin mit dem Frühomnibus hergefahren. Da hab ich Sie gar nicht gesehn, Herr Lehrer.«

»Kannst du auch nicht. Mich hat mein Quartiersherr, der Schorhamer, mit seinem Fuhrwerk mitgenommen.«

»Ich bin gerade am Überlegen, ob ich essen gehen soll. Kommen Sie mit?«

»Dem Hunger nach müßte ich's wohl. Aber das ist jetzt so eine Sache.« Prinding schaut auf seine Taschenuhr. »Um halb zwölf haben wir uns hier an diesem Brunnen zusammenbestellt. Mathias ist sonst immer sehr pünktlich.«

»Wer ist Mathias?«

Prinding will gerade anfangen zu erklären, als Mathias mit seinem gelblackierten Gäuwagerl, zwei Haflinger davor gespannt, aus einer Seitengasse herausfährt, vor dem Brunnen hält und vom Wagen springt.

»Bin ich ned pünktlich?«

»Wie immer, Mathias. Aber darf ich dir vorstellen – oder

kennt ihr euch schon? Fräulein Ramona von Ette-Barhausen – Mathias Lindner.«

»Nur vom Sehen«, sagt Mathias und reicht Ramona die Hand. Er sieht, wie sie dabei ein wenig das Gesicht verzieht, und lacht: »Entschuldigen Sie, ich weiß, ich hab einen viel zu starken Händedruck.«

»Macht nichts«, lächelt Ramona zurück. »Männer, die immer nur die Fingerspitzen reichen ...«

»Was ist mit denen?« will Lehrer Prinding wissen.

»Ach nichts«, wehrt Ramona ab und sieht Mathias dabei zum erstenmal voll ins Gesicht. Es entstehen ein paar merkwürdige Sekunden. Ramona ist mit einem Mal, als stehe die Welt still. Sie kommt erst wieder zu sich, als die Tauben vom Brunnenrand wegfliegen, dicht über ihren Kopf hinweg, zum Sternenbanner hinüber. Mathias schluckt ein paarmal und schaut dann den Lehrer an.

»Können wir das Fräulein vielleicht mitnehmen?«

»Ich denke doch, Mathias. Sie müßte sonst bis um vier Uhr auf den Omnibus warten. Es ist nur – Ramona hat Hunger und ich auch. Wir wollten eigentlich jetzt in ein Gasthaus gehen.«

Mathias überlegt einen Moment, dann reicht er Ramona die Hand zum Aufsteigen. »Ich weiß was Besseres. Nehmt nur Platz. Du, Lehrer, auf die andere Seite. Wir nehmen das Mädl in die Mitte.«

Wie sagt der? Einfach Mädl? An diesem jungen Menschen ist alles so unkompliziert, so ungezwungen, daß er alle für sich einnimmt, die ihm begegnen.

»Sitzen Sie gut?« fragt er, als er selber auch aufgestiegen ist und die Zügel ergreift.

»Ja, danke. Wenigstens gut beschirmt zwischen zwei Männern.«

»Eine Rose zwischen zwei Sauerampfern«, lacht Mathias und läßt den Haflingern die Zügel.

»Danke für das Kompliment«, lächelt Ramona.

»Das ist kein Kompliment, Fräulein. Das ist nur die Wahrheit. Ein kleines bisserl Wahrheit, denn in Wirklichkeit –.« Mathias unterbricht sich und wendet sich dem Lehrer Prinding zu, der zu seiner Rechten sitzt. »Ich glaub, Lehrer, ich hab da einen Fehler gemacht. Wie sagtest du doch, wer sie sei. Ein Fräulein von?«

»Ramona von Ette-Barhausen.«

»Ja, dann müßte man ja Hoheit sagen zu ihr, oder Durchlaucht, oder Baronesse oder was es da sonst noch alles gibt.«

»Sie sollten wahrlich nicht soviel Unsinn daherreden, Herr Lindner.«

»Mathias, wenn ich bitten darf.«

»Und mich nennen Sie einfach Barhausen.«

»Schön, ich werde mir's merken.«

Die Stadt bleibt hinter ihnen. Großes, herrliches Bauernland tut sich vor ihnen auf, von kleinen Waldstreifen durchzogen. Wogende Roggenfelder, semmelblonde Weizenfelder, die nur mehr ein paar Tage brauchen, um ganz auszureifen. Die Gerste schimmert schon weiß in den Grannen. Nur der Hafer ist noch grün. Ramona genießt dies alles wie mit trunkenen Sinnen. Freilich, hier ist alles klein und bescheiden, wenn sie an die unendlich weiten Felder ihrer Heimat denkt. Aber sie will daran nicht denken, sondern schön in der Gegenwart bleiben, neben dem Mann sitzen, der seine graue Lodenjoppe hinter sich in den Wagen gelegt hat, in Hemdsärmeln neben ihr sitzt und die Zügel mit einer Hand hält. Es ist eine schmale, braungebrannte Hand, und eigentlich spielen nur seine Finger gelegentlich mit den Zügeln. Wie ein Dirigent, der seine Musiker nur mit den Fingern dirigiert, denkt Ramona und muß gleichzeitig lachen über diesen Vergleich. Sie richtet ihre Blicke wieder mehr auf die beiden Haflinger, die so leicht und beschwingt dahintraben. Ihre Mähnen flattern im Wind und hinter dem Gefährt steigt eine helle Staubwolke auf.

Aus dem Gespräch, das der Schorhamer Mathias mit dem Lehrer führt, entnimmt sie, daß Mathias heute in der Kreisstadt einen Wagen gekauft hat. Einen alten DKW Meisterklasse. Aber immerhin wird er noch ein paar Jahre seinen Dienst tun. Jetzt wird er noch ein bißchen aufpoliert und neu bereift. Ramona erfährt, daß Mathias zur Erlangung solcher Reifen einen Zentner Weizen quasi als Schmiergeld opfern muß, weil es ohne Naturalien kaum noch etwas zu kaufen gibt. Immerhin, dieser junge Mann ist kein Pessimist.

Endlich taucht hinter einem Waldstück, etwas abseits von einer größeren Straßenkreuzung, ein großes, weißgestrichenes Gebäude mit grünen Fensterläden auf. »Gasthaus zur Waldesruh« steht auf einer Tafel geschrieben. Dorthin lenkt Mathias das Gefährt, spannt die Pferde aus, um sie in den Stall zu führen. Und siehe da, dieses fremde Mädchen nimmt so einfach den Handgaul am Halfter und führt ihn in den Stall.

»Ausschirren?«, fragt sie.

»Nein, nur ein Büschl Heu und Wasser«, antwortet Mathias staunend. »Woher wissen Sie das alles!«

»Nun, wir hatten daheim schließlich auch etliche Pferde.«

»Na schön, aber jetzt wollen wir unsern Hunger stillen. Großen Hunger?«

»Und wie. Könnten wir vielleicht im Freien sitzen? Es ist so schön hier.«

»Natürlich. Und was wünschen Sie? Schweineschnitzel, Koteletts, Schweinsgulasch?«

»Ich muß erst einmal bei meinen Fleischmarken nachsehen.«

»Ja, ist schon recht.«

Eine Kellnerin deckt bereits einen der Tische. Mathias geht auf den Wirt zu, der unter der Türe erscheint, flüstert ein bißchen mit ihm und setzt sich dann auch an den Tisch. Die Kellnerin bringt zwei Maßkrüge, über denen eine halbrunde Schaumkrone steht. Mathias bläst den Schaum weg, stößt mit dem Lehrer an, reicht aber dann seinen Krug zuerst Ramona hin.

»Sie zuerst. Ihr Durst scheint mir größer zu sein. Außerdem gebührt Ihnen der erste Schluck.«

»Mhm, das schmeckt aber gut. Was ist das?«

»Eine Radlermaß. Halb Bier, halb Limonade.«

»Kenn ich gar nicht.«

»Sie werden noch viel nicht kennen«, lacht Mathias und trinkt den Krug nun bis zur Hälfte leer. »Und jetzt darf ich fragen, was Sie heute in die Kreisstadt geführt hat.«

Eigentlich hätte Ramona sagen können, daß ihn das nichts angehe. Aber da ist nun etwas, das sich in ihr öffnet, das sie zwingt, in seine Augen zu sehen, in seine dunklen Augen, die von einer außerordentlichen und fast beglückenden Wärme erfüllt sind.

»Ich habe nachgefragt wegen des alten Forsthauses, in dem ich zur Zeit wohne. Ich möchte es käuflich erwerben. Die Möglichkeit wäre gegeben, sagte mir der Bürgermeister Brattl.«

»Ah ja? Komisch, so was erfährt unsereiner gar nicht.«

»Was tätest du mit so einer alten Hütte?« fragt der Lehrer. »Dein Hof ist dagegen ein fürstlicher Besitz.«

»Übertreib nur nicht«, lacht Mathias, und wenn er so unbekümmert lacht, dann meint man, es käme tief aus seinem Innern heraus, und die Augen lachen mit. »Wenn du so angibst, könnte das Fräulein eines Tages unverhofft bei uns aufkreuzen und sich überzeugen, wie sehr du gelogen hast.«

Das Essen kommt, drei riesige Portionen Schweinebraten mit Knödel und grünem Salat.

»Laßt es euch schmecken«, sagt Mathias und teilt seinen Knödel in zwei Hälften. »Übrigens Fräulein – wie war der Name doch gleich?«

»Ramona.«

»Kennt man bei uns eigentlich nicht. Ja, was wollte ich jetzt gleich sagen – wenn Sie einmal nach Schorham kommen möchten. Man hat von nirgends sonst eine so schöne Aussicht über das Land hin.«

»Ist das wahr, Herr Lehrer?«

»Ja, es stimmt schon. Schorham ist wie ein Gotteslehen.«

»Und ihr beide, ihr kennt euch wahrscheinlich schon von daheim her?«

»Ramona ist die ersten vier Jahre bei mir in die Schule gegangen.«

»Darf ich bitte nochmal trinken?« fragt Ramona.

Beide Maßkrüge werden ihr eiligst zugeschoben. Aber Ramona nimmt den Krug des jungen Bauern, und Mathias merkt sich genau die Stelle, wo sie getrunken hat.

»Hast eigentlich du etwas erreichen können, heut?« fragt Mathias den Lehrer.

»Ja und nein. Man sieht ein, daß das Schulhaus in Nolgen zu klein ist, wenn all die Flüchtlingskinder mit unterrichtet werden sollen. Man müßte erst anbauen. Und dann müßte man prüfen, ob man mich vielleicht als Lehrer einstellen kann. Es sei schon auffallend, hat der zuständige Schulreferent gesagt, daß alle, die von drüben kämen, eine weiße Weste hätten.«

»So eine Narretei.«

»Ich habe zugegeben, daß es ein paar Flecken auf meiner Weste gibt, und man hat geseufzt und die Stirne gerunzelt.«

»Da warst du ungeschickt, Lorenz.«

»Ich habe es immer in meinem ganzen Leben mit der Wahrheit gehalten, Mathias. Man hat drüben bei uns so wenig wie hier Lehrer sein können, wenn man am Revers seiner Joppe nicht das gewisse Abzeichen getragen hat. Es ist schon eine merkwürdige, verrückte Welt, in der wir leben.«

»Nein, die Welt ist es nicht, die Menschen sind es.« Mathias schiebt seinen Teller zurück. »Mach dir den Kopf nicht schwer, Lorenz. Eines Tages wirst du wieder vor einer Klasse stehn. Übrigens Fräulein Romea . . .«

»Ramona«, verbessert ihn lachend die Angesprochene.

»Warum wollen Sie das alte Gerümpel eigentlich kaufen?«

»Weil ich wieder selbständig sein will, auf eigenen Füßen stehen, wenn Sie das verstehn.«

»Na schön. Ich wünsche Ihnen alles Glück dazu.«

Ramona nimmt ihre Handtasche und geht ins Innere des Gasthauses. Nach einer Weile kommt sie wieder zurück, sagt zunächst gar nichts und erst nach einer Weile will sie wissen:

»Wie kann ich micht denn für diese großzügige Bewirtung revanchieren?«

»Wie meinen Sie denn das?«

»Man hat mir drinnen gesagt, daß alles schon erledigt sei.«

»Da müssen vielleicht die Heinzelmännchen im Spiel gewesen sein«, meint Mathias mit vielsagendem Schmunzeln. Offensichtlich gibt es da irgendein Abkommen zwischen ihm und dem Wirt, denn bevor sie abfahren, stehen die beiden wieder beisammen und tuscheln.

»Nächste Woche am Donnerstag«, hört sie Mathias noch sagen, als sie die Pferde aus dem Stall führt und vor den Wagen spannt. Sie gibt auch danach die Zügel nicht aus der Hand, fragt nur kurz und bestimmt: »Darf ich?«

Verwundert schaut er sie von der Seite an, und er gerät geradezu ins Staunen, als sie losfahren. Ramona lenkt die beiden Haflinger mit so geschickter Hand, daß er selbst es nicht besser machen könnte. Sie traben dahin, daß die Mähnen fliegen, und Ramona ist zumute, als müsse sie jauchzen, so sehr ist ihr Herz von Freude erfüllt. Da und dort sieht man schon Bauern bei der Kornernte. Hell leuchten die frischen Stoppeln, und um die Kornmanndln weht der Wind.

»Wir fangen auch bald an«, sagt Mathias.

»Können Sie eine Erntehelferin brauchen?«

»Doch ned Sie?«

»Warum denn nicht? Irgendwie möchte ich doch Speise und Trank von vorhin abdienen.«

Ein Lastwagen der Amerikaner rumpelt heran. Die Haflinger scheuen und wollen ausbrechen. Erschrocken will Mathias in die Zügel greifen, aber Ramona hat die beiden Pferde schon wieder im Griff.

»Donnerwetter, das war gekonnt«, staunt Mathias.

Ramona lacht ihn an und streicht schnell mit einer Hand das Haar aus der Stirne zurück. »Ich hab Ihnen doch schon gesagt, daß wir daheim auch ein paar Pferde gehabt haben.«

»Ein paar ist gut«, schaltet sich der Lehrer ein. »Mindestens dreißig, wenn ich nicht irre. Lipizzaner, gell?«

»Nein, Trakehner, mit Ausnahme der Ackergäule.«

»Ich weiß noch gut«, erinnert sich der Lehrer. »War das noch vor dem Krieg, da war doch in Neidenburg das große Wagenrennen.«

»Im Juni 1939«, sagt Ramona.

»Da bist du sechsspännig gefahren und hast, kaum siebzehnjährig, den ersten Preis davongetragen.«

Dann ist sie jetzt fünfundzwanzig, rechnet Mathias nach und betrachtet wieder ihre Hände, die mit den Zügeln spielen. Die Pferde wittern bereits die heimatliche Nähe und greifen noch schneller aus. Nolgen selber ist zwar noch nicht sichtbar, es liegt zu sehr in eine Mulde eingebettet, aber die umliegenden Bauernhöfe rings auf den Höhen stehen im Glanz der Sonne da, die sich schon ein bißchen nach Westen geschoben hat, einem aufgelockerten Gewölk entgegen, das aussieht wie eine große Schafherde.

Dann kommen die ersten Häuser in Sicht, das Wegmacherhäusl als erstes. Im Obstgarten hängt Regina Wäsche an die Leine. Ihr Mohrackerl liegt pudelnackt auf einer Decke im Gras und strampelt vor lauter Lebensfreude mit den Beinen. Von der Ziegelei herüber hört man lautes Kindergeschrei, das sich erst im Gekreisch der Sägegatter verliert, als sie an der Gschwendnersägmühle vorbeifahren. Die Sägmüllerin Barbara Gschwendner steht neben einem hohen Bretterstapel und redet mit einem Arbeiter. Als sie auf der Straße das Gespann wahrnimmt, zuckt sie zusammen. Ihr Gesicht läuft rot an, und sie starrt dem Gefährt nach, bis es von der Straßenbiegung verschwindet.

Ramona hat die Haflinger jetzt in Schritt fallen lassen und gibt die Zügel an Mathias zurück. »Vielen, vielen Dank, das war jetzt wunderschön für mich.«

»Für mich auch. Und wenn es Ihnen einmal Spaß machen sollte«, Mathias streckt die Hand aus – »da droben, die weißen Gebäude, das ist Schorham.«

»Das Gotteslehen?«

»Das hat der Lehrer gesagt«, wehrt Mathias ab.

»Lassen Sie mich jetzt bitte da vorne bei der Kreuzung absteigen?«

»Wieso denn? Kommt gar ned in Frage. Ich fahr Sie bis zum Forsthaus.«

»Ich müßte aber noch einiges einkaufen. Brot und ein bißchen Fleisch für morgen.«

»Na schön, dann fahren wir zuerst zum Bäcker und dann zum Metzger.«

Im Postgarten sitzen wieder die Stammtischbrüder. Sie recken die Hälse, und der alte Dachdecker Pröpstl rumpelt von seinem Stuhl auf und verschüttet dabei sein Bier. Nein, so was. Steigt da nicht der Schorhamer Mathias von seinem Wagen, streckt die Arme hoch hinauf und hebt dieses wunderschöne Frauenzimmer von ihrem Sitz herunter, so wie man ein Kind vom Wagen hebt.

»Habt's das g'sehn?« fragt der Hierlein.

»Das ist doch die Gräfin, die im Forsthaus hinten wohnt?« fragt der Pensionist Röhn.

»Ned direkt Gräfin«, sagt der Streckengeher Hanisch. »Aber was Adeliges muß sie schon sein.«

Der Dachdecker Pröpstl nimmt einen tüchtigen Schluck Bier aus seinem Krügl, wischt sich den Mund ab und seufzt.

»So was sollt' mir der Doktor für mein' Rheumatismus verschreiben.«

»Ah geh, was willst denn du mit so was. Sei froh, wenn d' allein noch gehn kannst.«

»Die Füß sind zwar schlecht bei mir«, gibt der Dachdecker zu, »aber die Gefühle sind noch ned erloschen.«

Währenddessen kommt Ramona wieder aus dem Metzgerladen heraus, mit einem kleinen Packerl in den Händen. Mathias hebt sie wieder zum Wagensitz hinauf, steigt selber auf und greift nach den Zügeln. Die Stammtischbrüder drehen wie auf Kommando die Köpfe und gaffen dem Gespann nach. Dann sitzen sie wieder gerade, aber der Pröpstl langt sich mit der Hand an den Nacken und jammert: »Sacklzement! Jetzt hab ich mir das Gnack verrenkt.«

Fröhlich und ausgelassen rumpeln die drei auf ihrem Fuhrwerk dem Forsthaus entgegen. Dort freilich erwartet sie ein Schrecken, der ihnen für einen Moment die Sprache verschlägt, denn zwischen den Ästen des alten Apfelbaumes schaukelt etwas Dunkles hin und her.

Ramona, aus deren Gesicht jede Farbe gewichen ist, hat sich als erste gefaßt und flüstert: »Um Gottes Willen! Das habe ich immer befürchtet.«

Ihr schwarzes, langes Festtagsgewand hat sie sich noch angezogen und den Brautkranz über das graue Haar gestülpt, so ist die Försterin zum Sterben gegangen. Der Strick um ihren Hals ist sorgfältig geknotet.

Mathias ist schon vom Wagen gesprungen und zieht sein Messer. Aber es ist schon zu spät. Kalt und starr liegt der magere Körper in seinen Armen. Langsam legt er die Tote ins Gras. Dann hebt er den Kopf und schaut Ramona an. Die hat sich in den kurzen Minuten merkwürdig gesammelt und fragt, die Männer ansehend: »Weißt du, was da als Nächstes zu tun ist?«

Es ist nicht festzustellen, an wen die Frage eigentlich gerichtet ist, an den Lehrer oder an Mathias. Aber es ist wohl Mathias mit dem Du gemeint, denn gerade ihn sieht sie jetzt hilfesuchend an.

»Ich weiß nur, daß man sie so nicht liegenlassen kann. Ich weiß aber auch, daß man Sie nicht allein in diesem Haus lassen kann.«

»Warum denn nicht? Die Toten tun uns nichts mehr.«

Mathias wendet sich an den Lehrer. »Bleib du einstweilen bei ihr. Ich fahre in den Ort hinein und kümmere mich um alles.«

Der Doktor kommt noch, die Gemeinde ist verständigt und der Pfarrer. Brattls erste Feststellung ist, daß man Frau von Barhausen jetzt unmöglich da hinten im Forsthaus allein lassen könne.

Zwei Stunden später liegt die Försterin bereits im Leichenhaus aufgebahrt. Die Kunde von ihrem Tod geht durch

Nolgen. Ganz still liegt sie unter Blumen und grünem Gezweig, und wenn man ihre Miene betrachtet, so findet man darin nichts Leidvergrämtes, eher scheint ein Lächeln um ihre Mundwinkel zu spielen, als sei sie erleichtert, dem Unglück entronnen zu sein, das ihr Leben verdüstert hat. In der Küche aber findet Ramona einen Zettel auf dem Tisch liegen.

»Ja, ist schon recht, Konrad. Ich habe Dich rufen gehört und ich komme. Du mußt mich aber gleich in deine Arme nehmen, damit ich nicht so tief falle.«

Als die Försterin beerdigt wird, treffen sich Mathias und Ramona zum zweiten Mal. Sie begegnen sich gerade unter der schweren Kirchentüre. Er hält sie offen, läßt die junge Frau unter seinem Arm hindurchschlüpfen und ist etwas verlegen dabei, weil er immer noch nicht sicher ist, ob das Du unter dem Apfelbaum, unter dem sie die Försterin gefunden haben, ihm oder dem Lehrer gegolten hat, oder ob es ihr nur unbewußt in ihrer Verstörtheit über die Lippen gekommen ist.

Gleichzeitig schlüpft auch die Sägmüllerin Barbara Gschwendner noch unter seinem Arm durch und sagt: »Ich dank dir schön, Mathias.«

Mathias wird feuerrot und läßt die Tür hinter sich zufallen.

Dann geht er zu seinem Betstuhl, der seit einem Jahrhundert schon für die Schorhamerischen reserviert ist. Wenn er aufschaut, sieht er Ramona wieder drüben an der Mauer lehnen wie immer. Aber er kann hinschauen wie er will, Ramona reagiert nicht darauf. Nur die Sägmüllerin erwidert seine Blicke leidenschaftlich.

Nein, Ramona reagiert überhaupt nicht. Ihr trauriges Gesicht ist bewegungslos auf den Altar gerichtet. Eine große Verlorenheit ist in ihren Augen, und nichts mehr erinnert ihn an das lebenslustige Geschöpf, das seine Haflinger gelenkt und ihm angeboten hat, auf seinem Acker bei der Ernte zu helfen.

Auch nach dem Gottesdienst gelingt es ihm nicht, im

Trubel der vielen Menschen an sie heranzukommen. Er sieht ihr nach, wie sie im Rathaus verschwindet. Hier, auf dem Platz vor dem Rathaus, getraut er sich nicht, auf sie zu warten. Statt dessen steht die Sägmüllerin plötzlich an seiner Seite und hängt sich an seinen Arm. »Kommst du mit auf ein paar Weißwürste zum Postwirt, Mathias?«

Verführerisch, in rassiger Schönheit, mit dunkelglänzenden Augen und kupfernem Haar steht die junge Witwe Barbara Gschwendner vor ihm. Später begreift er selbst nicht mehr, warum er ihr seinen Arm nicht entzogen hat, wie es ihm sein Verstand befiehlt. Statt dessen folgt er ihr willig ins Nebenzimmer beim Postwirt, und alle können es sehen. Die alte Herglin sagt ganz laut – weil sie noch nie hat flüstern können – zur Seilermutter: »Ein alter Schnee. Reichtum kommt immer zu Reichtum.«

Vom Rathausfenster aus sieht auch Ramona, wie die beiden gewissermaßen Arm in Arm unter der Eingangstüre des Postwirts verschwinden.

»Wer ist diese Frau, Herr Bürgermeister?« Sie bekommt bereitwillig Auskunft.

»Ach so ist das?« entgegnet Ramona kühl und wendet sich wieder ihrem eigentlichen Anliegen zu. Es steht ihr nichts mehr im Wege, sie kann das alte Forsthaus erwerben, obwohl Brattl in seiner Fürsorge für sie bereits ein anderes Quartier beschafft hat. Nein, sie will da hinten bleiben, will einiges umbauen und eine Nutriazucht anfangen.

Diese Flüchtlinge, denkt Brattl, die sind doch alle von einem unbändigen Drang erfüllt, wieder auf eigenen Füßen zu stehen. Zuerst schien sie ein eiserner Ring umschlossen zu haben, aber nun ist der Käfig brüchig geworden, sie sprengen ihn, wollen hinaus aus ihrer Eingeschlossenheit. Ein ganzer Berg von Anträgen liegt auf seinem Schreibtisch. Eine Familie Roditscheck will ein Café eröffnen, eine Klara Schindelbeck stellt Antrag auf Eröffnung eines Friseursalons, ein anderer stellt Antrag auf eine Metallhandlung, und was da hinter der alten Ziegelei auf dem ausgebeuteten Moorgrund geschieht, entlockt sogar den Einheimischen Worte der Anerkennung. Warum ist das den hiesigen Bauern noch nicht selbst eingefallen? Der Moorgrund gehört der Gemeinde und ist billig zu haben. Nein, da müssen erst Fremde auf den Gedanken kommen, hier in dieser Riesenfläche Drainagerohre zu legen und große Wassergräben zu ziehen, durch die alles Wasser abfließen kann. Trockener Boden wird es dann sein, und in einem oder zwei Jahren wird der Wind über Roggenfelder wehn, und Lerchen werden darüberstehn. Siedlungshöfe wird man bauen, und eigentlich weiß niemand so recht, daß hinter all dem emsigen Treiben der eiserne Wille einer jungen Frau steht, und vielleicht wird man die Siedlung hinter dieser Ziegelei einmal sogar die »Ramona-Siedlung« nennen.

Ihr kann Brattl aber auch nichts abschlagen. Er befürwortet alle Gesuche, gibt seine Kommentare dazu und weiß sogar die Einheimischen zu überzeugen, die ja mit eigenen Augen sehen, wie sich diese Menschen abmühen. Kaum daß der Morgen graut, ob es regnet oder die Sonne scheint, stehen sie schon im Moorgrund, Kinder mit nackten Oberkörpern, Frauen mit wehenden Kopftüchern. Es wird erst still über dem Moor, wenn die Abendglocke geläutet hat, die Sterne aufblühen und die Eulen aus dem Wald rufen. Vielleicht steht eines Tages einer aus ihren Reihen auf, um ein Buch darüber zu schreiben, wie sie arm und geschlagen gekommen sind, um Pfähle zu schlagen für ein festes Fundament, auf dem die nachkommenden Geschlechter weiterbauen.

Die Ernte ist vorbei. Die Äcker sind bereits wieder umgepflügt, liegen dunkel da, aufnahmebereit für eine neue Saat. Nur die Rüben und die Kartoffeln sind noch draußen.

Aber Ramona ist nicht als Erntehelferin gekommen. Irgendetwas ist geschehen, das sie verändert hat. Sie hat Brot und Speck zurückgeschickt. Nein, danke schön, hat sie dem Lehrer gesagt, der ihr die Sachen hätte bringen sollen. Sie sei zwar ein bißchen hungrig gewesen, aber nunmehr gehe es ihr ausgezeichnet. Sie sei auch nicht darauf angewiesen, von der

Gnade des Herrn Mathias Lindner zu leben. Dem armen Lehrer Prinding war ihr sprödes Verhalten völlig unerklärlich, er hat auf sie eingeredet, versucht, ihr zu erklären, daß Mathias seit jener Begegnung im Kreisstädtchen wie verzaubert gewesen und daß sein Leben seitdem wie mit einem Goldglanz erfüllt sei. Darüber hat Ramona freilich nur gelächelt, war ihr doch aus der Schulzeit in Erinnerung geblieben, daß der Hauptlehrer Prinding schon im Volksschulunterricht einen Hang zu blumigen Formulierungen gezeigt hatte. Inzwischen freilich, suchte sie ihm zu erklären, sei sie längst kein Kind mehr, und der Lehrer möge doch erkennen, daß ein Mann wie dieser Mathias nicht aufrecht im Leben stehen könne, wenn er auf beiden Achseln Wasser tragen müsse.

In Wahrheit aber verschweigt sie, daß nach dem Tod der Försterin ein Zettel unter ihre Haustüre geschoben worden ist mit den ungelenken, drohenden Worten: »Laß die Finger von dem jungen Schorhamer, wenn du von Deinem Leben noch was haben willst.«

So haargenau hat Prinding seinem jungen Freund nicht ausgerichtet, was Ramona ihm gesagt hat. Er hat Mathias nur geraten, er möge vergessen, was er da träumt. Ramona sei aus ganz anderem Holz geschnitzt als er und erfüllt von ganz anderen Vorstellungen und Idealen. Das Schicksal habe sie nicht in ein anderes Land verschlagen, um sich dort an einen Mann zu binden, der auf einer ganz anderen sozialen Stufe steht als sie.

Er ist aus allen Wolken gefallen, hat versucht, den Namen Ramona aus seinem Gedächtnis zu tilgen wie einen schönen Traum, von dem man weiß, daß er sich nie erfüllen wird. Aber dieser Traum war zu intensiv gewesen, hatte sein Leben schon zu sehr durchdrungen, als daß er sich so ohne weiteres davon hätte lösen können, und manchmal hätte er weinen mögen wie ein Kind, weil er sich da aus spontanem Trotz etwas zerstört hat, das vielleicht nie wieder gutzumachen ist.

Ein Sonntagnachmittag liegt über dem Land, schwermütig

und doch von seltener Schönheit mit all der Farbenpracht des hereingebrochenen Herbstes. Der große Malermeister schwingt seinen Pinsel und überzieht die Blätter an den Bäumen mit leuchtendem Glanz. Die Vögel sammeln sich zu Schwärmen, stehen hoch in der Luft und machen sich auf nach Süden, ehe der Herbst endgültig dem Land seinen Stempel aufdrückt, ehe die Stürme brausen und die Blätter von den Bäumen schütteln, und ehe in der Morgenfrühe die Nebel wallen.

In Hemdsärmeln geht Mathias Lindner, die Hände hinter dem Rücken verschränkt, am Rande des Kartoffelfeldes entlang. Einmal zieht er an einer der Kartoffelstauden, die sich von unten herauf schon zusammenkrümmen und gelblich werden. Die Knollen freilich sind noch klein, und es wird noch an die drei Wochen dauern, ehe sie geerntet werden können.

So ist sein Vater auch immer hingegangen am Rande der Äcker, hat geprüft und gerechnet, und eines Tages wird sein Sohn oder seine Söhne nach ihm die Früchte prüfen und neue Saat in die Erde bringen. Das alles sieht Mathias an diesem Nachmittag wie in einer Vision vor sich. Nur ist das so eine Sache mit den Söhnen. Die fallen ja nicht vom Himmel, und man kann sie auch nicht anpflanzen wie Fichtenschößlinge, die dann von selbst wachsen und gedeihen.

Ja, viel ist geschehen in letzter Zeit. Man hat ein Mädchen kennengelernt, hat sie für einen Engel gehalten und hat sie wieder verloren. Mathias denkt darüber nach, wie leicht und schnell sie sich hat verlieren lassen. Aber vielleicht können sich Engel nicht binden, sie müssen frei sein, ihre Flügel auszubreiten. Und wenn man das erkannt hat, dann ist es vielleicht verzeihlich, wenn man sich Hals über Kopf in ein Abenteuer hineinstürzt, nur weil man jung ist und die Kette nicht erkennt, an der man sich dann plötzlich hängen sieht. Und schön ist sie ja, die Sägewerksbesitzerin Barbara, auf eine ganz gefährliche Art schön, mit Feuer im Blut und nur von dem Willen getrieben, das zu besitzen, was sie um ihrer Lust willen begehrt. Und er hat sich willig dieser Besitzgier hingegeben, um seine Enttäuschung zu überspielen.

Da hat sie im warmen Gras gelegen vor ihm in ihrer wunderbaren Fülle, ein reifes Weib, vier Jahre älter als er, mit schlanken Gliedern und mit einem gurrenden Lachen, ganz tief aus der Kehle. Sie hat sich hinverschenkt in seine jugendliche Kraft.

»Wir wollen noch ganz still ruhen«, hat sie gesagt. »Es läuft uns nichts mehr davon, und wir haben Zeit, uns gegenseitig auszurechnen, welcher Besitz der größere ist, meiner oder deiner. Das Sägewerk und dein Hof zusammen aber ist etwas Gewaltiges, und niemand in Nolgen kann uns noch wechseln, wenn die zwei einmal zusammengehören.«

Das alles klingt so verführerisch. Besitz, Macht, Ansehen und eine Frau, mit der man sich durchaus sehen lassen kann. Aber was nützt das alles, wenn das Herz dabei leer bleibt. Er geht zu ihr, weil er jung ist, aber er spürt, daß es nicht die Erfüllung ist, und manchmal ist ihm ganz weh ums Herz, wenn er von ihr weggeht, oder wenn sie ihn verläßt, denn sie kommt immer öfter nach Schorham.

»Du mußt nicht glauben«, sagt sie, »daß ich dir nachlaufe, Mathias. Es ist deiner Mutter wegen, sie erbarmt mich.«

Manchmal ist Mathias verzweifelt und haßt sich dann selber, weil er zu schwach oder zu bequem ist, sich aufzulehnen gegen die Aufdringlichkeit, mit der diese Barbara von ihm Besitz ergreift. So mag sie sich einmal den alternden Sägmüller ergattert haben, denn sie ist ja früher weiter nichts gewesen als ein Zugvogel, zuletzt so eine Art Beschließerin im Hotel zu den drei Königen in der Kreisstadt.

»Da kann und will ich dir nicht raten«, sagt der Lehrer Prinding, als er ihn einmal in dieser Sache um seine Meinung fragt.

»Mir geht einfach die Ramona da hinten im Forsthaus ned aus dem Sinn«, gesteht Mathias. »Redet sie denn überhaupt nie von mir?«

»Nein, nie. Oder nie mehr.«

»Ich hab ihr doch nichts getan?«

»Weiß man das immer so genau, Mathias, ob man einen Menschen verletzt hat, ganz unbeabsichtigt vielleicht. Aber unter uns gesagt, Mathias: Diese zwei Frauen, diese Sägmüllerin und Ramona, die sind wie eine Flamme, die lodert, und wie ein stilles Kerzenlicht, das niederbrennt bis auf den Grund, ohne jemals zuzugeben, daß es für jemanden geleuchtet hat.«

»Hab ich mich getäuscht, oder hab ich sie gestern vorbeireiten sehn?«

»Ja, sie hat sich ein Pferd zugelegt, einen Falben. Sie hat angefangen, wieder so zu sein, wie sie einmal war.«

Ach ja, mit dem Lehrer führt er oft stundenlange Gespräche, am Abend vor der Hausbank, wenn alles schon still geworden ist. Dieser weißhaarige, gütige Mann weiß unendlich viel, über Politik, über die Lebensläufe großer Männer, über die großen Irrtümer, die begangen worden sind und immer wieder begangen werden, und daß man nie weiß, ob sich der Schweiß auf der Stirne lohnt, wenn man sich um etwas bemüht, um das Vertrauen der menschlichen Herzen zum Beispiel, weil am Ende dieser Mühen oft nur wieder die Enttäuschung steht.

Übrigens, das neue Schulhaus wird gebaut, und Prinding könnte wieder vor einer Klasse stehn. Aber er überlegt sich, ob er mit dreiundsechzig noch einmal beginnen oder nicht lieber gleich in Pension gehen soll, um dann in aller Ruhe sein Buch zu schreiben, das Buch von der verlorenen Heimat.

So geht die Zeit hin. In den Gärten blühen bereits die letzten Astern. Nebel liegt schwer und undurchdringlich über dem Land, wie eine graue Zeltwand, und hinter dieser Wand rufen die Krähen. Die Luft ist kalt und feucht, der Menschen Atem geht mühsamer, besonders bei denen, die an sich schon schweratmig sind.

Die Schorhamermutter zum Beispiel sitzt nachts nur noch aufrecht im Bett, weil ihr das Atmen so schwerfällt. Der Doktor kommt fast jeden zweiten Tag, verabreicht ihr eine Spritze und geht wieder. Er ist alt geworden, dieser Doktor Althaus, der nun schon bald vierzig Jahre in Nolgen seinen Dienst versieht. Er läßt sich sein Honorar in Eiern und Butter auszahlen und leidet selber unter heftigem Rheuma. Seit kurzem aber ist da ein neuer Arzt aufgetaucht, ein junger. Ein gewisser Werner Schnitzer, ein Spätheimkehrer aus der Kriegsgefangenschaft, der seine Mutter in Nolgen unter den Flüchtlingen gesucht und gefunden hat. Doktor Althaus ist froh, eine Hilfe zu finden und will ihm gerne seine Praxis überlassen oder ihn wenigstens allmählich miteinbeziehen in seinen Wirkungskreis. Zuerst freilich beschnuppert er den jungen Mann sehr sorgfältig, bis er ihn seines Vertrauens wert findet.

»Unsere Bauern sind natürlich ein Volk für sich«, erklärt er ihm. »Die holen den Doktor meistens erst, wenn es schon zu spät ist. Aber da ist ein Fall, wo man wirklich noch helfen könnte: Die Bäuerin von Schorham droben, die leidet unter schwerem Herzasthma. Die müßte längst einmal in ein Sanatorium. Auf mich hört sie zwar nicht, aber vielleicht können Sie es ihr einreden.«

Der junge Arzt redet der Schorhamermutter gar nichts ein, er überzeugt sie, daß sie unbedingt einmal auf vier Wochen nach Bad Reichenhall muß.

»Ja, meinst?«

»Das meine ich nicht nur, liebe Frau, ich verordne diese Kur ganz einfach, denn Sie wollen doch wenigstens eine Besserung Ihres Leidens.«

»Ja, möcht ich schon. Aber was das kostet?«

»Sind Sie denn bei keiner Kasse?«

Die Schorhamerin schüttelt den Kopf. »Bis jetzt ham mir so was ned braucht. Und überhaupt, ich weiß ned, was der Mathias dazu sagt. Red doch du einmal mit ihm.«

Aha, hier wird man also geduzt, denkt sich der Arzt. Aber verallgemeinern darf man das scheinbar auch nicht, denn Mathias begegnet ihm sehr höflich und redet ihn als Herr Doktor an.

Sie treffen sich draußen auf dem Hof, als Doktor Schnitzer mit dem ausgeliehenen Fahrrad schon wieder wegfahren will. Beide sind gleich groß, der eine dunkelhaarig, der andere blond, beide vom Krieg gezeichnet, beide um die schönsten Jahre ihrer Jugend betrogen. Mathias nimmt ihn wieder mit hinein in die warme Stube, nötigt ihn Platz zu nehmen.

»Dann meinen Sie also, daß die Mutter zur Erholung fort müßte?«

»Das hat mein Kollege Althaus schon lange gemeint, und ich kann es nur bestätigen.«

»Darf ich Ihnen einen Schnaps anbieten, Herr Doktor?«

»So früh am Morgen schon? Na ja, einen Wacholder meinetwegen.«

Bei dem Wort »Wacholder« horcht Mathias auf. Trinkt man den nicht da droben in Ostpreußen viel? Das weiß er vom Lehrer Prinding, und hat nicht auch Ramona damals im Gasthaus Waldesruh davon gesprochen, daß man bei ihr daheim Wacholder gebrannt habe.

»Nein, Wacholder hab ich keinen, aber einen guten Birnenschnaps.« Er schenkt zwei Gläser voll. »Auf Ihr Wohlsein, Doktor.«

»Schnitzer ist mein Name. Werner Schnitzer. Auf Ihre Gesundheit.« Er schüttelt sich und schließt die Augen. »Der ist aber scharf.«

»Der erste Schluck nur, der zweite ist milder. Und jetzt sagen Sie mir einmal ganz ehrlich, Doktor, was fehlt meiner Mutter? Heut ist sie ja wieder ganz elend und bleibt im Bett.«

»Tja, was fehlt Ihrer Mutter? Die Diagnose meines Kollegen stimmt schon. Schweres Herzasthma, darüber hinaus alles, was über einen Menschen in dem Alter herfallen kann. Verengung der Herzkranzgefäße, Durchblutungsstörungen, ganz einfach, wenn Sie es erlauben – bei uns daheim sagt man halt, ein müder, abgerackerter Ackergaul.«

»Und wo ist das, wenn ich fragen darf, bei Ihnen daheim?«

»In Ostpreußen.«

»Ach ja, ich hab es gehört. Sie haben Ihre Mutter hier

gefunden. Die meisten der Vertriebenen hier sind von dort oben. Haben Sie mehr Bekannte hier?«

»Ja, einige.«

Am liebsten hätte Mathias jetzt auch nach Ramona gefragt, verschluckt es aber und kommt auf die Mutter zurück. »Also, wo meinen Sie, daß man die Mutter hinbringen soll?«

»Am besten nach Bad Reichenhall. Doktor Althaus meint das übrigens auch. Die Solebäder sind für die Atmungsorgane vorzüglich und könnten ihrer Mutter zumindest Erleichterung schaffen.«

»Also gut, Doktor, veranlassen Sie das sofort.«

»Es ist nur – Ihre Mutter hat Bedenken geäußert wegen der Kosten.«

Mathias lacht. »Ja, so ist sie. Aber das spielt doch keine Rolle. Für ein Zweizentnerschwein kann man heute doch alles haben.«

»Ja, bloß nicht das Leben.«

»Da haben Sie recht. Bloß fragt man sich manchmal, ob es überhaupt wert ist, für so ein Leben recht viel zu investieren.«

Der Arzt mustert ihn und lacht dann. »Wenn Sie schon so daherreden bei einem solchen Besitz und bei so einer Verbindung, die Sie demnächst eingehen werden.«

Mathias zuckt zusammen: »Was meinen Sie damit?«

»Entschuldigung, mich geht das ja nichts an.« Der Doktor macht den Eindruck, als sei es ihm peinlich, dieses Thema angeschnitten zu haben. Aber Mathias läßt nicht mehr locker.

»Nein, nein, das möchte ich jetzt schon wissen. Wie haben Sie das gemeint mit der guten Verbindung. Was wird da geredet?«

Doktor Schnitzer kommt sich vor wie eine Schnecke, die sich zu früh aus ihrem Haus herausgewagt hat und sich nun eiligst wieder zurückziehen möchte.

»Ach, wissen Sie, ich bin noch nicht lange genug hier, als daß die Leute schon so viel Vertrauen zu mir hätten, mir ihren Dorfklatsch oder Stadtklatsch . . .«

»Markt, Doktor. Markt Nolgen am Kirchbach.«

»Ein schöner Name. Es gefällt mir hier überhaupt recht gut.« Doktor Schnitzer steht auf. »Es hat mich gefreut, Sie kennenzulernen. Dann werde ich also eine Überweisung beantragen. Auf Wiedersehn, Herr Lindner.«

Zu seinem Erstaunen drückt ihn Mathias ziemlich unsanft wieder auf seinen Stuhl nieder. »So kommen Sie mir jetzt nicht weg. Was ist da geredet worden?«

Immer peinlicher wird es dem Arzt, er sieht aber auch ein, daß er jetzt Farbe bekennen muß. Zwischen Herzabhorchen und Blutdruckmessen wird ihm oft viel erzählt, das keineswegs unter die ärztliche Schweigepflicht fällt.

»Also gut. Vor ein paar Tagen war die Sägewerksbesitzerin Barbara . . .?«

»Gschwendner?«

»Ja, Barbara Gschwendner. Sie war bei mir in der Sprechstunde – die Frau ist übrigens kerngesund – und erzählte mir, daß sie in Bälde zu heiraten gedenke und zwar den jungen Schorhamer.«

»Der bin allerdings ich. Ich danke Ihnen, Doktor. Sie haben mir einen großen Gefallen getan.«

»Hoffentlich komme ich da nicht in irgendetwas hinein, das mir dann falsch ausgelegt wird.«

»Auf gar keinen Fall. Was Sie mir gesagt haben, das bleibt bei mir. Und das mit der Mutter geht in Ordnung?«

»Ich versuche, die Sache zu beschleunigen. Aber jetzt muß ich wirklich gehn.«

Mathias begleitet ihn hinaus und ist auf einmal wie verwandelt, ist von einer seltsamen Beschwingtheit, in seinen Augen strahlt ein fast fröhlicher Glanz, um seine Mundwinkel zuckt ein verborgenes Lächeln. Was ihm der Doktor da gesagt hat, war für ihn sehr wertvoll, und es ist ihm zumute wie einem Menschen, den man gerade von seinen Fesseln befreit hat.

Wenn er erst wüßte, was ihm der Doktor noch verschwiegen hat. Die Patientin Barbara Gschwendner ist nämlich recht redselig gewesen, so als würde sie den neuen Doktor schon jahrelang kennen. »Die Alte«, hat sie gesagt, »die wird's sowieso nimmer lang packen, dann gehört eine junge Bäuerin ins Haus. Und mein Sägewerk – ich weiß noch nicht, da muß ich erst mit meinem Mathias reden – entweder ich verkauf es, oder ich verpachte es zunächst einmal, weil ich ja ned weiß, wieviel Kinder wir haben werden.«

Ein schwerer Koffer steht gepackt in der Stube. Die Hechtl Gabriele hat noch zwei Nachthemden nähen müssen. Es ist nun doch verhältnismäßig schnell gegangen mit der Kur. Wer hat in diesen Jahren auch schon zur Kur fahren können? Es sind ja auch erst ein paar Sanatorien, die wieder geöffnet haben und in Betrieb sind.

Die Sägmüllerin will die Schorhamermutter nach Bad Reichenhall fahren, weil sie einen viel größeren Wagen hat als Mathias. Am Abend zuvor kommt sie noch und überzeugt sich, ob alles im Koffer ist.

»Für eine Woche reicht es«, sagt Frau Barbara. »Jeden Sonntag kommen wir sowieso, der Mathias und ich, dann können wir dir immer frische Wäsche mitbringen. Und am Hof, da schau ich schon fleißig nach, daß dem Mathias nichts abgeht. Du sollst dich um gar nichts sorgen müssen, Mutterl, und werd uns bald wieder recht gesund.«

»Ja, das ist mir schon ein rechter Trost, Barbara.«

»Du mußt mir bloß sagen, was er gern mag, der Mathias. Alles soll er haben, was sein Herz begehrt.«

»Gulasch mag er sonst recht gern, bloß zuviel scharfen Paprika verträgt sein Magen ned.«

»Gut, daß du mir das sagst. Nehm ich halt mehr süßen Paprika her. Wie ist es denn mit einem Wiener Rostbraten?«

»Mag er auch gern. Heikel ist er überhaupt ned, der Mathias.«

»Ich werd schon alles recht machen, Mutterl. – Aber, wo ist er denn heut überhaupt, der Mathias?«

»Kurz bevor du kommen bist, ist er in den Ort nunter. Weißt ja, sie haben es recht notwendig in letzter Zeit, unsere Mannsbilder.«

»Ja, ich weiß schon, sie haben da so was wie einen provisorischen Gemeinderat. In Wirklichkeit aber haben allweil noch die Amerikaner das Sagen. Wir brauchen auch ned unbedingt schon einen Gemeinderat. Der Brattl macht seine Sache soweit ganz gut.«

»Das sagt der Mathias auch.«

»Bloß den Flüchtlingen hilft er mir zuviel. So weit kommt es noch, daß die mehr zu reden haben wie wir.«

»Ich versteh da ned soviel. Aber der Mathias, der ist da wie sein Vater, Gott hab ihn selig. Der hat auch allweil g'sagt, drin sein muß man wenigstens im Gemeinderat, sonst machen die grad, was sie wollen, oder tanzen nach der Pfeifen von so einem Bürgermeister.«

Die Sägmüllerin nickt lebhaft Beifall. »Wem sagst du das? Ich bin überhaupt der Meinung, daß in einen Gemeinderat auch eine Frau hineingehört. Ja – und jetzt werd ich halt wieder heimfahren. Der Mathias wird ja so schnell noch ned kommen?«

»Da kann ich gar nichts sagen.«

»Ist er zu Fuß nach Nolgen nunter oder mit dem Wagen?«

»Wahrscheinlich schon mit dem Wagen.«

»Soweit man diese Kiste noch Wagen nennen kann. Wie man nur sowas kaufen kann! Aber –« Frau Barbara legt liebevoll ihren Arm um die Schultern der Schorhamerin – »wenn ich einmal ganz bei euch heroben bin, da braucht er ja kein Auto mehr, hab ja ich eins. Und was mein ist, ist auch sein. Kannst ihm denn ned gut zureden, dem Mathias? Ich sag es ganz ehrlich, ich tät gern schon bald Hochzeit feiern.«

»Doch, ich red ihm schon zu. Eine Bessere könnt er ja gar ned kriegen wie dich.«

»Eine Jüngere vielleicht schon, eine Bessere ned. Soll ich dir jetzt noch ins Bett naufhelfen, Mutter?«

»Nein, ich mag noch ein bisserl sitzenbleiben.«

»Wie du meinst. Ich wünsch dir halt dann eine recht gute Nacht. Und morgen früh, sagen wir um acht Uhr, da hol ich dich ab, gell.«

»Gute Nacht, Barbara. Und ich dank dir halt für alles.«
»Geh, für was denn? Ich tu es doch gern.«

Die Nacht ist kalt und von einem klaren Himmel überspannt. Morgen wird es einen schönen Tag geben, wenn die Sterne nicht lügen. Die Sägmüllerin gibt was auf die Sterne und meint immer, aus ihren Bildern auch für ihr unruhiges Leben etwas deuten zu können. Und unruhig ist sie, denn sie ist viel zu erfahren, als daß sie nicht fühlen würde, daß Mathias nicht ganz bei der Sache ist, daß er nicht Anker werfen will. Er kommt immer erst, wenn es dunkel geworden ist, geradeso, als ob er peinlich darauf bedacht wäre, daß ihn niemand sieht. Es bedarf schon aller Künste der Verführung, bis es ihm einfällt, daß er ja nicht zum Zeitunglesen in die prachtvoll eingerichtete Stube mit der Zirbelholzdecke gekommen ist. Aber es kann dann vorkommen, daß ihm mitten unter ihren wilden Zärtlichkeiten einfällt: »Jetzt weiß ich ned, hab ich die Lichter am Wagen ausgeschaltet oder ned.«

Dann löst er sich einfach aus ihrer engen Umarmung und geht hinaus, schaut nach, weil ja sonst die Batterie leer würde. Ja, so ist er, geht einfach von ihr weg und kommt nicht wieder. Es scheint ihm einfach egal zu sein, was sie denkt. Es wird nie ein Himmel voller Seligkeit, wie es Stunden der Liebe eigentlich sein müßten. Wenn sie ihn darüber ausforschen möchte, zuckt er nur die Achseln und meint: »Du mußt mich eben nehmen, wie ich bin.«

Zwangsläufig gerät sie darüber in ein fast krankhaftes Mißtrauen, und obwohl er ihr weder einen unmittelbaren Anlaß gibt noch andere Hinweise vorliegen, ihr Verdacht fällt einfach gefühlsmäßig auf diese Person da hinten im Forsthaus. Sie hat sich deshalb auch nicht gescheut, ihren Holzaufkäufer Vitus Schmederer, der ihr blindlings ergeben ist wie ein Hund seinem Herrn, auch wenn er dafür Fußtritte bekommt, zu beauftragen, er möge dieses Flüchtlingsweib da hinten im Forsthaus ein wenig beobachten.

Auch jetzt wird sie von diesem Mißtrauen wieder übermannt. Sie steht eine Weile neben ihrem Wagen, ohne einzusteigen. Alles ist still ringsum. Ein paar Fenster über den Stallgebäuden sind erleuchtet. Die Wohnung des Schweizer Ehepaars, wie sie weiß. Die beiden Knechte sind scheinbar auch da droben. Wahrscheinlich sitzen sie beim Kartenspiel, Lachen und Stimmengewirr ist verschwommen zu hören. Auch drüben im Zuhäusl, wo diese Lehrersleute wohnen, ist noch ein Fenster erleuchtet. Alle andern Fenster sind dunkel.

Es ist zum Wahnsinnigwerden, dieses stechende, bohrende Mißtrauen. Es zermürbt mich einfach, denkt sie, wenn Mathias nicht bald aus seiner Reserve heraustritt und sich offenbart. Sie erwartet ja gar nicht, daß er ihr flammende Liebesschwüre ins Ohr flüstert, aber wenigstens ein paar Worte könnte er sagen, an die sie sich klammern, auf die sie sich berufen könnte.

Entschlossen steigt sie jetzt in ihren Wagen und löst die Handbremse. Von selber rollt er lautlos den Hang hinunter, und sie dreht den Zündschlüssel erst herum, als sie schon in der Ortschaft ist. Was will sie denn eigentlich? Sie will nur nachsehen, wo Mathias' Wagen abgestellt ist. Es gibt ja noch nicht viele Autos um diese Zeit. Zuerst hält sie auf dem Marktplatz. Kein Wagen vor dem Rathaus. Dort ist alles dunkel. Aber auch kein Wagen vor dem Postwirt oder in dessen Hof. Im Gasthaus sind alle Fenster erleuchtet. Aus dem Nebenzimmer tönt lautes Stimmengewirr. Leider sind die Vorhänge dicht zugezogen. Barbara kann niemanden sehen. Wütend steigt sie wieder in ihren Wagen und rast in Richtung Forsthaus. Ihr sonst so schönes Gesicht ist verzerrt vor Mißtrauen und Angst. Sie weiß nicht, was sie tun wird, sollte Mathias' Wagen vor dem Forsthaus stehn. Schon weit davor stellt sie den Wagen ab und schaltet die Scheinwerfer aus. Lautlos schleicht sie sich ans Haus heran. Ein kleines Fenster ist rötlich erleuchtet. Durch einen engen Spalt der rot-weiß karierten Vorhänge kann die Sägmüllerin hineinsehen. In einem Lehnstuhl sitzt dort die Frau, mit der sie noch nie ein Wort gesprochen hat, die sie instinktiv ganz einfach haßt, vor der sie eine unbegreifliche Angst hat, deren Ursache sie selbst nicht versteht. Sie ist einfach da und schnürt ihr das Herz ein.

Der Schein der alten Stehlampe mit dem kunstvoll gedrechselten Fuß fällt auf Ramonas blondes Haar. Es sieht aus, als sei es von einer müden Sonne beglänzt. Eine feine Strähne davon fällt ihr in die Stirne herein und bewegt sich bei jedem Atemzug. In den Händen hält sie ein Buch. Vor ihr auf einem Tischchen steht ein gefülltes Glas. Für die Sägmüllerin ist das natürlich Wein aus des Försters Keller. Es ist aber nur Apfelsaft.

Enttäuscht und gleichzeitig erleichtert geht die Sägmüllerin wieder zu ihrem Wagen zurück und schimpft vor sich hin: »So sind sie, diese Flüchtlinge. In anderer Leute Möbel herumfaulenzen und ihren Wein zusammensaufen. Da haben sie uns ja was Sauberes reingesetzt mit diesem Pack.«

Weit hinter ihr wiehert ein Pferd. Ja, natürlich, einen Gaul hat sie ja auch. Aber jammern, daß es ihnen schlecht geht.

Mißmutig und mit sich selber uneins fährt sie schließlich nach Hause. Aber morgen wird sie erzwingen, daß Mathias mitfährt nach Reichenhall. Auf der Heimfahrt wird sie dann Fraktur mit ihm reden, wird ihm die Flausen austreiben, weil es so nicht weitergehen kann.

Um diese Zeit ist es, daß Mathias von der Besprechung, die beim Postwirt stattgefunden hat, langsam den Berg hinaufgeht. Ausnahmsweise ist er heute einmal zu Fuß gegangen. In seinem Kopf schwirrt es noch von dem Gehörten. Ach, es stehen ja soviel Probleme in Nolgen zur Lösung an, durch den Zuzug der vielen Flüchtlinge, denn es kommen ja immer noch welche dazu, solche, die umhergeirrt sind im Land und ihre Angehörigen gesucht haben. Durch den Suchdienst des Roten Kreuzes hat man ihnen den Weg zueinander gewiesen. Hier findet ein Kriegsgefangener seine Familie wieder, eine Mutter mit fünf Kindern den Mann, Brüder ihre Geschwister oder Eltern ihre Kinder. Sind es am Anfang zweihundertfünfzig gewesen, so sind es jetzt bereits über dreihundert.

Nolgen hat eine sonderbare Anziehungskraft. Es ist längst nicht mehr so, daß diese Heimatvertriebenen einfach herumsäßen, ängstlich, zerknittert, geduldig wartend auf das, was man ihnen auferlegt. Sie haben ihr Leben wieder selber in die Hand genommen und wollen mitreden.

Zu dieser Versammlung hat man auch zwei Abgeordnete aus der Ziegelei geschickt: einen Architekten namens Kittler, ein schneller, beweglicher Mann und den Zahnarzt Dr. Lemmer. Der Architekt bringt die untragbaren sanitären Verhältnisse in der Ziegelei zur Sprache.

»Ja freilich, euch ist ja nichts gut genug. Soll man euch das Häusl vielleicht auch noch bis zur Decken hinauf fliesen? Was habt ihr denn daheim gehabt? Ein Brett vielleicht überm Misthaufen.«

Es ist der Hannerbauer, der ewige Nörgler. Aber es wird ihm sofort bedeutet, daß er sein Maul halten möge, wenn er nichts Positives zu sagen weiß. Zumindest kann man ja über diese Angelegenheit einmal reden. Unter den Flüchtlingen sind ja auch viele Handwerker. Sie machen ja ohnehin fast alles selber, wenn man ihnen nur ein bißchen dabei hilft.

Der Zahnarzt will hier eine Praxis aufmachen. Ist denn das nicht wunderbar? Man brauch dann nicht mehr wegen eines eitrigen Zahnes bis in die Kreisstadt zu fahren. Es fehlen aber einstweilen die entsprechenden Räumlichkeiten. Ob man denn nicht das Dachgeschoß im Rathaus ausbauen könnte?

Der wichtigste Punkt aber, um dessentwegen man diese Versammlung einberufen hat, das ist die Friedhofsfrage. Dazu ergreift der Herr Pfarrer das Wort und sagt, was alle längst wissen. Der Friedhof um die Kirche herum ist längst zu klein geworden. Es ist kein Platz mehr für neue Gräber.

»Ist ja ganz klar«, flüstert der Hanner seinem Nachbarn zu. »Sogar auf dem Friedhof machen uns die Flüchtlinge schon den Platz streitig.« Laut getraut er sich's schon nicht mehr zu sagen. Eine Weile herrscht Schweigen, bis dem Schmied Jirgl einfällt: »Die Gemeinde hat doch gegen Holzham zu viel Grund. Da könnte man doch den Friedhof . . .«

»Dort ist der Grundwasserspiegel zu hoch«, gibt Brattl zu bedenken.

»Bei der Grandlbrücke hinten«, schlägt der Schorhamer Mathias vor.

Der Pfarrer sieht ihn so erbarmungsheischend an, als wolle er sagen: Weißt du denn nicht, Mathias, daß bis dorthin eine Stunde zu gehen ist, und daß ich an Durchblutungsstörungen in meinen Beinen leide? Und wollen wir denn unsere Toten so weit weg haben, daß sie nicht einmal mehr den Abendsegen läuten hören?

Andere Vorschläge werden gemacht und abgelehnt. Keiner von den Bauern will auch nur einen Quadratmeter Grund abgeben. Der Hanner vergißt, daß er eigentlich sein Maul halten sollte. Wütend springt er auf und schiebt seinen Hut aus der Stirne: »Und warum das ganze Geschiß? Bloß wegen der Flüchtlinge. Wenn die Bagasch ned reinkommen wär, für uns Einheimische hätte der alte Friedhof leicht ausgereicht!«

Ganz langsam steht der Schorhamer Mathias auf, reckt sich zu seiner vollen Größe: »Jetzt paß einmal auf, Hanner, wenn du dich noch einmal unterstehst, die Heimatvertriebenen eine Bagasch zu heißen, dann nehm ich dich und werf dich auf die Straße naus. Hast mich verstanden? Die sind jetzt einmal da und bleiben da, ob dir das paßt oder ned.«

Keinen Muckser macht er mehr, der Hanner, er zieht nur seinen Hut wieder in die Stirne herein und starrt vor sich hin.

»Bravo«, sagt jemand im Hintergrund, und einige klatschen. Nur der Pfarrer lächelt still vor sich hin. Er weiß ja längst, was er will, und das vorhergegangene Wortgeplänkel ist ihm gerade recht gewesen. Um so mehr Durchschlagskraft könnte seinem eigentlichen Vorschlag zuteil werden. Zuerst räuspert er sich ein paarmal, faltet die Hände über dem Tisch, als wolle er vorher noch ein kurzes Gebet sprechen, schaut den Mathias wieder so armselig an und setzt dann bedächtig zu seiner Rede an, als ob er auf der Kanzel stünde und nicht im Wirtshaus:

»Meine lieben, christlichen Mitbürger«, beginnt er, wobei er die Betonung auf christlich legt, »ihr habt in den letzten Jahren, besonders aber in den letzten Monaten soviel Solidarität bewiesen, daß ich einfach nicht glauben kann, daß wir uns jetzt wegen eines Friedhofes nicht einigen könnten. Und ich sage es frei heraus, mein Vorschlag wäre – haben wir nicht schon einmal darüber geredet, Mathias? Mein Vorschlag wäre der Blutacker.«

Schweigen. Mathias schiebt nur das Kinn ein wenig vor, zieht nachdenklich die Brauen zusammen und lächelt dann den Pfarrer an. »Nein, Herr Pfarrer, darüber haben wir nie geredet. Das sei zunächst einmal festgestellt. Aber man kann darüber reden. Wie stellen sie sich das vor?«

»Eigentlich ganz einfach. In der Mitte steht hochaufgerichtet das geschmiedete Kreuz für deinen Vater. Sternenförmig darum herum könnten dann die Gräberreihen angelegt werden, und um den ganzen Friedhof herum wäre dann nur noch eine Mauer oder eine Ligusterhecke zu ziehen. Was denkst du, Mathias?«

Mathias lächelt wieder. »Der Herr Pfarrer scheint ja schon alles mit einem Architekten besprochen zu haben. Was ist aber, wenn ich nein sage? – Aber ich sage nicht nein. Nur – ich will die gleiche Grundfläche vom Gemeindegrund eingetauscht bekommen.«

Von Freude überwältigt erklärt sich Bürgermeister Brattl sofort damit einverstanden, und der Pfarrer sagt: »Ich hab ja gewußt, daß du mich nicht im Stich lassen wirst, Mathias.« Die beiden Flüchtlinge aus der Ziegelei drücken ihm dankbar die Hand. Das sieht aus wie die Besiegelung einer beginnenden Freundschaft.

An all das muß Mathias jetzt denken, als er auf seinen Hof zugeht. Das Fenster in der Mutter Schlafkammer ist noch erleuchtet. Er weiß, die Mutter wartet wie immer auf ihn. Sie schläft auch nicht und wendet den Kopf, als er leise eintritt.

»Bist jetzt da, Bub?«

»Es ist heut ein bisserl später geworden. Was ich g'sehn

hab, dein Koffer für morgen steht schon fertig gepackt in der Stuben draußen.«

»Ja, die Barbara war noch da und hat alles fertig gemacht. Da bin ich schon recht froh. Morgen um acht Uhr kommt sie und holt uns ab. Fährst schon auch mit, gell Bub?«

»Was? Um acht Uhr schon? Und mit ihrem Auto? Ich hätte lieber ein Taxi bestellt. Die mischt sich schon ein bisserl viel in unsere Sachen.«

»Sei ned bös, Mathias. Sie meint es doch gut, und wenn du sie als Bäuerin nehmen möchtest, dann wär mir manchmal schon leichter ums Herz. Nein, nein, ich hör schon wieder auf. Ich seh dir's ja am Gesicht an, daß du das ned gern hörst.«

»Jetzt fahrst einmal auf Kur, Mutter, und wenn du zurückkommst, dann reden wir einmal über alles, gell.«

»Ja, ist schon recht. Was hat es denn Neues gegeben?«

»Das erzähl ich dir alles morgen auf der Fahrt. Und jetzt schlaf recht gut und so lang es dir paßt. Es bleibt sich nämlich ganz gleich, ob wir um neun Uhr fahrn oder erst um zehn Uhr.« Mathias zieht ihr fürsorglich die Decke noch ein bißchen hinauf und als er sich dabei ein wenig niederbeugen muß, umschließen ihn die Arme der Mutter wider sonstige Gewohnheit ganz fest. Sie zieht seinen Kopf zu sich herunter und küßt ihn auf beide Wangen. Dann läßt sie ihn wieder los, lächelt ihn still an und wünscht ihm eine gute Nacht.

Unter der Türe wendet er sich nochmal um. Mit einem stillen Lächeln schaut sie ihm nach, dann streckt sich ihre Hand nach dem Knöpfchen der Nachttischlampe. Dunkelheit umhüllt sie, und die große, feierliche Stille, in der man nichts mehr hört als das feine Wehen des Nachtwindes, der um die Giebel des Hofes streicht. Vielleicht ist es gar nicht der Wind, sondern der Flügelschlag des Todesengels, denn am andern Morgen, als Mathias sie wecken will, liegt die Schorhamermutter immer noch mit diesem stillen Lächeln da, und ihre Hand hängt kalt und starr neben der Bettlade herunter. Sie muß unmittelbar, nachdem Mathias die Tür hinter sich geschlossen hatte, verschieden sein.

»Sie hat einen schönen Tod gehabt«, sagen die Leute, die am Abend auf den Hof kommen, um nach altem Brauch für die Tote einen Rosenkranz zu beten. Aber den Sohn Mathias hat ihr Tod schwer getroffen. Er weiß, daß fortan eine große Leere um ihn sein wird und macht sich jetzt Gedanken darüber, ob er der Mutter vielleicht zu wenig Güte, zu wenig Liebe geschenkt hat. Im Bauernleben ist man ja nicht so verschwenderisch mit den Gefühlen, man zeigt sie nicht so offen her. Ein gelegentliches Streicheln über das weiße Haar hin, ist das genug gewesen, um das Herz der Mutter zu bewegen? Er hat ihr ja immer wieder beweisen wollen, wie sehr er ihr zugetan war. Nur ihre Hoffnungen hat er nicht erfüllen können. Das ist nun wie ein zusätzlicher Stachel in seinem jäh hereingebrochenen Leid, denn diese stillgehegten Hoffnungen wird er auch nie erfüllen können.

Die Stube ist voller Leute, auch auf dem langen, ziemlich breiten Flur, in dem der Sarg steht, stehen dicht gedrängt die Trauergäste. Zwei Kerzen brennen zu Häupten der Toten. Mathias kniet vor dem Sarg, und wenn er einmal aufschaut, dann fällt sein Blick auf die unter dem Herzen gefalteten, wächsernen Hände, um die man einen Rosenkranz geschlungen hat. Wenn er den Kopf noch weiter hebt, dann sieht er auch das stille Lächeln um ihre Mundwinkel und er hat auf einmal das Gefühl, daß sich in diesem Lächeln nicht die Freude über die Erfüllung eines letzten Wunsches ausdrückt, sondern Verstehen und Verzeihen.

In diesem Augenblick ist ihm zumute, als falle eine schwere Last von seinen Schultern. Es stört ihn deshalb gar nicht mehr so sehr, daß die Sägmüllerin die Frechheit besitzt, dicht neben ihm zu Füßen des Sarges zu knien, als gehöre sie dorthin. Dumpf klingen die Stimmen der Betenden durcheinander. Unter dem Atem der vielen Menschen ducken sich die Kerzenlichter und brennen unruhig.

Der Rosenkranz ist zu Ende. Die Menschen erheben sich, und Mathias sagt ihnen Dank fürs Kommen. Unter der Haustüre fängt er die Holmaier Regina noch ab. »Regina, auf ein

Wort. Du warst schon einmal bei uns und kennst dich aus. Möchtest ned so gut sein und mir aushelfen für die nächste Zeit, bis ich jemand gefunden habe?«

»Ja, freilich. Nur – es ist halt, du weißt ja – mein Mohrackerl.«

»Den kannst du ohne weiteres mit raufnehmen.«

»Gut, dann bin ich morgen früh da.«

Als Mathias in die Stube zurückkehrt, steht die Sägmüllerin mit verschränkten Armen an den Ofen gelehnt und schaut ihm erwartungsvoll entgegen. »Magst was trinken, Mathias?«

Er schüttelt den Kopf.

»Ja, was magst denn dann?«

»Nichts.«

Sie stemmt sich vom Ofen ab und tritt vor ihn hin. In ihren Augen ist ein seltsames Flimmern. »Soll ich dableiben, oder erst morgen früh wiederkommen?«

Ganz ruhig schaut er sie an und ganz ruhig antwortet er: »Überhaupt nimmer.«

»Waaaas?«

»Ich habe zuvor grad mit der Holmaier Regina geredet. Die kennt sich aus bei uns und kommt morgen früh rauf.«

Der Sägmüllerin verschlägt es die Sprache. Dann werden ihre Augen ganz schmal, und das sonst so schöne Gesicht verzerrt sich. »Ja sag einmal, spinnst du?«

Mathias wendet den Kopf zur Tür hin. »Barbara, da draußen im Flur liegt die Mutter auf dem kalten Schragen. Müssen wir da herinnen streiten?«

Für einen kurzen Augenblick sieht sie ihn mit Augen an, vor denen er erschrickt. Ein böser Funke glüht darin, ein Zug von Tücke, der sich da offenbart. Und nicht nur in den Augen allein ist dieses Böse, sondern über dem ganzen Gesicht. Ihre Nasenflügel vibrieren leicht, und an ihren Mundwinkeln ziehen sich zwei scharfe Falten nach unten. Es kommt ihm vor, als stehe die leibhaftige Rachegöttin vor ihm, schweigend zwar, aber mit der unmißverständlichen Warnung, auf der Hut zu sein.

Dann aber gibt sie sich plötzlich einen Ruck und ist wieder die Barbara Gschwendner, die Sägmüllerin, voll strenger Schönheit, eine rätselhafte Gestalt, die sich zusammenreißen und leichthin sagen kann: »Ja, dann eben nicht.«

Sie greift nach ihrer großen Tasche, die auf der Ofenbank steht und in der sie wohl ihr Nachtzeug verstaut hat, und fährt mit drohendem Unterton fort: »Aber es wäre ned gut, Mathias, wenn du glaubst, du könntest mich einfach so auf die Seite stellen. Mich stellt man ned einfach weg wie einen Gegenstand, den man nimmer braucht.«

Jetzt wäre für Mathias der Augenblick gekommen, ihr zu sagen: Du hast recht, ich brauche dich nicht. Aber Mathias ist viel zu müde, um sich an diesem Abend noch auf die große Auseinandersetzung einzulassen, die so unausbleiblich kommen muß wie das Gewitter, das an einem glühheißen Sommertag am westlichen Himmel heraufzieht. Er will nur noch warten, bis die Beerdigung vorüber ist.

Der Himmel ist verhangen. Ein kalter Wind fegt durch die Gassen von Nolgen, und als die Glocken zum Seelengottesdienst für die Schorhamermutter läuten, geht ein kurzes Schneegestöber nieder.

Nach dem Gottesdienst bewegt sich ein endlos langer Zug zum Familiengrab hin. Als man den Sarg hinunterläßt, senkt Mathias den Kopf und fährt sich mit dem Handrücken über die Augen. Da legt sich eine Hand auf seine Schulter, und eine Stimme flüstert ihm tröstend zu: »Bist ja ned allein, Mathias. Ich bin ja bei dir.«

Das hört zwar niemand, aber alle, die um das Grab herumstehen, sehen es, wie Mathias mit verstörtem Gesicht aufschaut und dann mit einer heftigen, fast wilden Bewegung die Hand der Sägmüllerin von seiner Schulter streift. Das sieht nicht aus, als ob die beiden ein Herz und eine Seele wären, so wie es die Sägmüllerin überall herumerzählt.

In der Todesanzeige hat zwar gestanden, man möge von Beileidsbezeugungen am Grabe Abstand nehmen, aber in diesem Augenblick löst sich aus der Trauergemeinde eine hochgewachsene Gestalt und wirft ein Sträußlein Zwergastern auf den Sarg hinunter. Dann dreht sie sich um, umschließt mit beiden Händen Mathias Hand und sagt: »Ich möchte dir mein herzlichstes Beileid aussprechen.«

Dabei sieht ihm Ramona mit sichtlichem Mitfühlen in die verschwommenen Augen. Kaum daß er ein Dankeschön herausbringt, so eng ist ihm in der Kehle.

Dann tritt Ramona wieder zurück, geht durch die Gasse neugieriger Blicke und verläßt den Friedhof. Sie trägt einen losen, schwarzen Umhang, der ihr fast bis zu den Knöcheln hinunterreicht. Das blonde Haar ist wie ein Turban über der Stirne geflochten. Langsam und aufrecht steigt sie die Friedhofstufen hinunter und geht davon.

Mit haßerfüllten Augen starrt ihr die Sägmüllerin nach. Ihr Gesicht ist nicht mehr rot, sondern grün vor Haß und Eifersucht. Diese Brüskierung wird sie ihr nie vergessen.

Angesichts dieser Szene am Grab ist es für alle offenkundig, daß Mathias mit der Sägmüllerin nichts zu tun haben will, zumindest nichts mehr zu tun haben will. Das steht allerdings im krassen Gegensatz zu dem, was diese Frau in ihrem Übereifer und ihrem Geltungsbedürfnis verbreitet hat. Hatte sie doch überall herumerzählt, daß sie spätestens im nächsten Frühjahr Schorhamerbäuerin sein würde. Verstanden hat man ohnehin nicht, wie dieser sonst so nüchterne Mathias gerade auf sie hat hereinfallen können, konnte ihm doch ihr angeschlagener Ruf nicht verborgen geblieben sein.

»Ja, was will ich denn machen?« hat sie den Schreinermeister Hübl gefragt. »Der Mathias ist ja ganz verrückt nach mir. Und wenn ich ehrlich sein will, ich nach ihm auch.«

Beim Hübl hatte sie ein neues Schlafzimmer bestellt, im Tauschhandel gegen Bretter, von denen sie ja genug hat und mit denen sie auch sonst einen schwunghaften Schwarzhandel treibt.

»Na ja«, hat der Schreiner zugegeben, »ein bildsauberer Bursch ist er ja, der Mathias. Und dann noch dieser stattliche Hof dazu.«

»Gell, das sagst auch. Und wie sie hinter ihm herwären, die andern Weiber, besonders die blonde Hex da hinten im Forsthaus. Aber der Mathias hängt unheimlich an mir, und was ich einmal in meinen Händen hab, das nimmt mir keiner mehr weg.«

Der Schreinermeister weiß es zwar ein bißchen anders. Er weiß von einem Kupferschmied aus der Stadt, einem Kürschnermeister und einem Tiefbauingenieur, die ihr alle Trost in ihrem Witwendasein gespendet und sich dafür von ihr in der schlechten Zeit haben durchfüttern lassen. Kavalier ist keiner von den dreien gewesen, denn man erzählt ja nicht nach Beendigung einer Liaison, daß die Verflossene einen besonders lebhaften Unterleib habe. Das hat sich allgemein herumgesprochen. Nur Mathias hat es wirklich nicht gewußt. Jetzt freilich weiß er es, und es ist nicht die Holmaier Regina allein, die ihm das mit Wonne erzählt. Sie tut es freilich mit besonderer Genugtuung, weil niemand sie so schlecht gemacht hat wegen ihres Mohrackerls wie die Sägmüllerin. Man berichtet es ihm auch von anderer Seite, seit Frau Barbara sich beim Rosenkranzbeten und bei der Beerdigung so aufdringlich benommen hat, als sei sie bereits Bäuerin auf dem Schorhamerhof.

Und das ist mehr, als er mit Gelassenheit zu tragen vermag. Überall meint er, den Spott zu spüren oder das Mitleid. Beim Hanner ist es zweifellos auch Schadenfreude, obwohl gerade er, der notorische Flüchtlingshasser, am wenigsten Grund dazu hätte, denn schließlich ist es gerade sein Sohn Simon, den das im Gasthof zur Post beschäftigte Küchenmädchen Laura von der Flüchtlingsfamilie Hadameck als Vater ihres kommenden Kindes angibt.

Merkwürdigerweise hat sich die Sägmüllerin seit der Beerdigung auf Schorham nicht mehr sehen lassen. Sie spielt die Beleidigte. Mathias aber will reinen Tisch machen. In aller Ruhe will er mit Barbara reden, und er läßt ihr durch den Postboten sagen, daß er am Samstagabend zwecks einer Aussprache zu ihr kommen werde.

Die Sägmüllerin atmet befreit auf. »Na also«, sagt sie. »Ich hab ja gewußt, daß er nicht ohne mich sein kann.«

So ist es mehr als ein Schrecken für sie, geradezu wie ein Sturz aus schwindelnder Höhe, als ihr Mathias schonungslos eröffnet, daß er ebendies beabsichtigt. Sie sitzen in der großen, behaglichen Bauernstube aus Lärchenholz in ihrem Haus. Der Raum ist überheizt, und es kann sein, daß Frau Barbara deswegen die Türe zum Schlafzimmer so weit hat offenstehen lassen. Man kann die weißüberzogenen Betten sehen, sie schimmern aus der Dämmerung heraus wie Schneewolken. Auf dem Tisch stehen eine Flasche Rotwein und zwei Gläser. Ein schwarzgescheckter Kater liegt auf der Ofenbank und döst vor sich hin. Die Gläser sind eingeschenkt, aber Mathias trinkt nicht, er will vollkommen nüchtern bleiben. Vor allem will er Ruhe bewahren, sich zu nichts hinreißen lassen.

Zuerst sagt die Sägmüllerin gar nichts. Bleichen Angesichts schaut sie ihn aus den schmalen Schlitzen ihrer zusammengekniffenen Augen an. Dann fragt sie mit brüchiger Stimme: »Und du meinst, du brauchst nur herzukommen und zu sagen, daß du mich nicht mehr brauchst? Hast du mich denn überhaupt einmal gebraucht?«

»Ja, Barbara.«

»Ja? Das gibst du also doch zu.«

»Warum soll ich es leugnen. Ich war ausgehungert.«

»Und jetzt bist du satt, meinst.«

»Barbara, laß uns doch vernünftig reden miteinander.«

»Also gut. Dann sag, was ich verkehrt gemacht habe.«

»Du hast überall herumerzählt, daß wir im Frühjahr heiraten würden. Sei ehrlich, Barbara, hab ich jemals von Heirat gesprochen?«

»Ich hab es aber annehmen müssen. Du hast dich immer so benommen, daß ich damit hab rechnen müssen.«

»Nicht rechnen, du hast es dir nur eingebildet.«

»Einbildung? Ist das vielleicht Einbildung, wenn du zu mir gekommen bist, ausgehungert wie du sagst? Ich hab es dir bloß zu leicht gemacht. Aber ich spür es doch die ganze Zeit schon, daß dir eine andere im Kopf umgeht. Wieso nimmt sich diese Person das Recht heraus, am offenen Grab vor dich hinzutreten?«

»Dortzulande ist das sicherlich so Brauch. Im übrigen bitt' ich dich, laß diese Frau aus dem Spiel.«

»Ja, freilich. Meinst du vielleicht, ich hab es nicht gesehn, wie sie dich angeschaut hat, Mathias? Aber ich laß mich nicht einfach so abschütteln.«

»Ja, ich weiß, für gewöhnlich warst du es, die abgeschüttelt hat.«

»Was willst du damit sagen?«

»Nichts. Du weißt, auf das Gerede der Leut hab ich nie etwas gegeben. Aber schau einmal, Barbara, ich habe viel über uns beide nachgedacht. Wir passen nicht zusammen. Unsere Charaktere sind zu verschieden. Gut, wir sind zusammen gewesen, es hat sich so ergeben, laß uns auch wieder auseinandergehn, in Frieden und in aller Anständigkeit.«

Jetzt erst fährt sie auf. Ihr Gesicht ist zorngerötet, ihre Hände zittern. »Das nennst du anständig? Wo ist denn deine vielgepriesene Lauterkeit. So benimmt sich nicht einmal ein minderer Bauernknecht. Mir, der Sägmüllerin, den Stuhl vor die Tür stellen. Mich in Verruf bringen. Mich vor den Leuten zum Gespött machen. Du wirst doch nicht glauben, daß ich mir das so ohne weiteres bieten lasse.«

»Barbara, ich wollte wirklich alles in Güte mit dir ausreden. Aber du machst mir das unmöglich.«

»Ja soll ich vielleicht sagen: Danke schön, daß du mir den Laufpaß gibst?«

»Eigentlich waren wir doch nie ein richtiges Liebespaar.«

»Ja, da hast du recht. Du warst ein schlechter Liebhaber.«

Mathias spürt, daß er flammend rot wird. Er schluckt ein paarmal, dann rutscht es ihm doch heraus: »War der Kupferschmied besser oder der Ingenieur?«

Wie von einer Viper gestochen, springt sie auf und schreit: »Das ist eine Frechheit!«

»Oder soll ich dir noch ein paar meiner Vorgänger aufzählen?«

Mit ein paar Schritten ist die Sägmüllerin an der Tür und drückt auf einen Knopf. Kaum eine Minute darauf wird die Tür aufgerissen, und der Holzaufkäufer Vitus Schmederer, ein krummbeiniger, untersetzter Mensch stürzt herein: »Was ist denn los?«

Die Sägmüllerin deutet nur mit dem Kinn auf Mathias hin. »Wirf den da hinaus.«

Schmederer zieht die bulligen Schultern hoch, öffnet weit seine Hände und macht ein paar drohende Schritte auf Mathias zu.

»Ach so ist das?« staunt der. »Ist das dein Rausschmeißer? Braucht es aber ned, ich geh von selber. Hat mich also mein Gefühl doch ned betrogen, daß etwas Unheimliches in dir ist.«

Mathias greift nach seinem Hut. In diesem Augenblick springt ihn der andere katzenartig an, umklammert seine Brust und hebt ihn hoch. Es ist fast unheimlich, welch zähe Kraft in diesem Kerl steckt. Aber es dauert nur ein paar Sekunden, dann hat Mathias sich freigemacht und läßt seine Fäuste arbeiten. Links und rechts klatschen sie in das Gesicht des Angreifers. Zum Schluß hebt er ihn hoch und schleudert ihn gegen den Ofen hin, daß er stöhnend zusammenbricht und liegen bleibt. Dann öffnet Mathias sein am Hals aufgerissenes Hemd und wirf einen verächtlichen Blick auf die Sägmüllerin. »Das hättest du eigentlich wissen müssen. Wer mir ins Gesicht reinlangt, den mach ich fertig.«

Dann geht er hinaus, steht dann draußen in der Nacht und atmet tief durch. Das liegt also nun hinter ihm. Er hat zwar an einen anderen Ausgang gedacht. Aber bitte, wenn sie es so haben wollte. Auf der Bachbrücke bleibt er ein bißchen stehn und schaut auf das ruhig fließende Wasser hinunter. Und er weiß selber nicht, wie er das Gefühl nennen soll, daß ihn jetzt bewegt. Er fühlt sich so frei und so erleichtert, wie schon lange nicht mehr. Gewaltige Lasten sind von ihm abgefallen, und er lächelt glücklich vor sich hin. Er lächelt auch über den Vorwurf, daß er ein schlechter Liebhaber gewesen sein soll. Das kann auch nur eine Frau sagen wie diese Barbara Gschwendner.

Es fängt wieder zu schneien an. Mathias stülpt den Kragen seiner Joppe hoch und geht dann langsam den Hang hinauf zu seinem Hof.

Das Jahr verweht nun vollends, das Herz könnte einem schwer werden, wenn man sieht, wie alles der Vergänglichkeit anheimfällt. Die Sonne ist nicht mehr wärmende Mutter, sondern eine müdgewordene Greisin, die sich hinter grauem Gewölk verbirgt und es gar nicht sieht, wie unter ihr die Schneeflocken wegfallen und die Erde bedecken. Nur in den Nächten klart es manchmal für ein paar Stunden auf, und dann blinzeln die Sterne herunter auf das weiße Bahrtuch, das über die Erde gebreitet liegt, und das kalt und rein ist wie die Sterne selber.

Die Adventnächte beginnen und sind von einem seltsamen Zauber erfüllt. Und wenn jemand über den Schnee reitet, dann hinterläßt er ganz deutlich seine Spur, sofern nicht Neuschnee sie zudeckt. Und diese Spur führt hinter dem Schorhamerhof vorbei und verliert sich in Richtung Forsthaus. Sinnend steht der Jungbauer Mathias Lindner davor, bückt sich und mißt mit gespreizten Fingern Breite und Länge des Eisens mit den drei Stollen. Dann richtet er sich wieder auf und lächelt vergnügt vor sich hin.

Still nimmt das Leben auf dem Schorhamerhof seinen Lauf. Die Holmaier Regina hält das Hauswesen mustergültig in Ordnung. Die Lehrersfrau kommt vom Zuhäusl herüber und bäckt für das Weihnachtsfest Zimtsterne, Anisplätzchen und Nußkränzchen. Das kleine Mohrackerl kniet auf der Bank, greift zuweilen, wenn die Frauen gerade nicht herschauen, in einen der Teigballen und läßt das süße Zeug dann blitzschnell hinter den schneeweißen Zähnchen verschwinden. Der kleine Mulattenbub ist so was wie ein Lichtlein auf dem Schorhamerhof. Besonders an Mathias hängt er, der ihn auf seinen Knien reiten läßt und ihn in die Luft wirft und wieder auffängt. Würde die Schorhamerin noch leben, hätte auch sie ihre Freude an dem kleinen Wirbelwind.

Eines Tages kommt der Pfarrer auf den Hof. Er hätte mit Mathias etwas zu besprechen. Aber Mathias ist im Wald und schlägt Holz.

»Ach, das ist aber schade«, sagt der Pfarrer, steht vor dem Kachelofen und wärmt sich die Hände an den Kacheln. »Wann wird er denn heimkommen?«

Regina schaut zum Fenster hinaus, es beginnt bereits zu dämmern. »Lang kann er nimmer aus sein, Herr Pfarrer.«

Nun wendet sich der Pfarrer dem Kind zu, streicht es über die schwarzen Locken und kneift es in die Backen: »Na, du kleiner Mohrackl. Du entwickelst dich ja ganz prächtig. Wenn du einmal größer bist, dann darfst du unter den Heiligen drei Königen den aus dem Morgenland spielen. Ist er gesund, Regina?«

»Und wie.«

»Na schau. Und wie haben sich die lieben Mitmenschen damals aufgeregt. Heute redet kein Mensch mehr davon. Es wächst halt über alles Gras.«

»Etza gimta«, (jetzt kommt er) stammelt der Mohrackl und patscht in die Hände, springt von der Bank und rennt auf die Türe hin. Draußen werden Stiefel abgestampft, und gleich darauf betritt Mathias die Stube. Er streift die Wollhandschuhe von den Händen, hängt sie über die Ofenstange und reicht dem Pfarrer die Hand. »Ah, der Herr Pfarrer. Was führt denn Sie heut noch zu uns herauf?«

Regina bringt den Stiefelzieher und stellt Mathias die warmen Hausschuhe hin. Dann bringt sie Brot, Butter, Selchfleisch und Apfelmost. Das alles verrichtet sie schweigend und heiter, wie es einer Hausfrau zukommt.

»Mag der Herr Pfarrer auch mithalten bei einer Brotzeit?«

»Gern, Regina. Meine Köchin hat mir heut zu Mittag bloß drei Spiegeleier hingestellt.«

»Weil Freitag ist«, lacht Mathias. »Und wenn Sie schon nicht fasten wollen am Freitag, wie könnt man's dann unsereinem verübeln.«

Mathias schneidet ganz dünne Blättchen von dem Selchfleisch ab, schiebt davon auch dem Mohrackerl eins zwischen die Zähne und rückt dann den Holzteller in die Tischmitte.

»Jetzt greifen Sie zu, Herr Pfarrer«, muntert er den Geistlichen auf. »Und nebenbei erzählen Sie mir, wo der Schuh wieder einmal drückt, denn daß Sie nur der frischen Luft wegen den Weg herauf genommen haben, das nehm ich Ihnen ned ab. Noch dazu mit Ihrem schlechten Gehwerk.«

»Zurück, hab ich mir gedacht, wird mich der Mathias schon fahren.«

»Das sowieso. Also, worum geht es.«

Es geht um nichts anderes, als daß die Pfarrgemeinde heuer eine große Weihnachtsfeier gemeinsam mit den Heimatvertriebenen im Postwirtssaal abzuhalten gedenke. So eine richtige Familienfeier unter Mitwirkung aller.

»Ein guter Gedanke, Herr Pfarrer.«

»Wir müssen endlich enger zusammenrücken, alle Fremdheit soll überbrückt werden. Die Herzen sollen einander näherkommen, und keiner soll sich mehr allein und einsam fühlen.«

»Ganz in meinem Sinn«, sagt Mathias und denkt dabei an etwas ganz Bestimmtes.

In der Ziegelei draußen, berichtet der Pfarrer weiter, würden dazu bereits die ersten Vorbereitungen getroffen. Unter den Heimatvertriebenen gebe es auch eine Art Hobbydichter, der habe ein Weihnachtstückl für Kinder geschrieben. Die Hauptinitiatorin aber sei dieses Fräulein von Ette-Barhausen.

»Ahsoo?« sagt Mathias gedehnt und lächelt. »Und was soll ich dabei tun?«

»Den Baum stiften. Eine Tanne aus deinem Wald. Das wäre eine schöne Geste.«

»Wenn es weiter nichts ist.«

»Wir wollen einen Ausschuß gründen, selbstverständlich die Flüchtlinge dazu einladen. Vor allem aber würde ich dich bitten, in diesem Ausschuß mitzuwirken. Ich denke, daß unsererseits der Trachtenverein mitwirken könnte, der Kirchenchor und die Musikkapelle. Die Trachtler sind sich allerdings noch immer nicht einig. Es sind zu viele gefallen aus dem Verein. Aber wenn du was sagst, ich glaube, auf dich hören sie einfach.«

»Meinen Sie?«

»Ja, es ist das Selbstbewußte deines Auftretens, deine Ausstrahlung sozusagen. Dein Wort hat Gewicht und wird respektiert.«

Mathias scheint nachzudenken, kritzelt mit der Messerspitze auf dem leeren Holzteller herum, bis er plötzlich den Kopf hebt. »Wann soll denn die Ausschußsitzung sein? Die Zeit drängt nämlich. In drei Wochen ist Weihnachten.«

»Könnten wir vielleicht am Samstagabend schon zusammenkommen?«

»Wenn Sie die Leute zusammentrommeln. Aber ned zuviel bitte. Je mehr reden, desto mehr Unsinn kommt dabei heraus. Den Lehrer Prinding vom Zuhäusl drüben, den hätte ich allerdings gerne dabei.«

Regina hat inzwischen die Vorhänge zugezogen und legt neue Scheite im Ofen nach. »Bleibt der Herr Pfarrer noch zum Abendessen da?«

»Dank schön, Regina, aber für mich wird es jetzt Zeit für den Heimweg.«

»Dann komm jetzt, Peterl. Geh mit mir raus in die Küche.«

Die beiden sind allein. Der Pfarrer greift in die Brusttasche seines Jacketts und zieht einen Brief heraus: »Ich möchte dir das nicht vorenthalten, Mathias. Ist zwar anonym, aber bloß, daß du Bescheid weißt.«

Ahnungsvoll zieht Mathias den Bogen aus dem Kuvert und beginnt zu lesen, lacht einmal kurz auf, zieht aber dann doch die Stirn in Falten. Der Brief enthält eine unbeholfen formulierte Anfrage an den Herrn Pfarrer, wie er schweigend hinnehmen könne, daß auf dem Schorhamerhof einer, von dessen Ehrbarkeit sowieso nicht viel zu halten sei, mit einem als liederlich bekannten Weibsbild in wilder Ehe zusammenlebe. Dies müsse ja wohl als Konkubinat angesehen werden, und es sei der christlichen Bevölkerung nicht zuzumuten, diesem unzüchtigen Treiben noch länger zuzusehen. Wie lange wolle der Herr Pfarrer noch warten, diesen Mißstand anzuprangern?

»Ja, wie lange noch?« fragt Mathias und sieht den Pfarrer an.

»Aber Mathias, ich kenn dich doch. Wirf den Brief in den Ofen.«

»Ja, mehr ist er nicht wert. Und wer ihn geschrieben hat, das weiß ich auch. Einen Moment, Herr Pfarrer, ich spann jetzt ein und bring sie nach Nolgen hinunter.«

Als Mathias wieder zurückfährt, ist es stockdunkle Nacht. Nur aus einer kleinen Wolkenlücke blinzeln ein paar Sterne. Und einmal ist ihm, als vernehme er aus nicht allzu weiter Ferne das leise Klirren eines Zaumzeuges und das Schnauben eines Pferdes. Mathias bringt sein Schlittengespann zum Stehen. Aber es ist nichts mehr zu hören. Mathias lächelt still vor sich hin. Eines Tages, denkt er, wird sie vielleicht mit ihrem Falben mitten im Schorhamerhof stehen und sich in der Dunkelheit verirrt haben. Einmal vielleicht und das wird in absehbarer Zeit geschehen – oder nie.

Drei Tage vor Weihnachten findet die Veranstaltung im Postwirtssaal statt. Der Saal ist brechend voll, man hat Flüchtlinge und Einheimische bunt durcheinander gemischt. Die Tische sind weiß gedeckt, auf jedem Tisch stehen kleine Papierkörbchen mit Gebäck, man greift zu, man lobt, die Frauen tauschen Erfahrungen aus. Wieviel Zucker, wieviel Butter? Sechs Eier, ein Gläschen Kognak dazu. Ja und was ist denn in diesem Dresdener Christstollen drin, daß er gar so gut schmeckt.

Vor der Bühne steht ein herrlich geschmückter Christbaum. Der Bürgermeister steigt die Stufen hinauf und hält vor dem geschlossenen Vorhang eine kurze Begrüßungsansprache, erinnert dabei an jenen Tag, an dem die Heimatvertriebenen in Nolgen ankamen, verleiht seiner Freude Ausdruck, daß die anfängliche Fremdheit längst überbrückt sei, und beteuert seine Überzeugung, daß die Menschen immer mehr zueinanderfinden würden, und daß den Heimatvertriebenen, an deren Schicksal die Gemeinde Nolgen so lebhaften Anteil nehme, hier ein gutes Los beschieden sei.

Nach ihm spricht der Pfarrer. Eigentlich ist das weniger eine Ansprache, sondern eine Lesung der Weihnachtsgeschichte aus dem Evangelium des Lukas. Nach dem Gesang des Kirchenchores ist es dann endlich soweit: Langsam öffnet sich der Vorhang, und das Hirtenspiel der Kinder beginnt. Drei Hirten erscheinen und blicken suchend um sich. Verlassenheit und Öde um sie herum, Spannung und Angst steht in ihren Gesichtern. Von oben herab fällt ein dünner Lichtstrahl. Hinter ihnen erscheint dann ein Engel, eine lichte Gestalt von märchenhafter Schönheit in einem silbernen Gewand, mit einem breiten Goldband als Gürtel und einem dünneren um die Stirn. Die Regie hat für diese Rolle kein Kind gewählt – wie sollte auch ein kindlicher Engel genügend Autorität ausstrahlen, den Hirten in der dunklen Nacht den Weg nach Bethlehem zu weisen? Die Worte des Engels, klangvoll und wie in verhaltenem Jubel gesprochen, werden vom leisen Harfenspiel der Reitinger Monika untermalt. Ja, der Engel ist groß und schön. Das gelöste Blondhaar fällt ihm weit über den Rücken und im Glanz der vielen Kerzen leuchtet dieses Blondhaar, als sei es ein Geflecht aus lauterem Gold.

Der Vorhang schließt sich wieder. Es ist mehr ein lebendes Bild gewesen als ein Hirtenspiel. Aber die Menschen sind gerührt, die Kinder weinen,und die Männer schneuzen sich heftig.

Anschließend liest dann der Herr Apotheker einige Kapitel aus Ludwig Thomas »Heiliger Nacht«, wovon die Flüchtlinge freilich nicht viel verstehen, weil ja die »Heilige Nacht« in bayerischer Mundart gelesen werden muß. Aber das macht nichts, es ist trotzdem sehr feierlich.

Es gibt dann noch Punsch und weitere Einlagen. Nur langsam leert sich nach zwei Stunden der Saal, nachdem der Architekt Kittler im Namen der Flüchtlinge noch einige tiefempfundene Dankesworte an die Gemeinde Nolgen und deren Bürger gerichtet hat. Zumindest sagt er, daß man seine Worte als tiefempfunden hinnehmen möge, und daß sein Herz übervoll sei vor Freude und Glück. Gemeinsam wird dann noch Stille Nacht, heilige Nacht gesungen, ja, und nun strömen die Menschen durch die weit geöffneten Saaltüren hinaus in die kalte Sternennacht, in der mittlerweile wieder ein bißchen Schnee gefallen ist.

Mathias steht drüben auf der andern Seite, hat den Mantelkragen hochgeschlagen und wartet. Regina mit dem Mohrackerl ist auch dagewesen. Aber auf die wartet er nicht, er steht ganz einfach da und wartet, als habe er eine Verabredung getroffen da drinnen im Saal. Ja, sie haben wohl eine Weile nebeneinandergesessen, haben geredet miteinander, aber dann ist Mathias vom Pfarrer mit Beschlag belegt worden. Auch der Bürgermeister hat ihn beansprucht, und schließlich mußte dann das Fräulein Ette-Barhausen auf die Bühne, um sich in einen Engel zu verwandeln, und zwar in einen so schönen, daß Mathias gedacht hat, man müsse sie fortan nur noch Engel nennen und nicht mehr Ramona.

Immer noch strömen Leute aus dem Saal. Mathias tritt ein wenig zurück, um den Gaffern auszuweichen. Er sieht zu, wie die Männer eiligst ihre Pelzkappen über die Ohren ziehen und die Frauen ihre wollenen Kopftücher unter dem Kinn binden, denn die Nacht ist sternenklar und bitterkalt. Die erleuchtete Saaltüre läßt er nicht aus den Augen. Die Damenschneiderin Gabriele Hechtl erscheint unter der Türe und dicht hinter ihr der Bürgermeister Alexander Brattl. Die Gabriele hängt sich sofort bei ihm ein. »Husch, husch«, macht sie. »Es ist so bitter kalt.«

»Ja, Herzerl, bitter kalt.«

»Kommst noch ein bisserl rauf zu mir auf ein Schalerl Kaffee?«

»Liebend gern«, antwortet er. »Liebend gern, Herzerl.«

Das Herzerl drückt sich noch enger an ihn.

»Schau, schau«, lächelt Mathias vor sich hin. »Schau unsern Alexander an. Das hätt ich ihm gar ned zugetraut.«

Aber dann reckt er sich, denn Ramona kommt jetzt als letzte aus dem Saal. Sie schlägt den hohen Kragen ihrer Jacke hoch und schlüpft in die Handschuhe. Sie schaut einmal kurz zu den Sternen hinauf, dann kommt sie mit einer Sicherheit über die Straße herüber, als wüßte sie, daß da jemand auf sie wartet. Sie steht vor Mathias und lächelt ihn an.

»Nett, daß du gewartet hast, Mathias!«

»Wieso hast du das gewußt?«

»So was fühlt man einfach.«

»Aber – es ist dir doch recht, Mona.«

Sie sieht ihn erstaunt an. »Wie sagst du zu mir?«

»Es klingt landesüblicher. Oder ist es dir ned recht. Ich könnt ja auch Engel sagen zu dir.«

»Doch, doch. Mona? Es klingt schön. Schade, daß es für deinen Namen keine rechte Abkürzung gibt.«

»Doch, gibt es schon. Hias sagt man dann.«

Sie flüstert diesen Namen vor sich hin und schüttelt dann den Kopf. »Gefällt mir überhaupt nicht.«

Die Kälte macht aus beider Atem kleine Nebelwolken, die ineinanderfließen und ihre Gesichter umwehen.

»Komm«, sagt Ramona und schiebt ihre Hand unter seinen Arm. Sie gehen ziemlich schnell. Der eisige Wind weht aus den Gassen. Die Fenster sind in allen Häusern noch erleuchtet. Auch die Straßenlampen brennen. Erst als sie die letzte am Ortsende passiert haben, ist nichts mehr über ihnen als das Licht der Sterne und ein halber Mond. Die Kirchenuhr schickt zwei Schläge hinter ihnen her. In dieser Kälte verlieren sie ihren vollen Ton, es klingt eher, als würde an eine Eisentafel geschlagen.

Einmal verhält Mathias den Schritt und blickt zur Höhe hinauf. »Jetzt sind die Lehrers und Regina mit dem Mohrackerl auch grad heimgekommen.«

Dann herrscht wieder Schweigen. Der hartgefrorene Schnee knirscht unter ihren Schritten. Man müßte aus so einem Schweigen herauslesen können, denkt Ramona und ist bemüht, gleichen Schritt mit ihm zu halten, was ihr auch gar nicht schwer fällt. Irgendwie entwickelt sich etwas in der Tiefe so eines Schweigens, sinniert sie weiter. Nur der Mund bleibt stumm, im Innern aber redet etwas, das der andere ebenso schweigend versteht.

Abermals bleibt Mathias stehen, streift seine Handschuhe ab, läßt sie in der Manteltasche verschwinden und umschließt dann mit beiden Händen ihr Gesicht. Zuerst räuspert er sich verlegen, um dann eine Frage zu stellen, die von schicksalhafter Bedeutung werden könnte, je nachdem, wie sie verstanden und beantwortet wird. »Wie lange schon, Mona?«

Das Natürlichste für alle Mädchen der Welt wäre wohl auch für Ramona die Frage gewesen: Was meinst du damit? Aber Ramona fragt nicht, sie weiß auch so, was er meint. »Seit ich dich damals in der Kreisstadt am Brunnen zum erstenmal bewußt gesehn und der Lehrer uns einander vorgestellt hat. Und wann war es bei dir?«

»Seit du aus meinem Maßkrug getrunken hast, im Garten des Wirtshauses Waldesruh.«

»Also um eine halbe Stunde später als ich.«

Merkwürdig, das Wort Liebe fällt dabei nicht. Sie sehen sich nur an, staunend und nachdenklich, als könnten sie nicht verstehen, daß es erst dieser Winternachtstunde und der verschneiten Landstraße bedurft hat, um die Riegel am Tor ihrer Herzen beiseitezuschieben.

Energisch schiebt dann Ramona ihre Hand wieder unter seinen Arm und mahnt: »Komm, Mathias, sonst frieren wir hier noch an.«

Bald stehen sie vor dem Gartentürl. Mathias nimmt ihre Hände. »Wann sehn wir uns wieder, Mona?«

»Ich denke, du sollst noch mit hereinkommen?« Es klingt wie eine Bitte.

Ramona hat vor dem Weggehen noch ein paar Torfstücke nachgelegt, mit denen sie von den Siedlern in der Ziegelei immer reichlich versorgt wird. Es ist noch behaglich warm in der kleinen Stube. Sie legen ihre Mäntel ab.

»Bitte, setz dich, Mathias. Ich koch noch Tee für uns. Zünde dir ruhig eine Zigarette an, wenn du rauchen willst. Dort auf dem Fensterbrett liegen welche.«

»Du rauchst, Mona?«

»Nur hin und wieder eine.«

Er zündet sich eine Zigarette an und genießt die ersten paar Züge. Dabei merkt er, wie alle Hemmungen von ihm abfallen. »Sag einmal, Mona, warum fällt uns das eigentlich so spät ein?«

»Was meinst du mit spät?«

»Na – daß wir uns lieben.«

Ramona hat den Teekessel aufgestellt und noch ein paar Torfstücke nachgelegt. Jetzt richtet sie sich wieder auf. »Das ist ganz einfach, Mathias. Weil du an eine andere verloren warst.«

Er erschrickt so sehr, daß ihm die Zigarette aus der Hand fällt. Eiligst greift er danach und legt sie in den Aschenbecher. »Das weißt du? Was weißt du überhaupt von mir?«

»Alles, Mathias.« Sie setzt sich zu ihm auf das alte Sofa. »Ich habe immer alles gewußt, Mathias. Und es hat sehr weh getan.«

»Hast du deswegen die Sachen zurückgeschickt. Brot und Rauchfleisch hab ich dir damals durch den Lehrer schicken lassen.«

»Ja, deshalb.« Ramona nimmt die halbgerauchte Zigarette aus dem Aschenbecher, raucht ein paar Züge und steckt sie dann Mathias zwischen die Lippen.

»Aber nicht nur deshalb allein.« Sie steht auf, nimmt einen Brief aus dem Küchenschrank und legt ihn vor Mathias auf das Tischchen. »Ein wenig auch deswegen. Lies nur.«

Neugierig greift Mathias nach dem Blatt und liest: »Laß die Finger von dem jungen Schorhamer, wenn du von Deinem Leben noch was haben willst.«

Flammende Röte überzieht sein Gesicht. Natürlich kennt er diese Schrift.

»Allerhand, allerhand«, murmelt er kopfschüttelnd vor sich hin. »Das liest sich wie die reinste Morddrohung.«

»Als solche hab ich es auch aufgefaßt. Ich habe damals einen Traum begraben müssen. Und als ich dann gehört habe, daß du dich von ihr losgesagt hast, Mathias, ich kann dir gar nicht sagen, wie glücklich ich darüber gewesen bin.«

Der Teekessel beginnt zu pfeifen. Ramona gibt Tee in eine Kanne, gießt Wasser darauf. Dann stellt sie zwei Tassen auf den Tisch und stellt ein Schüsselchen mit Weihnachtsgebäck dazu. Nach dem ersten Schluck sieht er sie forschend an.

»Jetzt sag mir einmal, Mona, woher weißt du das alles?«

»Ich habe, wie gesagt, immer alles gewußt, Mathias.«

»Ach ja, jetzt kann ich mir's denken. Prinding, gell?«

»Ich hab es einfach gewußt. Möchtest du gern Zitrone zum Tee oder Rum?«

»Weder noch. Hast du denn das alles?«

»Man kriegt doch heute alles hinten herum. Du glaubst ja gar nicht, wie schwunghaft in der Ziegelei hinten der Schwarzhandel blüht.«

»Und deinen Gaul? Auch schwarz erhandelt?«

»Nein, den hab ich ehrlich gekauft.«

»Und die andern Viecher? Wie heißen sie doch gleich?«

»Die Nutrias meinst du. Damit wollte ich züchten. Sechs Stück hab ich noch da. Aber das hab ich wieder aufgegeben. Mir ist lieber ein Siedlungshof im Moor draußen.«

Überrascht hebt Mathias den Kopf und schaut sie verständnislos an. »Ein Hof? Was brauchst denn du einen Hof, wenn ich einen hab.«

»Aber Mathias. Das weiß ich alles. Ich bin in letzter Zeit manchmal daran vorbeigeritten, wenn die Dämmerung eingefallen ist.«

Er nickt und trinkt seine Tasse leer. »Das hab ich wieder gewußt«, lacht er sie an. »Und seit ich die Spur im Schnee gesehen hab, da ist in mir wieder eine neue Hoffnung gewachsen. Und das mit der Sägmüllerin – damit wir nochmal drauf zurückkommen – glaub mir, Mona, so richtig glücklich bin ich mit ihr nie gewesen.«

»Das hab ich gefühlt, und jetzt kann ich es dir ja sagen, es war mir schrecklich leid um dich, denn diese Frau hat einen schlechten Ruf, und du wärst mit ihr todunglücklich geworden für dein ganzes Leben.«

Er nickt und spielt mit der Zigarettenschachtel. Rauchen will er zwar nicht mehr, aber er weiß sonst nicht, wohin mit seinen Händen.

»Ich hab mir ja selber oft leid getan«, sagt er dann. »Es ist gräßlich, wenn man glücklich sein soll und dabei an eine andere denkt. Und warum soll ich's denn verschweigen, Mona. An dich hab ich dabei denken müssen. Ich weiß, es ist Selbstbetrug und macht niemals froh. Immer weht ein kalter Wind ums Herz.«

Ramona nimmt seine Hand und verschlingt ihre Finger mit den seinen. Dabei schaut sie in seine Augen, als suche sie darin nach etwas Verborgenem, nach etwas, das für sie noch verhüllt ist. Und zum erstenmal wird ihr dabei bewußt, daß sein Gesicht eigentlich von männlicher Schönheit ist; der ruhige Glanz seiner Augen mit den dichten Brauen darüber, die feste, gerade Nase, darunter ein fast knabenhaft geschwungener Mund und dann das ausgeprägte Kinn mit dem Grübchen in der Mitte. Sie legt ihren Zeigefinger in dieses Grübchen und hat dabei das Gefühl, als drücke sie auf einen Klingelknopf und dabei öffne sich dann die Tür in der Kammer seines Herzens, so daß sie nur noch einzutreten braucht.

Mathias streift mit seinen Lippen über ihre Stirne hin und lacht dann: »So einfach ist das alles.«

»Was meinst du damit, Mathias?«

»Ich meine, es war doch überhaupt nichts ausgemacht. Ich

warte auf dich – du kommst über die Straße, hängst dich bei mir ein, und nun sitzen wir da.«

»Wir haben beide aufeinander gewartet, Mathias. Innerlich schon lange. Aber die Schranke war zu, wir konnten nicht aufeinander zugehen.«

Mathias greift nach einer dünnen Haarsträhne über ihrer Stirn und wickelt sie um seinen Finger. »Aber am Grab, als du bei Mutters Beerdigung warst, da bist du auf mich zugegangen.«

»Da hab ich einfach müssen. Mathias. Du hast im Leid gestanden, und da überkam es mich einfach. Ich weiß nicht, Mathias, ob du das verstehst.«

»Jetzt schon.« Er rollt die Haarsträhne an seinem Finger hinauf und hinunter. »Ich möcht dich schon gern auch was fragen, Mona. Du brauchst nicht zu antworten, wenn es dir schwer fällt. Aber du warst doch sicher auch schon einmal verliebt?«

»Verliebt?« Sie lehnt ihre Stirne an die seine. »Ja und nein. Ich weiß es selber nicht, was das damals war. Wahrscheinlich eine Verliebtheit, denn Liebe im tieferen Sinne ist es sicher nicht gewesen. Zum Schluß war es eine große Enttäuschung. Helmut hat er geheißen, und Fahnenjunker ist er gewesen. Es endete alles in einer grauen Morgenfrühe an einer Mauer. Es ist eine lange Geschichte, Mathias. Einmal werde ich dir alles erzählen.«

»Aber nur wenn es dir leichtfällt und keine bösen Erinnerungen weckt.«

»Jetzt nicht mehr. Aber ich schlag dir was anderes vor, Mathias.«

»Und das wäre?«

»Wir lassen alles Vergangene begraben sein. Es hat nie eine Sägmüllerin gegeben und nie einen Fahnenjunker Helmut. Nur mehr das Zukünftige in unserm Leben soll von Bedeutung sein.«

»Und wie schaut die Zukunft aus?«

Ramona gibt keine Antwort. Sie schlingt nur plötzlich

impulsiv und leidenschaftlich ihre beiden Arme um seinen Hals und birgt ihren Kopf so fest an seine Wange, daß er alle Mühe hat, sich ein wenig zu befreien und ihren Mund zu finden. Es ist ein Stückchen Himmel, das sie sich schenken, und sie erleben ihn mit so tiefer Glückseligkeit, wie dies nur zwei Menschen möglich ist, die lange in Demut auf diese Stunde gewartet haben. Nur kurz einmal hält er ihr Gesicht von sich ab, um in ihre Augen zu sehn, und er spürt dabei, wie schnell ihr Herz schlägt.

Die kleine Uhr an der Wand hat einen dünnen, silbernen Klang. Und als sie die erste Stunde nach Mitternacht schlägt, wundern sich beide und fragen sich, wo denn die Zeit hingekommen sei.

»Ach ja«, seufzt Mathias. »Ich werde ja wohl jetzt heimgehen müssen.«

Nein, er wartet nicht darauf, daß sie sagt, er solle bei ihr bleiben diese Nacht. Es wird wohl noch eine Weile dauern, ehe Ramona das sagen kann. Aber sie seufzt ebenso.

»Und wie ist es dann jetzt, Mona? Kommst jetzt einmal nach Schorham?«

»Ja, Mathias.«

»Feierst' Weihnachten bei uns?«

»Wenn du es willst.«

Er zieht sie nochmal an sich. »Da fragst du noch, ob ich will. Ach Mona, du weißt ja gar ned, wie gern ich dich hab.«

»Doch, ich glaube es zu wissen. Es ist bei mir nicht anders, Mathias. Komm, ich begleite dich noch hinaus.«

Sie dreht das Licht über der Haustüre an und greift erschrocken nach seinem Arm. »Mathias, schau einmal, die Spur, die war vorher noch nicht da. Da hat jemand unter dem Fenster gestanden, wir sind belauscht worden.«

Die Spur führt hinten ums Haus herum und endet vor der Türe des kleinen Stalles. Das Pferd liegt ruhig auf seinem Stroh, rappelt sich aber dann hoch und wiehert ihnen leise entgegen. Nein, dem Falben fehlt nichts. Aber weiter hinten, im Gehäuse der Nutrias ist der enge Maschendraht durchschnitten, und die sechs samtglänzenden Tierchen liegen regungslos da und strecken die Beinchen von sich.

»Vergiftet«, schreit Ramona leise auf und schlägt die Hände vors Gesicht.

Beide denken sofort an dasselbe, aber beide sprechen den Namen nicht aus. Sie selber wird es auch gar nicht gewesen sein. Dafür hat sie ja ihren willigen Helfer.

Behutsam legt Mathias den Arm um Ramonas Schultern und führt sie zurück ins Haus. Er will Ramona jetzt nicht allein lassen und bleibt bei ihr, bis es Tag werden will und die Sterne im Erlöschen sind.

Am Heiligen Abend dann geht es noch am Nachmittag in Nolgen recht lebhaft zu. Besonders von der Ziegelei draußen strömen die Leute in den Ort herein. Es geht noch allerhand ab, ein paar glitzernde Bänder, Kerzen, Wolle für ein Jäckchen, das nicht ganz fertig geworden ist, und der Mann braucht notwendig neue Hosenträger. Geld ist dabei Nebensache, aber die Flüchtlingsfrauen haben schließlich anderes zu bieten. Sie halten Hühner da hinten, und man hat für Weihnachten Schweine gemästet. Hat die Kramerin schon einmal so eine schlesische Leberwurst genossen?

Am allernotwendigsten hat es noch die Damenschneiderin Gabriele. Du lieber Gott, dies und jenes soll noch fertig werden. Die Nähmaschine rattert, die zwei Mädchen, die sie beschäftigt, nadeln um die Wette, und der Herr Brattl sitzt in der warmen Nähstube, raucht eine Virginia und kann ihnen nicht helfen. Warum hat die Sägmüllerin den kostbaren Stoff für ein Winterdirndl auch so spät bringen müssen. Nun sind noch die Knopflöcher einzufassen und die Silberknöpfe anzunähen. Wozu braucht die überhaupt dieses Winterdirndl noch, wenn sie der Schorhamer Mathias hat sitzen lassen. In so einer Nähstube weiß man alles, da wird alles besprochen – natürlich immer unter dem Siegel der Verschwiegenheit –, um es dann gleich an die nächste Kundin weiterzutragen: »Weißt' es schon, das Neueste?«

Hin und wieder steht der Brattl auf und legt ein paar Holzscheite im Ofen nach. Draußen fällt schon die Dämmerung, und um vier Uhr kann dann die Frau Meisterin sagen: »So Kinder. Jetzt geht schön heim. Und hier ist für jede ein Päckchen. Ich glaube, daß es euch freuen wird. Ihr sollt es aber erst unter dem Christbaum öffnen. So und jetzt wünsch ich euch eine schöne Weihnacht.«

Ja, der Frau Meisterin auch fröhliche Weihnacht, ebenso dem Herrn Bürgermeister.

Die Mädchen raten, was die Päckchen wohl enthalten werden. Sie tippen auf einen Stoff für ein Sommerkleidchen, aber es ist Leibwäsche von herrlicher Seide. Es ist wahrhaftig ein Wunder, was die Frau Meisterin für Beziehungen hat.

Als die Mädchen weg sind, stülpt Gabriele das Wachstuch über die Nähmaschine und sagt mit einem zufriedenen Seufzer: »So, Maschinerl, jetzt hast' auch ein paar stille Feiertage.« Dann schaut sie den Brattl an. »Können wir jetzt gehn, Alexl?«

Er ist bereits fertig und hilft ihr in den Mantel.

»Nur nicht so hastig«, sagt er gemütlich. »Ein eilender Mensch hat kein Glück.«

»Wir müssen spätestens um sechs Uhr zurück sein, Alexl, weil da die Sägmüllerin um ihr Dirndlgewand kommt. Fünf Pfund Schweinernes hab ich verlangt und dreißig Eier.«

»Es wird nicht mehr allzulange dauern, dann werden wir wieder anständiges Geld in Händen haben.«

»Weißt du schon was Genaueres?«

»Nein! Und wenn ich was wüßte, dürfte ich es nicht sagen, weil es ein Amtsgeheimnis wäre.«

»Du mit deinen Amtsgeheimnissen. Komm, gehn wir jetzt.«

Sie schließen die Haustüre hinter sich ab und treten auf die Straße hinaus, die schlecht geräumt ist. Der Schnee ist beinhart gefroren, es ist schlecht zu gehen, besonders Brattl tut sich schwer mit seinem lahmen Bein. Trotzdem bleibt er einmal stehen und legt seine Hand um die Hüfte seiner Gabriele.

»Nur langsam, Herzerl, wir haben ja noch Zeit. Die Läden werden erst um fünf Uhr zugemacht.«

Ja, wir haben noch Zeit, denkt sie. Bis Ende Juli oder Anfang August. Genau kann sie es nicht sagen. Dann wird das Kind kommen, und es wird gewiß dunkelhaarig sein, wie Alexander es ist. Dessen ist sie sicher, denn es ist Ruhe in ihr Leben gekommen. Sie ist eingebogen in den Pfad der Tugend, und sie wird auch nie mehr danebentreten. Gleich nach den Feiertagen werden sie heiraten, bevor es offenbar wird, was die Leute immer noch Schande nennen. Immerhin, Alexander Brattl ist immer noch Bürgermeister und kann sich so was nicht leisten.

Aus einem Seitengaßl kommend, begegnet ihnen der Schmied Jirgl, und es ist wohl eine Axt, die er unter seinem Umhang verbirgt. Den Christbaum, den er sich noch im Wald geholt hat, sucht er erst gar nicht zu verstecken. Er hat ihn mit einer Schnur ein bißchen zusammengebunden und trägt ihn unter dem Arm. Es ist nichts Großartiges, er braucht ja auch nichts Prunkvolles, er ist doch allein. Man könnte sich höchstens fragen, warum der Jirgl mit der mageren Fichte im Haus der Hebamme Kathrina Brunner verschwindet. Die geht nämlich schon auf den Sechziger zu, aber der Jirgl sagt immer: »Wenn eine nur Geduld hat und warten kann, dann fällt auch für eine alte Henn noch ein Körndl ab.«

Ja, ja, es rührt sich schon was in Nolgen. Es geht ein regelrechter Wanderweg zur Ziegelei hinaus. Dort reifen doch eine Menge recht hübscher Mädchen heran, und die Burschen von Nolgen sind ja auch nicht blind, haben gesundes Bauernblut in sich und keine Buttermilch. Der Postwirt sagt immer: »Ein bisserl Blutauffrischung schadet nicht«, auch wenn es der Hannerbauer eine Schande nennt.

Die Läden sind noch alle erleuchtet, und auf dem Marktplatz steht ein mächtig großer Christbaum. Seine Kerzen leuchten weit über den Platz hin.

»Genau zweihundertunddreißig sind es«, weiß der Brattl.

»Auf sowas hab ich es geschätzt«, antwortet die Gabriele,

obwohl sie gemeint hat, es könnten höchstens sechzig sein. Dann betreten sie den Laden des Uhrmachers Fiedler, der in der Auslage zwar nur billigen Tand zu bieten hat. Aber unter dem Ladentisch, da hat er schon was für Leute mit Beziehungen: echtes Gold und Silber und ein paar wertvolle Steine.

Genau um diese Zeit ist es, daß der junge Schorhamer mit einem leichten Schlitten und einem Haflinger ins Forsthaus hinausfährt, um Ramona abzuholen. Er ist auch sonst nicht untätig gewesen in den paar Tagen. Zunächst ist er auf der Gendarmeriestation gewesen und hat Anzeige gegen Unbekannt erstattet. Die Gendarmen sind wohl draußen gewesen im Forsthaus, haben nach Spuren gesucht und nach Fingerabdrücken. Aber recht viel mehr ist in der Sache noch nicht herausgekommen, zumal kein konkreter Verdacht geäußert worden ist. Auf alle Fälle aber darf Ramona jetzt nicht mehr allein da draußen sein. Aus dem Lager hat Mathias ein älteres Ehepaar geholt, das nun mit im Forsthaus wohnen soll. Und was die weiteren Sicherheitsmaßnahmen anlagt, so fletscht ein scharfer Hund schon mit den Zähnen, wenn sich jemand dem Forsthaus nur von Ferne nähert.

Ramona empfindet diese Fürsorge wie ein wirkliches, echtes Weihnachtsgeschenk. Ganz warm wird sie von Mathias in Decken gepackt und auf den Schlitten gehoben. Die Nacht ist nun da, mit einem einzigen Stern am fernen Himmel. Und es ist ihnen so feierlich zumute, als falle das Licht dieses Sterns mitten in ihre Herzen hinein. Mit diesem warmen Gefühl im Herzen betreten sie dann die Stube auf dem Schorhamerhof.

Sie sind schon alle versammelt. Die Lehrersleute sind herübergekommen. Der eine Knecht ist noch da, dieser Erwin, der nicht heimkehren kann, weil die Russen in seinem Dorf sind. Er sitzt da und ist gar nicht so traurig, denn er hat den kleinen Mohrackerl auf seinen Knien, und wenn Regina an den beiden vorbeigeht, dann hat sie immer ein Lächeln zu verschenken. Man weiß nur nicht, wem es mehr gilt, dem kleinen Mohrackerl oder dem großen Erwin. Aber vielleicht weiß der liebe Gott, was er mit den dreien noch im Sinn hat. Auf alle Fälle hat Erwin für den Mohrackerl ein Pferdchen geschnitzt. Darin scheint er einige Begabung zu haben. Die Madonna, die er für Regina geschnitzt hat, ist ihm nicht so gut gelungen, aber Regina wird sagen, daß es ein Kunstwerk sei, und sie wird ihm gewiß auf ihre Weise danken.

Die Feier hat noch nicht begonnen. Aber der Tisch ist gedeckt für acht Personen. Erwin erzählt, daß es bei ihm zu Hause früher am Heiligen Abend immer einen Hecht gegeben habe. Auf dem Schorhamerhof gibt es eine Gans und Kartoffelknödel. Und es wundert eigentlich niemand, als Mathias Ramona um die Hüften nimmt, sie ein wenig hochhebt und dann behutsam auf den Platz neben sich setzt.

»Damit ihr es wißt«, sagt er. »Das hier ist künftig Monas Platz, wenn sie zu uns kommt.« Dann hebt er den Daumen, berührt Stirn, Mund und Brust und spricht das Tischgebet.

Man übersteht die Winterszeit, und niemand hat so sehr darauf gewartet, daß der Frost aus dem Boden weicht, wie die Menschen in der Ziegelei draußen. Jedenfalls haben sie vor dem ersten Schneefall noch an die dreihundert Tagwerk unter den Pflug gebracht, haben Roggen und Weizen gesät, und es ist für sie ein beglückendes Erlebnis zu sehen, wie der Föhn jetzt in den ersten Märztagen den Schnee vertreibt und die junge Saat auf dem schwarzen Grund schimmert. Die Regierung hat einen Bagger bestellt und einen schweren Pflug mit vier Scharen. Sonst aber hat man sich nicht besonders um sie gekümmert. Aber jetzt scheint es, als wollte sich die Bürokratie dieses Aufbauwerkes bemächtigen.

Eine Abordnung der Regierung erscheint, Vermessungstrupps, ein Regierungsrat mit dem Namen Nabel, der so wichtig tut, als sei er der Nabel der Welt. Ordnung muß wohl sein, das sieht man durchaus ein. Ob sich aber mit Vorschriften, Geboten und Verboten, Fragebögen und Beschlüssen, die am grünen Tisch gefaßt werden, das Flüchtlingsproblem lösen läßt, ist zu bezweifeln. Hier stehen sich tote Buchstaben und praktischer Menschensinn gegenüber. Und dieser Regierungsrat Nabel mit seinem schmalen Vogelgesicht, dem Zwicker auf der Nase und einer unangenehmen, hohen Fistelstimme will nun so etwas wie die Obrigkeit verkörpern, ohne auch nur im mindesten zu ahnen, wie Menschen ums Herz ist, die nach Flucht und Vertreibung wieder Fuß fassen wollen. Da ist es kein Wunder, daß er mit dem Architekten Kittler gleich bei der ersten Begegnung hart aneinandergerät. Kittler ist der Wortführer der Vertriebenen in der alten Ziegelei, und er versteht auch eine ganze Menge sowohl von Verwaltung als auch von der Landwirtschaft. Außerdem gibt es unter den Siedlern viele, die nicht zum erstenmal ein Ödland oder ein Moor kultivieren.

Zunächst hat Herr Nabel zu kritisieren, daß man hier überhaupt mit der Arbeit begonnen habe, ohne die Genehmigung der Behörden einzuholen. Die Amerikaner, so, so, die Amerikaner seien damit einverstanden gewesen. Mittlerweile aber habe man wieder eine Regierung und eine Verwaltung. Wo kämen denn die Zuschüsse sonst her? Wer sonst hätte auch den Bagger gestellt, die Schienen für die Loren, den Motorpflug? Der Regierungsrat redet sich richtig in Rage. Dieser Ette-Barhausen, was ist denn das überhaupt für ein Kerl, der sich mit seinen Forderungen und Gesuchen immer direkt an den Ministerpräsidenten wendet und das Landessiedlungsamt einfach übergeht?

Der Regierungsrat schlägt einen Aktendeckel auf und deutet wütend auf die dort abgehefteten Schriftstücke. »Es ist keinerlei Gewähr gegeben, daß diese Arbeiten hier überhaupt fachgerecht ausgeführt werden. Hier steht zum Beispiel, daß die Drainagen zum Ablaufkanal mit dreißig Meter Abstand gelegt werden müssen. Ihr aber haltet euch stur an nur fünfundzwanzig Meter. Außerdem ist die Tiefe der Drainagegräben auf höchstens sechzig Zentimeter berechnet, ihr aber seid auf achtzig gegangen.«

»Weil die Erfahrung lehrt . . .«

»Was kümmert mich eure Erfahrung. Ich halte mich an

meine Vorschriften und werde die Lieferung von Drainageröhren drastisch kürzen.«

»So, werden Sie das?«, schreit ihm Kittler gereizt entgegen. »Das werden wir ja sehen. sie sind ja wahrscheinlich nicht die letzte Instanz, und es ist zu hoffen, daß wenigstens in Ihrer Aufsichtsbehörde auch ein paar Sachverständige sitzen und nicht nur lauter unvernünftige Bürohengste, die nur durch günstige Umstände zu ihren Posten gekommen sind.«

Jetzt wird Herr Nabel blaß. Ringsum blickt er in entschlossene Gesichter, und so steckt er die Papiere wieder ein.

»Hengste haben Sie gesagt«, fährt er Kittler an. »Sie alle haben das gehört und sind Zeugen für diese Beleidigung. Ich werde Anzeige erstatten, und diese Worte werden Sie teuer zu stehen kommen!«

Aber niemand hat das gehört, und niemand wird es bezeugen. Oh, diese Flüchtlinge. Das sind ja die reinsten Revolutionäre. Und so was hat man in dieses wunderschöne Land hereingeschleust. Sie haben es ganz einfach in Besitz genommen und nehmen nun, da er als Vertreter der Obrigkeit Ordnung schaffen will, direkt eine drohende Haltung ein. Hat nicht dieser Lange dort soeben drohend den Spaten gehoben? Nein, er putzt ihn nur mit einer Holzspachtel.

In diesem Augenblick sieht man jenseits des großen Ablaufgrabens Ramona von Ette-Barhausen daherreiten. Nur einen Augenblick stutzt der Falbe vor dem Graben, dann setzt er auf einen leisen Lockruf seiner Reiterin über den Graben. Ramona springt aus dem Sattel.

»Was geht hier vor?«

Mit wenigen Worten erklärt Kittler die Situation. Nabel versucht immer wieder, ihn zu unterbrechen, bis ihm Ramona den Mund verbietet: »Nun seien Sie doch endlich einmal still. Reden kann nur einer.«

Endlich gelingt es dann Nabel doch, die Frage zu stellen: »Wer sind Sie denn überhaupt?«

An Ramonas Stelle antwortet Kittler. »Das ist Fräulein Ramona von Ette-Barhausen.«

»Ach so? Es handelt sich also um eine Frau, die hier das Sagen hat!«

»Mehr oder weniger ja. Sie ist von Anfang an die Initiatorin, die treibende Kraft im Moor gewesen.«

Der Regierungsrat ändert unwillkürlich seine feindselige Haltung, nimmt seinen Zwicker von der Nase und putzt ihn mit seinem Taschentuch, als bedürfe es erst blitzblanker Gläser, um diese Frau genauer anzusehn, deren Schönheit auch er sich nur schwer entziehen kann.

»Das habe ich eigentlich nicht erwartet. Gestatten Sie, Nabel. Regierungsrat Nabel von der Landessiedlungsverwaltung.«

Ramona klopft mit der Reitgerte ein paarmal ungeduldig gegen ihre Stiefelschäfte und entgegnet mit gutgespielter Arroganz: »Bedaure, den Namen nie gehört.«

Nabel versucht ein Lächeln, das freilich ganz und gar daneben gerät, und erklärt mit säuerlicher Miene: »Das ist ja auch kein Wunder. Sie richten ja Ihre Anträge und Gesuche nie an unsere Stelle, sondern immer gleich an den Wirtschaftsminister selber.«

»Weil mich die Erfahrung gelehrt hat, daß man nie zum Gesellen, sondern immer gleich zum Meister gehen soll.«

Sollte das etwa so zu verstehen sein, daß diese aufreizend selbstbewußte Frau ihn, den Herrn Regierungsrat, als Gesellen ansah? Natürlich, anders ist es doch gar nicht zu verstehen. Herr Nabel kann jedoch nicht auffahren und sich so einen Vergleich verbitten. Vor dieser Frau kann er es einfach nicht. Sie strahlt soviel Würde aus, soviel Glanz und Anmut, zumal sie ihn jetzt sogar anlächelt.

»Lieber Herr Regierungsrat, ich will Sie einmal was fragen. Sind Sie denn der Meinung, daß man Menschen, die ganz von sich aus den Mut aufbringen, ein Schicksal zu meistern, das ihnen unverdienterweise auferlegt worden ist, einen Knüppel zwischen die Beine werfen soll? Um hier aus dem Nichts etwas aufzubauen, dazu haben wir keine Paragraphen gebraucht und keine Verordnungen, nur den Glauben und die Zuversicht. Daß vermessen werden muß, das sehe ich ein, und darum habe ich auch schon lange nachgesucht. Aber hätten wir mit der Arbeit gewartet, bis wir von Ihnen grünes Licht bekommen, dann wäre halt noch gar nichts geschehn. So aber geht bereits auf über hundert Hektar die junge Saat auf, das Brot für den nächsten Winter. Und wenn Sie uns nicht stören, werden es bis zum Herbst tausend Hektar sein mit zehn Bauernhöfen zu je hundert Tagwerk Grund. Falls es Sie interessiert, einer auch für mich.«

»Aber ich will Sie doch nicht stören, gnädige Frau. Sie müssen nur auch mich verstehn, ich habe meine Vorschriften, und an die muß ich mich halten.«

Schaut nur, wie liebenswürdig diese Frau sein kann. Legt sie nicht jetzt ihre Hand wie versöhnend auf den Arm des Regierungsrates. »Lieber Herr Regierungsrat, Sie sind erfahren genug, um so gut zu wissen wie ich, daß man unter hundert Vorschriften achtzig so und so auslegen kann. Und eine Reihe davon kann man auch schlichtweg umgehen, ohne daß man es merkt.«

Nabel nickt und gerät immer mehr in Bewunderung für diese Frau. »Ich darf Ihnen zwar nicht recht geben. Aber was kann ich tun?«

»Sie sollen uns nur die Hand reichen, wo es notwendig ist.« Ramona schaut sich in der Runde um. »Und nun geht wieder an eure Arbeit, Leute. Und Sie, Herr Regierungsrat, wir haben da vorne in der Ziegelei ein kleines Büro. Ich habe noch nicht gefrühstückt. Und Ihnen wird es auch nicht schaden, wenn Sie eine Kleinigkeit zu sich nehmen. Ich darf Sie also einladen. Und Sie auch, Kittler. Wir wollen die anstehenden Fragen in aller Ruhe besprechen und regeln, was schon längst hätte geregelt werden sollen.«

Ramona nimmt ihren Falben am Zügel und geht dann mit den beiden Herren zur Ziegelei vor.

Wie schnell man sich doch an das Glück gewöhnen kann, selbst wenn man weiß, daß es da noch jemanden gibt, der auf

Rache sinnt. Aber die Sägmüllerin scheint ihre scharfen Zähne verloren zu haben, sie zischelt nicht mehr, sie scheint sich abgefunden zu haben, oder sie brütet in ihrem Schweigen etwas aus. Es kann auch sein, daß sie ihren Haß nur verbirgt, weil auch sie vorsichtiger sein muß, seit die Gendarmen in ihrem Haus wegen der Nutrias recherchiert haben.

Ja, das Glück. Mathias ist es, als sei Ramona von Anfang an für ihn bestimmt gewesen, und diese fühlt, daß sie wohl erst alles verlieren mußte um der schicksalhaften Begegnung mit jenem Mann willen, der ihr Lebensglück sein wird.

Ganz Nolgen weiß es jetzt schon, und zumindest die Bauern tuscheln unter sich und wollen es nicht recht verstehen – besonders, wenn sie selber heiratsfähige Töchter haben – daß ausgerechnet dieser bodenständige Schorhamer Mathias ein Flüchtlingsweib heiraten will. Freilich, wenn man diese Mona, wie man sie jetzt schon überall nennt, so sieht in ihrer vollen, fraulichen, reifen Schönheit, dann kann man es schon verstehen, denn man müßte schon weit gehen, um Vergleichbares zu finden. So mancher denkt sich dann insgeheim, daß man mit so einer auch wieder fromm werden könnte. Allerdings, auch die größten Neider müssen es zugeben: die beiden hätten die Tauben nicht besser zusammentragen können. Beide sind gleich groß, keiner schenkt dem andern einen Zentimeter. Er ist dunkel, ihr Haar hat die Farbe eines reifenden Weizenfeldes. Mathias wartet sonntags draußen am Ortseingang am schmalen Fußweg neben dem Kirchbach auf sie, wenn sie vom Forsthaus kommt. Dann fallen sie sich ganz gegen jede Bauernart um den Hals und küssen sich. Es gibt Leute, die warten direkt irgendwo versteckt auf diesen Augenblick. In der Kirche nimmt Mona dann den Platz der verstorbenen Schorhamerin ein und hat dabei keine Angst, daß sich diese deswegen im Grab umdrehen könnte, wie böse Zungen es behaupten. Nach der Kirche wartet Mathias wieder auf sie. Sie nehmen sich an der Hand wie Kinder, gehen aufrecht durch den Ort, grüßen nach allen Seiten, und es ist nicht zu übersehen, daß vor allem die Bürger und Geschäftsleute dieser blonden Schönheit Achtung und Ehrerbietung entgegenbringen. Nach der Kirche gehen die beiden dann immer zur Schorhamer Höhe hinauf.

Warum heiraten die beiden dann nicht, wird immer gefragt. Ja, das ist ein Punkt, der des Streitens wert wäre. Aber die beiden streiten nicht, es gehen nur ihre Meinungen ein wenig auseinander. Ramona sagt nämlich, erst müsse ihr Hof fertig gebaut sein. Er aber verweist auf den seinen. Wozu braucht man denn da einen zweiten?

Ein letztes, diesbezügliches Gespräch findet zwischen den beiden an einem Sonntagnachmittag statt. Gleich nach dem Mittagessen sind sie vom Hof weggegangen. Es ist ein Sonntag von einer wunderbaren Stille mit ein paar weißen Wolkenbällchen im blauen Himmel. Das Heu ist eingebracht, das Getreide reift schon für den Schnitt heran.

Sie haben kein Ziel, sie wandern einfach, wandern über die Ziegelei hinaus an den neuen Roggenfeldern entlang in den Wald hinein. Einmal ist Ramona diesen Weg schon gegangen. Wie lange ist das schon wieder her, und was hat sich in dieser Zeit alles verändert! Der Wald freilich nicht, auch nicht der grünlich schimmernde Weiher und der Blick auf die fernen, blauen Berge. Hier lassen sie sich nieder. Eine wundersame Stille ist um sie herum, nur manchmal hört man einen Vogelruf. Mathias hat seine Joppe ausgezogen und unter Ramonas Schultern gelegt. Lang ausgestreckt liegen sie nebeneinander, die Hände ineinander verschlungen.

»Hier bin ich schon einmal gewesen?« sagt Ramona.

»War das vor mir oder nach mir?«

»Vor dir, Mathias.«

»Allein?«

»Ja, allein, weil es in meinem Leben keinen Sägmüller gegeben hat.«

»Mona, ich hab gemeint, wir wollten die Vergangenheit ruhen lassen.«

»Ja, entschuldige bitte. Aber wir wollen heute einmal alles ausreden, Mathias, alle Zweifel ausräumen.«

»Gibt es denn Zweifel zwischen uns? Ich denke, es wäre alles klar.«

»Bis auf das eine. Du sagst immer, du hättest einen Hof, und ich selber bräuchte keinen. Unter normalen Umständen mag das sicher stimmen. Zuerst aber die Feststellung, Mathias: Selbst wenn du keinen Hof hättest, dich nähme ich trotzdem, denn ich liebe dich. Du mußt aber auch das andere verstehn. Ich habe zuviel verloren, um auf eine Entschädigung zu verzichten. Das steht mir zu wie jedem, der alles verloren hat. Ich will auch nicht mit leeren Händen zu dir kommen. Geld? Natürlich könnte man mich auch mit Geld entschädigen. Aber Grund und Boden ist mehr, das ist Leben und Zukunft und Beständigkeit.«

»Ja, das versteh ich schon. Trotzdem ...«

»Trotzdem denkst du in zu engen Grenzen, Mathias. Du denkst zu sehr an den Augenblick und nicht an die Zukunft. Wir werden Söhne haben, Mathias und ...«

»Ach, hör auf«, ruft er lachend vor Freude und reißt sie in seine Arme. »Du bringst mich noch um den Verstand, Mona, vor lauter Freude.«

Ramona legt ihre Hände an seine Schläfen. Ihre blauen Augen leuchten, wie nur die Augen sehr glücklicher Frauen leuchten können – ein Blick, der einen Mann wirklich trunken machen kann vor Glück.

»Nein, mein Lieber«, lacht sie. »Behalte nur deinen Verstand, du wirst ihn noch notwendig brauchen.«

»Warum, Mona? Wirst du eine schwierige Frau sein?«

Sie schüttelt den Kopf, dann küßt sie ihn. »Ich werde dir alles sein, was dein Leben erfüllt. Frau, Geliebte und Mutter. Nein, ich habe es anders gemeint, Mathias. Du hast zuviel Verstand, um bloß Bauer zu sein. Und wenn im Herbst Gemeindewahlen sind ...«

»Ach, hör doch auf, Mona. Laß uns nie im Leben was anderes sein wollen als zwei Menschen, die einander den Himmel auf Erden schenken können. Ich weiß schon, sie bedrängen mich doch dauernd, der Postwirt, der Apotheker, der Doktor, die Bauern, sogar der Brattl hat mich letzthin bedrängt. Alle meinen, weil schon einmal ein Schorhamer fünfzehn Jahre lang Bürgermeister von Nolgen gewesen ist, müßt es wieder einmal ein Schorhamer sein. Ich hab keinen Ehrgeiz, Mona.«

»Aber den Ehrgeiz, mein Herz zu erobern, den hattest du schon.«

»Das ist doch ganz was anders, Mona.«

»Na ja, ich will dich zu nichts drängen. Nur eins möchte ich dir sagen, die Flüchtlinge hättest du alle hinter dir. Du weißt nicht, wieviel Ansehen du bei ihnen genießt, welches Vertrauen sie zu dir haben. Du hast viel für sie getan, hast von Anfang an zu ihnen gestanden, und das vergessen sie nicht.«

»Ich hab nichts mit Absicht oder Berechnung getan«, sagt Mathias nach einer Weile. »Ich habe es getan, weil sie mir leidgetan haben in ihrer nackten Not. Alle sind so hilflos gewesen, so voller Angst. Nur du hast nie Angst gehabt, du standest über allen wie ein Baum im Sturm. Ja, so hilflos sind sie alle gewesen. Den Hilflosen aber muß man die Hand reichen.«

»Ja, siehst du, Mathias, das ist ja das Wunderbare an dir. Du hast nie lange gefragt, du hast einfach geholfen. Und auch damit hast du mein Herz gewonnen.«

»Demnach hätten wir viel Zeit verloren.«

»Wir haben es nachgeholt, Mathias, und werden nie aufhören, nachzuholen, was wir aneinander versäumt haben.«

Mit einem Ruck richtet Mathias sich auf, umfaßt ihre Schultern und sieht sie ganz still eine Weile an, bis er sagen kann:

»Ich bitte dich jetzt um etwas, Mona, und wenn du nein sagst, dann ist es besser, wir sitzen nie mehr so allein in einem Wald.«

Ramona fährt mit ihren Lippen über seine Stirne hin.

»Sag es nur.«

»Ich möchte, daß wir spätestens in drei Wochen Hochzeit halten.«

Sie wartet lange mit der Antwort, denn sie hat nachzudenken, was er mit seinen Worten meint: Nie mehr so allein im Wald sitzen. Ihre Stirne legt sich in strenge Falten. Ist das eine Drohung? Ein Ultimatum?

»Ich mag ned länger so allein sein, Mona«, drängt er.

»Ich auch nicht, Mathias.«

In ihrer Versunkenheit haben sie gar nicht bemerkt, wie die Zeit vergangen ist. Die Sonne ist in großem Bogen nach Westen gezogen und färbt den Himmel mit rötlichem Glanz, der sich langsam höherzieht und wie ein Schleier über den Wipfeln der Bäume liegt. Der Abendwind erwacht und bringt ein sanftes Rauschen in die Kronen der alten Bäume, als besännen sie sich darauf, daß sie dem sinkenden Tag noch ein Wiegenlied schuldig sind.

Am Sonntag darauf regnet es in Strömen. Es ist, als ob das ganze Land darüber weinte, daß man die Menschen mit einem Federstrich um ihre Ersparnisse betrügt. Die neue Währung ist da.

Es gibt vierzig Mark pro Kopf, und jeder kann sehen, was er damit anfängt. Keine langen Proteste, kein Wehklagen. Man nimmt auch dies ergeben hin. Es ist ja auch etwas Tröstliches dabei. Der Schmied Jirgl zum Beispiel erhält genausoviel wie der Postwirt oder der Apotheker. Die Gerechtigkeit ist eine feine Sache.

Das Leben ist mit einem Schlag anders. Die Auslagen im Kaufhaus Hödel bieten schlagartig wieder ein verlockendes Angebot. Wo mögen diese Waren nur gehortet worden sein? Hat dieses neue Geld die Köpfe ein wenig verwirrt? Die Leute kaufen und kaufen, als gäbe es nächsten Sonntag wieder vierzig Mark.

Ach ja, es ist schon ein schönes Gefühl. Der Schorhamer Mathias erhält auch bloß vierzig Mark. Die Regina aber achtzig, weil halt der Mohrackerl auch ein Mensch ist, ein deutscher Staatsbürger sozusagen, wenn auch schwarzschnecklig und von dunkelbrauner Hautfarbe.

Der Knecht Erwin ist immer noch am Hof. Er kann nicht nach Hause, weil er unter dem linken Arm so eine Art Kainsmal hat, das er auch mit einer brennenden Zigarette nicht hat austilgen können. Diese Narbe bleibt ihm sein ganzes Leben wie das vergebliche Warten auf den Dank des Vaterlandes, den man ihm und so vielen anderen versprochen hat. Regina, weichherzig und vertrauensvoll, will ihm ihre achtzig Mark geben und meint, er solle sich endlich einen Anzug kaufen, einen hechtgrauen mit Hirschhornknöpfen, damit sie mit ihm auch einmal zum Tanz gehen könnte. Aber dieser Erwin ist nicht der Mann, der sich von einer Frau einkleiden läßt. Dieser Mann ist überhaupt aus einem andern Holz geschnitzt, aus einem zähen, fast unzerstörbaren. Seine Brust dehnt sich gewaltig unter dem Hemd, er ist weder jung noch alt, er arbeitet wie ein Pferd und ist schweigsam wie ein Baum. Es ist schwer zu erraten, was er neben der Arbeit so denkt und sinnt. Als es ins Frühjahr gegangen ist, hat er seinen jungen Bauern gefragt, ob er nicht ein paar Bretter haben könnte.

Mathias wundert sich zwar, sagt aber: »Natürlich kannst du ein paar Bretter haben. Zu was brauchst du die denn?«

»Zu einem Sarg sicher nicht«, antwortet Erwin.

Er zimmert ein Bettstattl zusammen, legt einen Sack mit Stroh hinein und stellt die Sachen dann in Reginas Kammer. Regina findet es überflüssig festzustellen, daß ihr neues Bett für drei zu schmal ist. Der Mohrackerl soll sein eigenes Bettchen haben. Dazu kann sie nur verständnisvoll nicken. Denn wenn sie sich schon eines einsamen Mannes erbarmt, so wird es dieses Mal jedenfalls kein Unbekannter sein.

Dieser Erwin ist aber auch ein kühler Rechner. Hundertzwanzig Mark denkt er. Jede Woche kommen jetzt gute Löhne dazu. Mathias hat es wenigstens zugesagt. Das alles muß zinsbringend bei der Raiffeisenkasse angelegt werden. Regina versteht das zwar alles nicht so, aber sie hat Vertrauen.

»Ich lege das alles in deine Hände, Erwin«, sagt sie, denn die Zeit liegt schon eine Weile zurück, als sie noch Herr Erwin zu ihm gesagt hat.

Dieses neue Geld scheint Wunder zu wirken, und die Menschen, besonders die Heimatvertriebenen, befinden sich in einer Aufbruchstimmung, strahlen einen Optimismus aus, wie er nur Menschen gegeben ist, die nach Zeiten schwerster Bedrückung die Chance eines neuen, guten Anfangs sehen. Mit der Währungsreform fühlen sie sich als Gleichberechtigte, denn keiner hat ja mehr als vierzig Mark bekommen. Zwanzig Mark sollen in sechs Wochen noch nachkommen. Ihr Architekt Kittler hat alle Hände voll zu tun, denn alle wollen auf einmal ein Haus bauen. Es bleibt der Gemeinde gar nichts anderes übrig, als neue Baugründe auszuweisen. Der Pulsschlag eines neuen Lebens geht wie ein unwiderstehlicher Strom durch den Marktflecken Nolgen. Die Einheimischen sind zwar nicht mit allem einverstanden. Man hat zwar einen Zahnarzt jetzt und einen Architekten, der sein Büro im Nebenzimmer des Postwirts aufgeschlagen hat, bis sein eigenes Haus fertig ist, aber wozu braucht man etwa einen Damensalon? Bis jetzt haben die Bürgersfrauen ihre Haare zu Hause immer mit der Brennschere gelockt. Von Dauerwellen hat man bisher nichts gewußt und wenn, dann ist man halt in die Kreisstadt gefahren. Das alles kann man jetzt in Nolgen auch haben. Und zu allem gibt der Staat auch noch Darlehen und Zuschüsse. Wenn das nur gutgeht.

Aber es geht gut. Alle profitieren ja davon: die Schreiner, die Zimmerer, die Maurer, sogar der Schmied Jirgl, denn die Bauwütigen haben ihren eigenen Geschmack, wollen schmiedeeiserne Gartentürchen und ein Gitterwerk vor den Fenstern nach Tiroler Art. Am meisten verspürt den Aufschwung aber die Sägmüllerin Barbara Gschwendner. Sie muß zwei neue Sägegatter installieren lassen und weitere Arbeitskräfte einstellen. Auch für die neuen Höfe in der Flüchtlingssiedlung muß sie die Dachstühle liefern. Die Tage sind erfüllt von Gedröhn und Geschäftigkeit, und erst die Abende werden still. Dann hört man den Kirchbach wieder plätschern oder von einem Bauernhof her das feine Läuten des Sensendengelns. Der Pfarrer geht in seinem Garten auf und ab und liest im Brevier. Er geht tief gebeugt. Die eine Hand hat er auf den Rücken gelegt, in der andern hält er sein Buch. Sein Haar ist im letzten Jahr schneeweiß geworden. Die Flüchtlinge hätten ruhig auch einen Pfarrer mitbringen können, auch wenn es ein lutherischer Kollege gewesen wäre.

Der Bürgermeister Brattl geht vorbei und führt seine hochschwangere Frau Gabriele am Arm. Ja, bald wird es soweit sein. Das sieht sogar der Pfarrer. Er nickt ihnen über den Zaun zu und murmelt etwas dabei, was nach »gesegneten Abend« klingt. Und Gott wird dir schon beistehen, Frau Gabriele, denn du warst ihm wohlgefällig, weil du aus deiner Verirrung wieder zurückgefunden hast auf den geraden Weg.

Das Ehepaar bleibt stehen und zwingt auch den Pfarrer, näherzutreten.

»Was gibt es denn Neues, Herr Bürgermeister?«

»Viel, Herr Pfarrer. Es wird mit jedem Tag mehr. Heute waren Herren aus München im Rathaus. Man will eine Fabrik bauen, gleich außerhalb von Nolgen, gegen Holzham zu. Textilherstellung oder so was für dreihundert Arbeitskräfte.«

»Na, das wäre ja schön, Brattl. Das gäbe erst den richtigen Aufschwung für Nolgen.«

»Wegen der Grundfrage gibt es Differenzen, und ich weiß nicht, ob ich der Sache gewachsen bin.«

»Wenn jemand der Sache gewachsen ist, dann bist es du, Alexander«, sagt seine Frau.

»Allein kann ich überhaupt nicht entscheiden, Gabriele. Ich werde die Sache vor mir herschieben, bis nach den Wahlen. Dann kann ein neuer Bürgermeister seinen Kopf hinhalten.«

Es ist für Frau Gabriele immer wie ein Dolchstoß, wenn der Brattl von einem neuen Bürgermeister spricht. Dann wäre das bißchen Macht, das er hat, verloren, und niemand mehr würde sie als Frau Bürgermeister anreden, wenn sie in einen Laden kommt.

Die Dämmerung ist rasch eingefallen. Der Mesner geht vorbei zur Kirche hinauf und läutet den Abendsegen. Der Pfarrer schlägt das Kreuzzeichen über Stirne und Brust, zieht fröstelnd den Nacken hoch und geht ins Haus. Es wird ihm zu kalt. »Gute Nacht, ihr beiden«, sagt er, dann schließt sich die Türe hinter ihm.

Still wird es in allen Gassen. Nur vom Wirtshaus her hört man noch Stimmen, und die wird man auch bis Mitternacht noch hören. Es sind immer die gleichen, die nicht heimgehen wollen und sich sogar darauf berufen, daß es ihr Recht sei, sitzen zu bleiben bis zur Polizeistunde.

Draußen ist längst der Mond hochgestiegen, die große, prächtige Scheibe, die die Erde versilbert und alle Dinge in kaltem Glanz erstrahlen läßt, auch das große schmiedeeiserne Kreuz auf dem Blutacker, der jetzt ein Gottesacker geworden ist. Das erste Grab auf diesem neuen Friedhof hat man für ein Kind geschaufelt. Es ist ein Flüchtlingskind aus der Ziegelei gewesen, das wegen eines durchgebrochenen Blinddarms hat sterben müssen.

Mit der Währungsreform ist der wirtschaftliche Aufschwung gekommen. Die Menschen haben Arbeit, sie haben gutes Geld in den Taschen und eine unbändige Lust, es auszugeben. Es gibt ja einen großen Nachholbedarf auf diesem Gebiet, denn der Krieg hat die Jugend um vieles betrogen. Auch Nolgen wird von einer wahren Welle von öffentlichen und privaten Festen ergriffen. So findet im Juli das vierzigjährige Gründungsfest des Trachtenvereins statt, die Liedertafel wartet mit einem Waldfest auf. Im August inseriert der Postwirt für einen Sommernachtsball. Dazwischen finden in einem Saal noch einige Hochzeiten statt. Hochzeiten sind natürlich in erster Linie Familienfeiern, aber bei einer großen Bauernhochzeit kommen schon an die hundert Gäste zusammen. Beim Schorhamer Mathias freilich werden es kaum dreißig sein, denn seine Verwandtschaft ist nicht groß, und Ramona hat ja überhaupt keine. Sie kann höchstens aus der

Siedlung einige Vertraute einladen. Und doch, es ist noch niemals über eine Hochzeit so viel geredet worden wie über diese, die am fünfzehnten September stattfinden soll.

Ein junger Bauer, aus einem Geschlecht, das schon dreihundert Jahre auf dem Hof sitzt, heiratet eine Fremde, ein Flüchtlingsmädel, noch dazu was Besseres, eine, die vor ihrem Namen sogar ein »von« hat. Wenn das nur gutgeht. Die Verwandtschaft ist entsetzt, und es ist vielleicht am besten, wenn man gar nicht hingeht.

Im Kramerladen der Lina Hierlein steht eine Gruppe von Frauen beisammen, um die Zugereiste auszurichten. Und wie. Kein gutes Haar lassen sie an ihr. Ein Frauenzimmer, das reitet, ist bei ihnen sowieso schon unten durch.

»Die ist bereits emanzipiert«, sagt die Frau des Bahnhofsvorstehers Wimmer.

Obwohl keine von den andern das Wort je gehört hat, nicken sie eifrig. Die Hebamme befindet sich auch darunter, schiebt mißmutig ihr Doppelkinn vor und orakelt: »Ich werde bei der sowieso kein Geschäft machen. Erstens ist sie – wie hast du gesagt, Wimmerin? Emplaniziert? Ja, dann wird sie sowieso kein Kind kriegen. Und wenn wirklich, dann wird sie sicher ins Krankenhaus zur Entbindung gehn, weil sie so ein enges Becken hat.«

Die Mannsbilder urteilen da etwas milder. Für sie ist es zwar auch eine Schande, daß man so ein Flüchtlingsweib ehelichen kann. Aber kennt vielleicht einer im weiten Umkreis eine, die schöner wäre von Angesicht und Wuchs? Bei der hat der Herrgott aber auch gar nichts vergessen. Sogar Klugheit und Verstand hat er ihr mitgegeben.

»Oder wißt ihr vielleicht ned, daß sie sogar einen Siedlerhof mitbringt in die Ehe?« fragt der Dachdecker Pröpstl.

Der steht ihr in der Tat zu. Darüber hat man sich längst erkundigt, und es stimmt ja wirklich, daß sie in ihrer alten Heimat Güter von unermeßlichem Wert verloren hat. Auch das Forsthaus hat sie erwerben können, und zwar noch mit der alten Währung.

»Weil wir alle geschlafen haben«, meint der Postwirt. »Und der Brattl hat sie bei allem tatkräftig unterstützt.«

Ach ja, was ist denn bloß aus dem alten, gemütlichen Nolgen geworden. Die Ahnen würden sich in ihren Gräbern umdrehen, wenn sie sehen könnten, wie diese Fremden hereindrängen in alle Bereiche des Lebens, wie sie danach streben, anerkannt und integriert zu werden. So nörgelt man und meint damit die Braut des jungen Schorhamers.

Nur die Damenschneiderin Gabriele Brattl hat nichts auszusetzen an dieser ostpreußischen Braut, denn Ramona läßt bei ihr das Hochzeitskleid anfertigen und zwar nach eigenem Entwurf. Es ist nicht der landesübliche Schalk (Festgewand) der Bäuerinnen des Tales, es ist etwas gänzlich Neues, nämlich ein langer Faltenrock bis zu den Knöcheln hinunter von der Farbe des Bergenzians. Darüber ein Spenzer aus Silberbrokat, hochgeschlossen mit langen Ärmeln. Frau Gabriele gibt sich alle Mühe und denkt, daß sich daraus vielleicht so was wie eine neue Mode für bäuerliche Bräute entwickeln könnte. Und wo werden diese Köstlichkeiten hergestellt? Im Modesalon Gabriele Brattl. Gabriele hat vor der schönen Braut gekniet, hat gestichelt und den Saum des Rockes gemessen, und die Braut hat ihr auf ihr Drängen ein bißchen aus ihrer Heimat und ihrem Leben erzählt. Frau Gabriele, die auch ein bißchen was vom Leben weiß, hat das alles wie ein Märchen in sich aufgenommen und schämt sich nicht, weiterzuerzählen, daß sie vor der Schönheit gekniet habe wie vor einer fremden Göttin.

»Sie können sich darauf verlassen«, verspricht Gabriele. »Ich bin um sieben Uhr draußen im Forsthaus und werde Ihnen behilflich sein beim Ankleiden. Mein Mann wird mich hinausfahren, weil er ein Auto hat. Es gehört zwar der Gemeinde, aber so was kann man leicht als Dienstfahrt deklarieren.«

So kommt endlich der fünfzehnte September heran. Ein Morgen nach einer ungewöhnlich kalten Vollmondnacht, die alle Wiesen und Felder mit Reif belegt hat, als hätte es geschneit. Aber es wird ein Tag werden von leuchtendem Glanz, denn wenn nur erst einmal die Sonne aus ihrer Gruft heraufsteigt, dann wird alles von milder Schönheit sein.

Kaum als es vor den Fenstern zu grauen beginnt und die Sterne gerade am Erlöschen sind, wird Ramona wach. Sie steht sofort auf. Zum letztenmal als Ramona von Ette-Barhausen. In vier Stunden wird sie Frau Mona Lindner, Bäuerin von Schorham sein.

Sie sattelt ihren Falben und reitet in die Morgenfrühe hinein. Noch einmal ein wilder Ritt, wer weiß, ob das noch einmal so sein kann.

Nebel liegt noch über dem weiten Land und hüllt die Ziegelei und die neuen Gehöfte im Moor ein. Ramona reitet durch den Wald bis zu dem kleinen Weiher, der im Nebel dampft, als wäre er angezündet worden. Und merkwürdig – während des ganzen Rittes hat sie ein Bild begleitet, das sie schon vergessen geglaubt hat: Jener wilde Ritt vor fast vier Jahren, nur ist damals nicht ein Septembermorgen gewesen, sondern eine dunkle Dezembernacht, die dann im Tagwerden einen jungen Fahnenjunker zitternd an einer Mauer hat stehen lassen, bis die Salve gefallen ist, die sein Leben beendete.

Mit einer heftigen Handbewegung über die Stirne scheucht Ramona diese schweren Gedanken fort und erinnert sich lieber jenes Sommerabends, als Mathias sie hier, genau an dieser Stelle gefragt hat, ob sie eine schwierige Frau sein werde.

Ramona schaut auf ihre Armbanduhr. Sie reitet zurück, zuerst in die neue Siedlung. In den neuen Höfen herrscht bereits reges Leben. Nur auf dem ihren, auf dessen weißer Wand über der Haustüre steht: »Ramonahof« ist alles noch still. Aber das wird nicht mehr lange so sein. In der nächsten Woche will Mathias vorläufig einmal drei Kühe, etliche Schweine und die zwei Haflinger hierher bringen. Dann sollen Erwin und Regina, die vor kurzem in aller Stille geheiratet haben, mit dem Mohrackerl hierherziehen und den Hof auf zunächst zwanzig Jahre in Pacht übernehmen.

Als Ramona heimkommt, wartet Brattl mit seiner Frau bereits auf der Hausbank. Die beiden Leute, die Ramona damals ins Haus genommen hat, sind auch bereits auf, und man kann noch gemeinsam frühstücken, bevor der große »Aufputz« beginnt.

Als Erwin das Brautpaar um acht Uhr in derselben Kutsche, in der die verstorbenen Schorhamers vor nahezu dreißig Jahren zu ihrer Hochzeit nach Nolgen gefahren sind, zum Gemeindeamt kutschieren soll, gibt es noch eine kleine Verzögerung, denn Mathias kann sich einfach nicht sattsehen an seiner Braut. Immer wieder geht er um sie herum und betrachtet sie von allen Seiten.

»Und so was Schönes soll mir gehören für alle Zeiten?« Das klingt wie ein Zweifel, und doch ist der Mann innerlich durchglüht vor Freude und Stolz.

Lächelnd streicht Ramona ihm eine Haarsträhne aus der Stirn und richtet seine Krawatte gerade. »Du kannst es dir noch überlegen, Mathias. Jetzt kannst du noch zurück.«

»Da müßt ich ja der größte Narr sein, der auf Gottes Erdboden herumläuft. Ich wünschte mir bloß, daß Vater und Mutter diese Stunde noch erleben dürften.«

Draußen scharren die Pferde schon ungeduldig mit den Hufen. Ihre Mähnen sind geflochten, das Geschirrzeug glänzt und ist ebenso mit Blumen geschmückt wie der offene Landauer. Sogar in die Radsprossen sind Blumen eingeflochten. Erwin sitzt auf dem Bock in einer Haltung, als stehe er vor einem General stramm, ein Rosmarinsträußerl an der weiten Hemdbrust.

»Komm jetzt, Mathias«, drängt Ramona. »Wir wollen niemand warten lassen.«

Es wartet aber niemand, als sie vor dem Rathaus vorfahren. Nur vereinzelt stehen ein paar Menschen herum, sonst ist der Marktplatz wie ausgestorben. Mathias zieht unwillig die Brauen zusammen. Das sieht nach Boykott aus.

Ramona merkt, was in ihm vorgeht, und nimmt seine Hand. »Komm, Mathias, ärgere dich nicht.«

Als sie das Rathauszimmer betreten, entfährt dem Brattl ein bewunderndes »Aaaah!«. Er hat nur noch Augen für die lichte, hohe Erscheinung der Braut, reißt sich aber dann doch zusammen, erhebt sich von seinem Schreibtisch und bittet das Brautpaar, auf den zwei Stühlen Platz zu nehmen. Er räuspert sich umständlich, als suche er erst nach passenden Worten für die standesamtliche Trauung. Er macht es sehr feierlich, so feierlich, daß ihn selbst die Rührung überkommt, als er von der ehelichen Treue spricht. Vielleicht fällt ihm dabei ein, wie sehr er selber einmal für diese schöne Frau geschwärmt hat, und was er über ihre Erscheinung in sein Tagebuch geschrieben hat. Leider hat Frau Gabriele dieses Büchlein gefunden und sofort in den Ofen geworfen.

Das Brautpaar durfte aufstehen, bedankt sich beim Brattl für dessen schöne Worte und lädt ihn ein, anschließend am Hochzeitsmahl beim Postwirt teilzunehmen.

Mathias meint dann noch: »Es ist so merkwürdig ruhig da draußen.«

»Es ist ja auch erst halb neun«, antwortet Brattl und lächelt.

Als Ramona und Mathias dann aus der Tür des Rathauses treten, verhalten sie wie angewurzelt den Schritt und sehen sich fast erschrocken an. Der ganze Marktplatz ist jetzt schwarz von Menschen. Ganz vorne stehen der Trachtenverein mit Fahne und Musikkapelle. Die Instrumente blitzen in der Sonne, als sie gehoben werden, um den Hochzeitsmarsch zu spielen. Dazwischen läuten die Kirchenglocken. Automatisch setzt sich der Zug in Bewegung. Und auf einmal sind die ganzen Kinder aus der Siedlung da und streuen Blumen vor die Füße des Brautpaares, so wie es in der alten Heimat bei Hochzeiten Brauch gewesen ist. Die ganzen Menschen müssen sich vorher in den Seitenstraßen verborgen gehalten haben. Jetzt säumen sie die Straße, alle Flüchtlinge scheinen aufgebrochen zu sein, die Frauen in ihren bunten Kopftüchern, die Männer barhäuptig. Sie winken und rufen, und wenn Ramona seit ihrer Flucht aus der Heimat nicht mehr geweint hat, jetzt rinnen ihr die Tränen über die Wangen.

Auch Mathias schluckt ein paarmal, drückt aber dann Ramonas Arm fester in den seinen und flüstert ihr zu: »Das gilt alles dir, Mona.«

»Uns beiden«, lächelt sie zurück. Und damit hat sie recht, denn auch die Einheimischen hat es herausgetrieben auf die Straße, zumindest aber stehen sie in den Fenstern.

»Schaut euch bloß diese Kombination von einem Hochzeitskleid an«, sagt die Frau Apotheker zu den Frauen, die mit ihr auf der Treppe stehen. »Ist das nicht ein Traum?«

Dann drängt die Menge in die Kirche, die gar nicht alle fassen kann. Sie stehen heraußen um die Gräber herum und hören die brausenden Orgelklänge, die unter den Händen des Lehrers Prinding das Gotteshaus erfüllen.

Anschließend auf dem Marktplatz eine noch größere Menschenmenge. Es gleicht fast einem Volksfest. Irgend jemand muß das doch organisiert haben, denkt Mathias, der sich seiner eigenen Wertschätzung bei den Nolgener Bürgern gar nicht bewußt ist. Für den Trachtenverein zum Beispiel ist es eine Ehrensache, denn Mathias ist es doch gewesen, der nach seiner Heimkehr aus dem Krieg dem Verein wieder neue Impulse gegeben und die Vorstandschaft übernommen hat. In der Hauptsache aber haben es die Flüchtlinge als eine besondere Ehre angesehen, der Braut, die doch eine der Ihrigen ist und die so viel für sie getan hat, auf diese Weise ihren Dank abzustatten. Mit Geschenken können sie zwar kaum aufwarten, aber ihre Herzen können sie öffnen, und die junge Herrin, die sie so manchem in der alten Heimat gewesen, ist, kann darin lesen: Alles Glück soll dir beschieden sein!

Ein Kinderpaar aus der alten Heimat versperrt dem Brautpaar den Weg zum Postwirt und überreicht der Braut in einem verknoteten Tüchlein eine Schaufel voll dunkler Erde und ein Büschlein Moos. Mit hellen Stimmen sagen sie ihr Sprüchlein auf:

»Eine Handvoll Heimaterde
und ein Büschlein Moos
aus verlornem Vatererbe
aus der Heimat Schoß
sollen dir dein Herz erfreuen
und soll immerdar von neuem
leuchten dir ein helles licht
bitte nur – vergiß uns nicht.«

»Nein«, verspricht Ramona unter Tränen, beugt sich nieder und streicht über die blonden Kinderköpfe. »Wie könnte ich euch jemals vergessen.« Und sich wieder aufrichtend: »Kannst du das verstehn, Mathias, daß auch dies ein Augenblick großer Seligkeit für mich ist?«

Mathias nickt ihr voller Güte zu, dreht sich dann um und schaut über die nachdrängende Menschenmenge hin. Da haben es also die Alten aus seiner Verwandtschaft wirklich vorgezogen, nicht zu erscheinen. Der Vetter Blasius ist nicht zu sehen und nicht die Base Cordula. Der Onkel Sepp, der Onkel Konrad, die Tanten Anna und Mathilde, alle glänzen durch Abwesenheit. Dafür aber haben sie ihren Nachwuchs geschickt. Die Jungen sind viel toleranter. Warum sollen sie den Vetter beleidigen? Er hat ihnen doch nichts getan. Vor allem aber ist es auch die Neugierde, denn es hat sich doch längst auch in der Verwandtschaft herumgesprochen, daß der Vetter Mathias ein Flüchtlingsmädl heiratet, das sogar adelig und nebenbei von seltener Schönheit sein soll.

Immer deutlicher ist zu merken, daß die ganze Sache bestens organisiert worden ist, denn der Postwirt hat das Nebenzimmer, wie eigentlich vorher ausgemacht, erst gar nicht herrichten lassen, sondern gleich im großen Saal gedeckt. Und merkwürdig, es ist, als sei mit diesem Tag erst so richtig ein Bann gebrochen, Einheimische und Flüchtlinge tun so, als habe es nie eine Fremdheit zwischen ihnen gegeben. Hauptsächlich aber ist es die Jugend, die alles Hemmende mit leichter Hand beiseiteschiebt, sich notfalls auch mit Gesten verständigt, wenn die Sprache versagt. Der

Gnöginger Maxl zum Beispiel muß sich erst auf Hochdeutsch plagen, um der Blonden mit dem Pferdeschwanz zu erklären, was er ihr da ins Ohr geflüstert hat: »Oiso, i muaß scho sog'n, du host fei ganz schö Holz vor deiner Hütt'n. Und des liabe Goscherl erscht, direkt zum neibeiß'n. Oiso, sowos Herzig's is mir in meina ganz'n Praxis no ned untakemma.«

»Wie bitte?« fragt der Blondschopf. »Ich habe kein Wort verstanden.«

»Also, dann paß auf. Ich muß es schon sagen, du hast einen schönen Busen und ein herziges Munderl. Da möchte ich gerne hineinbeißen. Und überhaupt ist mir sowas wie du in meiner ganzen Praxis niemals nicht untergekommen – begegnet, meine ich.«

»Ach so? Sie sind aber ganz schön frech.«

»Wenn man es ehrlich meint, ist man ned frech.«

»Meinen Sie es denn ehrlich?«

»Der Teufl darf mich hol'n, wenn es ned wahr ist.«

Dann wirbelt er sie herum, stemmt sie mit einem Juhschrei in die Höhe, läßt sie dann behutsam wieder herunter und küßt sie dann einfach vor allen Leuten. Das findet sie schon wieder ungeheuer frech. Aber Stunden später, als sie einmal hinausgehn, um frische Luft zu schnappen, und am Himmel schon die Sterne funkeln, da findet sie es nicht mehr frech, höchstens landesüblich.

Ach, du lieber Gott, ist das ein Trubel und eine Fröhlichkeit im Saal, eine Herzlichkeit zueinander, wie man sie vorher nicht erwartet hätte. Ramona kann sich der vielen Tänzer kaum erwehren. Die Klarinetten jubeln, und der Boden dröhnt vom Gestampf der Füße. Erst als draußen schon die Dämmerung einfällt und vom Kirchturm der Abendsegen erklingt, wird alles mäuschenstill. Der alte Pfarrer erhebt sich und faltet die Hände.

»Der Engel des Herrn brachte Maria die Botschaft und sie empfing vom heiligen Geiste . . .«

»Jawohl, vom heiligen Geist«, murmelt der Schmied Jirgl nach, der hinten bei der Schenke am Boden sitzt, weil er vor lauter Rausch nicht mehr aufrecht stehen kann. Später heben sie ihn dann auf und geben ihn der Hebamme in die Arme, die ihn heimbringen soll.

»Warum läßt du dich denn allweil so vollaufen, Jirgl, wenn du es nimmer so vertragen kannst wie früher.«

»Vor lauter Freud, Kathi, vor lauter Freud. Und weil eh alles wurscht ist. Kathi, am gscheitesten wird es sein, wir zwei heiraten auch noch und dann sauf ich überhaupt nimmer.«

Der Trubel im Saal geht weiter. Um zehn Uhr verabschiedet sich der Pfarrer. Aber auch Mathias schaut immer wieder auf die Uhr. Es drängt ihn, endlich mit Mona allein zu sein. Um elf Uhr sollte Erwin mit der Kutsche kommen. Die Musikanten rüsten sich bereits, das Brautpaar hinauszuspielen, wie es Brauch ist, da heult plötzlich die alte Luftschutzsirene vom Dach des Rathauses.

Das Forsthaus hinten steht in hellen Flammen. In fieberhafter Eile rückt die Feuerwehr aus, kommt aber zu spät. Das Haus brennt bis auf die Grundmauern nieder.

Schon am folgenden Vormittag wird der Holzaufkäufer Vitus Schmederer auf einen Tip von Mathias hin wegen dringenden Verdachts der Brandstiftung verhaftet. Zuerst leugnet er hartnäckig, aber schließlich gesteht er die Brandstiftung unter der Last erdrückender Indizien.

Ramona fügt sich nahtlos in das Leben auf dem Schorhamerhof ein. Vormittags steht sie am Herd, nachmittags hilft sie draußen bei der Grummeternte. Ihr Gesicht bräunt sich noch ein bißchen mehr unter der Herbstsonne. Mathias will es eigentlich gar nicht, daß sie so hart arbeitet, aber Mona erinnert ihn dann lächelnd an die Zweifel jener Leute, die vor der Hochzeit aus eben diesem Grund gesagt haben: »Wenn das nur gutgeht.«

Und es geht gut. Erwin und Regina sind zwar mit dem Mohrackerl in die Siedlung auf den Ramonahof umgezogen. Dafür hat man auf dem Schorhamerhof zwei Mädchen angestellt, eines aus der Siedlung und eines von einem kleinen

Bauernhof in der Nähe. Martha heißt die letztere. Sie ist als Zweitälteste unter neun Geschwistern nie aus dem Ort hinausgekommen. Bei der Einstellung hat man sie zu nichts verpflichtet als zu Fleiß und Ehrlichkeit, jedenfalls nicht zum Schweigen. Und so erfährt man so manch Seltsames über diese Bauernehe auf dem Schorhamerhof. Aber eben auch nur wieder seltsam und merkwürdig für die Bauersleute ringsum. Man lächelt und spöttelt am Anfang darüber, denn wo ist es schon Brauch, daß ein Bauer sich jeden Morgen frisch rasiert, daß er fast täglich badet oder sich duscht? Wo sagt ein Bauer »Danke dir schön«, wenn sie ihm am Frühstückstisch in der Stube ein Brot mit Butter bestreicht, und wo sagt eine Bäuerin »Ach bitte, Mathias, reich mir doch einmal die Milch herüber?«

Ja, das sind alles Dinge, die man belächeln kann, auch daß Mathias oft mitten unter der Arbeit in die Küche rennt, seine Frau umarmt und küßt und wieder verschwindet.

Jawohl, man nimmt sich für alles Zeit, zum Frühstück und für Zärtlichkeiten, trotz der vielen Arbeit, denn Mathias muß ja mit den neu angeschafften Maschinen, einem Kreiselwender, einem Heuaufleger und einem Mistausbreiter auch auf dem Ramonahof aushelfen. Manchmal reitet auch Ramona auf ihrem Falben noch hinaus, um dort nach dem Rechten zu sehen. Aber Mitte November nimmt sie Sattel und Zaumzeug und trägt es auf den Speicher hinauf.

»Ab morgen wird nicht mehr geritten, Mathias.«

Erstaunt und halb ahnungsvoll sieht er sie an. »Hat es dir der Doktor verboten, Mona.«

Sie lehnt ihren Kopf an seine Schulter und nickt. »Man soll nicht mehr reiten, wenn man zu zweit ist.«

»Mona, Herzweiberl, du. Wann denn.« Er reißt sie vor Freude in seine Arme. »Wann denn, Mona?«

»Wenn der Herrgott mich in seiner Hand behält, dann wirst du um die Mittsommerzeit einen Sohn in deinen Armen tragen können.«

»Ach, Mona, was machst du mir Freud. Und wenn es auch

ein Dirndl sein wird, das macht nichts. Es wird dir gleichen, und es wird unser Fleisch und Blut sein.«

Abends sitzen sie oft noch lange in der Stube beisammen. Draußen toben die Novemberstürme über den Hof. Im Ofen krachen die Holzscheite. Manchmal kommen auch die Schweizerleute herein. Die Prindings sind leider schon umgezogen ins neue Schulhaus. Prinding hat zwar wieder als einfacher Lehrer anfangen müssen, aber in ein paar Jahren wird er ja dann doch als Hauptlehrer pensioniert werden. Man hat ja schon langsam angefangen zu vergessen.

Die beiden Mädchen sind dann auch da und spielen mit der Herrin Mensch ärgere dich nicht oder Mühle. Aus dem Radio klingt leise Musik, und aus der Ofenröhre zieht der Duft von Bratäpfeln. Gegen halb zehn Uhr löst sich die Runde meistens auf. Dann sitzen Mona und Mathias noch eine Weile allein. Mona sucht dann am Radio ein anderes Musikprogramm, eine Oper vielleicht oder ein Kammerkonzert, und sie erklärt ihm dann alles. »Das ist die siebte Symphonie von Beethoven.« Oder: »Das ist von Tschaikowski und jenes von Brahms.«

Er lacht dann und meint: »Einen Walzer vom Strauß kenn ich besser oder das Zitherstückl: »Der Weg zum Herzen.«

Dann lachen sie beide. Und einmal nimmt Ramona seinen Kopf und legt ihn auf ihren Bauch.

»Hörst du es, Mathias, wie es sich rührt?«

»Ja, wirklich. Strampelt es denn den ganzen Tag so?«

»Nein, nicht immer.«

»Sauber sag ich, das ist ja wie ein kleiner Motor?«

»Nein, hier entsteht ein Mensch – unser Kind, Mathias.«

Der Gesprächsstoff geht ihnen eigentlich nie aus. Sie reden über den geplanten Kauf eines Mähdreschers, und Ramona weiß besser Bescheid als er, wie man so etwas über die Bank finanzieren kann, und wie man so ein Ungetüm auch an andere Bauern ausleihen kann, weil man so durch die Leihgebühr die Zinsen leicht wieder hereinbringt.

Es hat sich auch eingebürgert, daß sie jetzt jede Woche einmal Besuch haben. Es kommt der Apotheker, der junge Seilermeister, der junge Doktor Schnitzer, der Architekt, der Zahnarzt, der Bahnhofsvorsteher, der Lehrer Prinding, der Brattl, der Schriftführer vom Trachtenverein. Jedes Mal werden es mehr, und manchmal ergeben sich dabei ziemlich hitzige Diskussionen. Nur Mathias behält seine eiserne Ruhe, überlegt oft lange, sieht dann seine Mona an, und was er dann vorbringt, ist sinnvoll und oft richtungsweisend. Er braucht nur manchmal ein kleines Stichwort seiner Mona, dann sprudelt es aus ihm heraus wie ein Springbrunnen.

»Ich versteh ned, warum man sich immer noch weigert, das Grundstück zu erschließen für die Textilfabrik. Man sagt doch, daß dort an die dreihundert Menschen arbeiten könnten. Habt ihr denn noch ned gemerkt, daß wir mitten im Maschinenzeitalter leben, daß die Bauern nimmer soviel Dienstboten brauchen und daß sowas für Nolgen einen ungeheueren Aufschwung bringen könnte.«

»Ja, aber gerade ihr Bauern seid doch dagegen«, wirft ihm der Apotheker vor.

»Ich nicht. Und was die andern betrifft, ich weiß schon, der Hanner ist einer der ärgsten Gegner, man müßt' sie halt überzeugen. Die Fabrik würde ja weit außerhalb des Ortes liegen. Wen kann es da schon genieren?«

Wieder ein Blick auf Ramona. Die nickt ihm kaum merklich zu. »Dann wär da schon noch was. Unser Nolgen liegt doch einmalig schön. Warum tun wir denn gar nichts, um Sommerfrischler herzubringen. Wir hätten das Fischrecht des Kirchbachs auf zwölf Kilometer hin zu vergeben, wir haben wunderbare Spaziergänge übers Moor in den Wald. Wanderwege müßte man anlegen und Ruhebänke aufstellen, kurzum, einen Verschönerungsverein müssen wir gründen, sonst macht uns eine spätere Generation mit Recht den Vorwurf, daß wir geschlafen hätten.«

»Ganz richtig«, wird ihm beigepflichtet, und der Architekt macht bereits Pläne, wo man solche Ruhebänke aufstellen könnte. Solche Zusammenkünfte dauern oft bis Mitternacht, und Ramona ist es meist, die dann aufsteht und auf die Uhr hindeutet. »So, meine Herrn, ich glaube, für heute ist es genug.«

Wortlos fügt man sich ihrem Wunsch. Die Stube leert sich, und draußen sagt der Bahnhofsvorstand zum Apotheker: »Was er sagt, ist sinnvoll und durchdacht. Alles hat Hand und Fuß.«

Der Apotheker nickt. »Ja, aber manchmal hab ich das Gefühl, als ob sie die treibende Kraft wäre.«

Und da hat er nicht ganz unrecht.

Um diese Zeit findet auch vor dem Landgericht in der Kreisstadt die Verhandlung gegen den Holzaufkäufer Vitus Schmederer wegen vorsätzlicher Brandstiftung statt. Der Gerichtssaal ist gerammelt voll. Lässig steht Vitus mit seinen krummen Beinen vor dem Richtertisch und hält den Kopf ein wenig schief, als müsse er sich anstrengen zu hören, was ihm da vorgeworfen wird. Er spielt so seine eigene Tour, stellt sich dumm und hofft insgeheim darauf, daß man ihm den § 51 zubilligt. Aber dann verhaspelt er sich doch wieder und gibt ganz vernünftige Antworten. So zum Beispiel, als ihn der Richter fragt, ob ihn vielleicht jemand zu dieser Tat angestiftet habe. Da fährt er auf und sagt schneidend: »Ich verbitte mir derartige Unterstellungen.«

Einige Male dreht er auch den Kopf und blickt in den Zuhörerraum. Ganz hinten in der letzten Reihe findet er auch jemanden, der ihm kaum merklich zunickt. Es ist die Sägmüllerin Barbara Gschwendner. Dann gibt er wieder ganz verdrehte Antworten. Der Richter kann fragen, was er will, die Antworten sind stets so, daß die Zuhörer lachen müssen. Das geht so lange, bis der Richter wütend mit der Hand auf den Tisch schlägt und ihn anschreit:

»Machen Sie uns hier doch kein Theater vor. Ich durchschaue Sie längst und weiß, was Sie damit erreichen wollen. Aber darauf fällt das Gericht nicht herein. Geben Sie doch zu, daß Sie den Brand gelegt haben. Man hat Ihre Fingerabdrücke gefunden und Ihre Fußspuren.«

Der Vitus starrt in den Boden hinein, als ob er sich wieder etwas Neues überlege. Dann reißt er plötzlich den Kopf wieder in die Höhe und schaut den Richter mit halbzugekniffenen Augen an. »Also gut, ich bin es gewesen.«

»Na endlich. Können Sie dem Gericht vielleicht auch die Beweggründe für Ihre Tat sagen?«

»Weil ich halt gern gezündelt hab.«

»Aha, gern gezündelt.«

Das Gericht zieht sich zur Beratung zurück. Das Urteil lautet dann auf drei Jahre Gefängnis. Vitus zuckt mit keiner Wimper. Nur als der Richter dann das Urteil noch begründet, zieht er die Brauen scharf zusammen, als rechne er nach, wie lange drei Jahre sind – die bei guter Führung dann vielleicht nur zwei Jahre sind. Dann ist er achtundvierzig und die Sägmüllerin sechsunddreißig. Sie will ja auf ihn warten, hat sie gesagt.

Im Frühjahr wird in Nolgen tatsächlich ein Fremdenverkehrsbüro errichtet. An besonders romantischen Plätzen werden Ruhebänke aufgestellt, in verschiedenen Zeitungen erscheinen Inserate, die auf den Luftkurort Nolgen am Kirchbach hinweisen, der Postwirt läßt seine Fremdenzimmer renovieren, und auch in den Privathäusern besinnt man sich darauf, daß man während des Sommers durchaus ein oder zwei Zimmer mit Frühstück vermieten kann. Mit Ferienbeginn kommen tatsächlich die ersten Fremden. Langsam aber sicher läuft alles an. In diesem Frühjahr taucht unverhofft auch der Colonel wieder einmal auf und zwar in Zivil. Ledig aller Militärgewalt nimmt er beim Postwirt Quartier, erwirbt im Verkehrsbüro eine Angelkarte, und so sitzt er nun jeden Morgen am Kirchbach und läßt Forellen anbeißen.

Die Obstbäume verblühen, das Gras auf den Wiesen wächst nach einem warmen Regen. Mathias geht um seinen neuen Traktor herum. Er ist rot und hat dicke Stollenreifen. Ramona ist noch dabeigewesen, als sie ihn vorige Woche im Lagerhaus besichtigt haben. Den und andere, weniger leistungsfähige. Den da, hat Ramona gesagt, weil er bereits mit einer Vorrichtung ausgestattet ist, an der man im Winter einen Schneepflug befestigen kann. Man muß eben an alles denken. Und Ramona denkt oft für Mathias mit.

Jetzt geht sie droben in der großen Schlafkammer auf und ab und hält sich den Leib und krümmt sich. Dann steht sie wieder am Fenster und beugt sich hinaus. Sie sieht die ungetrübte Freude im Gesicht ihres Mannes, als er um den schönen Traktor herumgeht, wie ein Kind, das sein neues Spielzeug betrachtet.

Du liebe Güte, wie liebt sie diesen Mann. Niemals hätte sie geglaubt, daß ihr Leben einmal in eine solch grenzenlose Geborgenheit einmünden könne. Man kann noch soviel verlieren an materiellen Gütern, denkt sie. Die Liebe eines solchen Mannes wiegt alles wieder auf.

Ramona öffnet droben das Fenster. Er schaut zu ihr hinauf. »Ist was, Mona?«

»Ich glaub, Mathias, die Hebamme könnte kommen.« Sie sieht sein Erschrecken und lächelt ihm zu. »Nur keine Angst, Mathias, es wird alles gut gehn.«

Während er in der Hosentasche schon nach den Autoschlüsseln greift, läßt ihn die Sorge doch nochmal fragen: »Nicht doch lieber den Doktor, Mona?«

Sie schüttelt den Kopf. Sie will keinen Doktor und in kein Krankenhaus. Das erste Kind soll auf dem Hof geboren werden, wie alle Schorhamers in dreihundert Jahren.

Fünf Minuten später steht er mit dem Wagen – seit kurzem haben sie einen großen Opel – vor dem Haus der Hebamme. Diese ist ganz außer sich vor Freude und Stolz, daß man sie holt und nicht den Doktor. »Nein, so eine Ehre«, sagt sie immer wieder. »Daß sich diese feine Frau auf mich besinnt und nicht ins Krankenhaus geht, wie so viele andere. Das darf ich schon als eine große Ehr schätzen.«

»Jetzt mach nur grad einmal und trödele ned so umeinander«, mahnt Mathias nervös.

»Haben denn die Wehen schon eingesetzt?«

»Das weiß ich ned. Ich muß dich holn, hat sie gesagt.«

»Ja, dann fahrn wir halt«, meint die Hebamme und zwängt ihre Körperfülle in den Wagen. »Vor sechsundzwanzig Jahren, da hat mich dein Vater noch mit Roß und Wagen abgeholt. Mitten in der Nacht.«

»Siebenundzwanzig sind es«, stellt Mathias richtig.

Dann kommt der Hof bereits in Sicht. Mit einer Behendigkeit, die man ihr gar nicht zugetraut hätte, eilt die Alte über die Stiege ins obere Stockwerk hinauf. Auf dem Treppenabsatz bleibt sie nochmal stehen und erteilt einige Anweisungen:

»Wasser aufsetzen und ein paar saubere Leintücher herrichten.«

Um diese Zeit hat Mathias eigentlich zum Ramonahof hinausfahren wollen. Nun läßt er es aber sein. In dieser Stunde gehört er zu seiner Frau. Wenn nur diese Hebamme nicht so rechthaberisch wäre. Sie sagt, daß es sie nervös mache, wenn er dauernd am Bett der Frau sitze und ihre Hände halte. Kinderkriegen sei doch nicht Männersache, und wenn es so weit wäre, würde sie ihn schon rufen. Im übrigen habe es noch Zeit.

Ja, es hat noch Zeit. Ramona müht sich zwar den ganzen Tag mit den Wehen ab, lehnt aber den Doktor nach wie vor ab, weil sie Vertrauen hat zu dieser robusten Frau, die vor siebenundzwanzig Jahren schon ihren Mathias ins Leben geholt hat.

Es wird Abend, und es wird Nacht. Bei den Siedlungshöfen draußen haben sie ein mächtiges Sonnwendfeuer entzündet. Die Flammen steigen hoch, und man sieht weithin den hellen Schein am nächtlichen Horizont.

Als die Uhr in der Stube die zehnte Stunde anzeigt, tut droben in der Schlafkammer das Kind den ersten Schrei seines Lebens. Mathias vernimmt ihn, obwohl er sich durch die dicke Stubendecke nur wie ein schwaches Piepsen anhört.

Drei Stufen auf einmal nehmend springt er die Treppe hinauf. In der Kammer hält ihm dann die Hebamme ein in weiße Decken gehülltes Bündel entgegen. Ein weinerliches Gesicht im Deckenausschnitt bewegt die Lippen und gähnt den Vater an.

»Da, Schorhamer, schau dir deine Tochter an.«

»Ach so? Ein Mädl ist es?« Einen Augenblick sieht man ihm die Enttäuschung an. Aber dann lacht er. »Macht auch nichts. Die Hauptsache ist, daß das Kind da und gesund ist.«

Dann tritt er an das Bett heran und weiß vor Verlegenheit nicht recht, was er sagen soll. Mit einem müden, erschöpften Lächeln schaut ihn Ramona an. »Ich kann nichts dafür, Mathias.«

Er weiß schon, was sie meint, nimmt den Zipfel eines noch frischen Leintuches und wischt ihr den Schweiß von der Stirne. »Aber das macht doch nichts, Mona. Das nächste Mal wird es dann schon ein Bub sein.«

Sie nickt und läßt sich in die Kissen zurückfallen. Aber ihre Hände umschließen zuerst noch sein Gesicht und ziehn es herunter zu ihrer Wange.

Nur fünf Tage nach der Geburt des Kindes, das man auf den Namen Johanna taufen wird, weil es in der Johannisnacht geboren ist, steht Ramona vom Wochenbett auf und will wieder Bäuerin sein. Die Hebamme sagt zwar, daß eine Mutter neun Tage lang zu liegen habe. Aber Ramona will das nicht gelten lassen. Haben die Tagelöhnersfrauen daheim in der alten Heimat neun Tage brauchen können, um so ein Kindbett zu überstehen? Oft genug hat eine von ihnen im Stall entbunden, ist dann am dritten Tag wieder aufgestanden und hat schweigend ihre Pflichten wieder aufgenommen.

Nein, fünf Tage genügen Ramona. In diesen fünf Tagen aber hat sie Zeit gehabt, über alles nachzudenken, was um der Liebe willen bedacht sein will.

In diesem Herbst wird in Nolgen, wie in allen Gemeinden, ein erbitterter Wahlkampf für die bevorstehenden Kommunalwahlen geführt. Manchmal bereut Mathias, daß er überhaupt für das Amt des Bürgermeisters kandidiert hat. Aber immer ist es Ramona, die ihn aufmuntert, die ihm so manchen Hinweis gibt und ihn mit sanfter Hand leitet. Nicht weil sie den Ehrgeiz hat, die Frau eines Bürgermeisters zu sein, sondern, weil sie weiß, welche Fähigkeiten in Mathias stekken. Die Lauterkeit seines Wesens, seine Charakterstärke, seine Ausdrucksfähigkeit, die mit jeder öffentlichen Rede besser wird und mit deren Hilfe er bei öffentlichen Diskussionen seine Kontrahenten fast mühelos aus dem Feld schlägt, machen ihn zum aussichtsreichsten Kandidaten.

Seine Hauptfeinde sind der Hannerbauer und die Sägmüllerin. Der ist ja viel zu jung. Der hat ja keine Erfahrung und überhaupt, wenn einer schon ein Flüchtlingsweib heiratet. Zum Schluß wird es dann überhaupt einmal so sein, daß die Flüchtlinge in Nolgen regieren. Und hat er nicht als Bub einmal einen andern Buben in den Kirchbach geworfen? Läßt das nicht auf einen verrohten Charakter schließen? Und sie könnte noch viel mehr berichten, droht die Sägmüllerin. Aber aus Gründen der Fairness wolle sie lieber schweigen. Mathias erfährt alles und liefert auf der nächsten Versammlung ein rhetorisches Meisterstück, mit dem er die gegen ihn erhobenen Einwände und Vorwürfe widerlegt und seine Gegner geradezu der Lächerlichkeit preisgibt. So gewinnt er die Wahl auch mit überwältigender Mehrheit.

Die Sägmüllerin schäumt vor Wut und schwört, keinen Schritt ins Rathaus zu tun, solange dieser Schorhamer dort Bürgermeister ist. Bei der nächsten Wahl werde er ohnehin wieder gestürzt werden.

»Das werden wir dann schon sehn«, lacht Mathias, dem alles getreulich zugetragen wird. Vorläufig ist er jetzt einmal auf sechs Jahre Bürgermeister, und er wird das Vertrauen seiner Wähler nicht enttäuschen.

Eine seiner ersten Amtshandlungen ist die Einreichung eines Gesuches über das Landratsamt an die Regierung, man möge den bisherigen Bürgermeister Alexander Brattl ob seiner großen Verdienste in sehr schwerer Zeit vom Oberinspektor zum Amtmann befördern. Er schämt sich auch nicht, dem Brattl zu sagen: »Ich brauch dich, Brattl, so notwendig wie das tägliche Brot. Du mußt im Rathaus bleiben und mir zur Hand gehn.«

Mathias ist der jüngste Bürgermeister des Landkreises. Er hält nicht viel von Bürokratie und schriftlichem Krimskrams. Wenn ihm etwas zu lange dauert, erscheint er in Person auf dem Landratsamt, und er schreckt auch nicht davor zurück, mit saumseligen Sachbearbeitern Fraktur zu reden. Er ist voller Dynamik, dieser Kerl, und er setzt seinen Kopf durch, sagen die Beamten im Landratsamt respektvoll. Die Mädchen aber machen ihm schöne Augen, denn für sie ist er nicht nur ein dynamischer, sondern auch ein schöner, begehrenswerter Mann.

Noch im selben Jahr wird dann auch die Baugenehmigung für die Textilfabrik Grabner u. Co erteilt. Ein ganzes Jahr lang wird daraufhin vor den Toren Nolgens fleißig gebaut. Und wie segensreich sich dieser Gemeinderatsbeschluß auswirkt, ist daran zu erkennen, daß es kaum Arbeitslose gibt, obwohl sich die Maschinen in der Landwirtschaft immer mehr durchsetzen. Die Bauern brauchen keine Knechte und Mägde mehr. Bei den Flüchtlingen aber wächst eine Jugend nach, die sich in den Arbeitsprozeß eingliedern will. Die fragwürdige Romantik des Lagerlebens ist längst vergessen, es gilt den Alltag zu meistern. Grabner u. Co gibt Menschen aus dem gesamten Landkreis Arbeit und Brot und bezahlt überdies noch eine beträchtliche Summe an Gewerbesteuer in die Gemeindekasse.

Mathias ist wirklich im Anfangsstadium seiner Bürgermeisterszeit stark belastet. Er kommt kaum mehr dazu, auf dem Hof zu arbeiten. Dafür aber ist Ramona da. Sie sitzt auf dem Traktor, beherrscht die schwersten Ackergeräte und ist ein leuchtendes Beispiel für andere Frauen. Besonders die Geschäfts- und Bürgersfrauen schätzen sie. Die Bauern brauchen ein bißchen länger. Für sie ist Ramona zuerst ein Eindringling gewesen in ihre bäuerliche Welt, eine raffgierige Person, die von Anfang an auf nichts anderes aus war als auf Besitz und Mann. Dann fiel auf einmal, man weiß nicht, wer es zuerst gesagt hat, der Name »die Schorhamerin«. Sie sagen es mit bäuerlichem Bedacht, weil diese Ramona bereit gewesen ist, ein Leben auf sich zu nehmen, das alles andere als Müßiggang und Luxus ist. Sie ist bereit gewesen, alle Mühsal eines Bauernlebens auf sich zu nehmen, obwohl sie es viel schöner hätte haben können. Die Begründung, daß sie dies alles nur aus reiner Liebe tut, wollen sie nicht gelten lassen, weil ihr eigenes Lieben ein weniger leidenschaftliches, nüchternes Gefühl ist, das sich wohl nie bis zur letzten Himmelsseligkeit steigert.

Als sich dann Ramona im folgenden Sommer abermals ins Wochenbett legt, braucht man doch den Doktor Werner Schnitzer, denn diesmal bringt sie Zwillinge zur Welt, und diesmal sind es Buben. Sie werden auf die Namen Friedhelm und Emmeran getauft.

Überhaupt ist die Zeit überreich an Ereignissen, Skandalen und Überraschungen. Am meisten sorgt die Sägmüllerin Barbara Gschwendner dafür. Seit einem halben Jahr hat sie einen neuen Bräutigam anzubieten, diesmal einen Immobilienhändler. Jeden Sonntag gehen sie Arm in Arm durch Nolgen und lassen sich beim Postwirt das Beste servieren, was auf der Speisekarte steht. Nur ihren geliebten Schweinsbraten ißt er nicht, und in die Kirche kann sie ihn auch nicht mitnehmen, weil er jüdischen Glaubens ist.

Dieser Dr. Walter Steinmayr ist zwar nicht mit dem Schorhamer Mathias zu vergleichen. Er ist um einen halben Kopf kleiner als die Sägmüllerin, fast kahlköpfig und hat abstehende Ohren. Aber er ist ein hervorragender Geschäftsmann, verfügt über ausgezeichnete Verbindungen, ist Konsul irgendeines kleinen afrikanischen Staates und ist vor allen Dingen reich. Sehr reich sogar. Und das imponiert Frau Barbara am meisten. Es ist durchaus möglich, daß er diese Barbara wirklich liebt. Sie ist ja eine attraktive Erscheinung, und wenn sie diese bäuerlichen Gewänder ablegt und in die kostbaren Kleider schlüpft, die er für sie aussucht, dann kann er sich mit ihr durchaus sehen lassen. Vom Glanz, der von ihr ausgeht, fällt ein beträchtliches Stück auf ihn. Sie fliegt mit ihm nach Teneriffa, fährt mit ihm in seinem schweren Mercedes nach Italien und fühlt sich wohl dabei. Das ist doch auf einmal ein ganz anderes Leben? Warum nur so spät? Die Hotelportiers ziehen die Mützen vor ihnen, die Ober hofieren das Paar, als wüßten sie vorher schon um die Höhe des Trinkgeldes.

Aber wie gesagt, übers Wochenende sind sie meistens in Nolgen. Frau Barbaras Rachegelüste sind abgekühlt, und als ihnen an einem Samstagabend auf dem Marktplatz der Schorhamer begegnet, wird Barbara keineswegs verlegen und grüßt.

»Guten Abend, Mathias«, sagt sie. »Darf ich dir Herrn Dr. Steinmayr vorstellen, und das, lieber Walter, ist unser Bürgermeister, der sich um Nolgen so verdient macht.«

Steinmayr sagt, daß es ihn freue, den Herrn Bürgermeister kennenzulernen. Mathias behauptet dasselbe und wendet sich dann plötzlich an Barbara. »Da fällt mir gerade ein, Barbara. Ist es nur ein Gerücht, oder ist was Wahres dran, daß du die Sägmühle verkaufen willst?«

Barbara lächelt und zuckt mit den Schultern. »Das ist noch in der Schwebe. Ich überlasse diese Dinge lieber meinem zukünftigen Mann.«

»Es ist nämlich so. Die Gemeinde sucht nach einem größeren Grundstück für einen Fußballplatz für die Nolgener Jugend. Eigentlich ist es so, daß man die größeren Grundstücke parzellieren sollte, um sie dann als Baugründe anzubieten. Hier wird ja enorm gebaut, was ich so sehe. Aber man könnte ja der Gemeinde in dieser Hinsicht ein bißchen entgegenkommen, Barbara. Du könntest dir in einem Heimatort ein Denkmal setzen.«

Ich bin dem Herrn Bürgermeister schon Denkmal genug, hätte Barbara gerne gesagt, aber sie verschluckt es lieber, und antwortet statt dessen: »Darüber könnte man reden. Am besten, ich überlasse alles meinem zukünftigen Mann. Komm jetzt, Walter, Tschüss Mathias.«

Tschüss, sagt sie. Mathias schüttelt den Kopf und geht seiner Wege.

Aber merkwürdig, je mehr die Zeit jetzt fortschreitet, desto mehr drängt Frau Barbara auf den Verkauf. »Am liebsten«, sagt sie zu ihrem Walter, »möchte ich mich für immer in Teneriffa ansiedeln und nie mehr in dieses kalte Land zurückkehren. In unserem kleinen Bungalow dort fühle ich mich am wohlsten.«

Das Geschäft mit dem Tourismus läßt sich für den nunmehrigen Luftkurort Nolgen ebenfalls immer besser an. Die Zimmer sind ziemlich ausgebucht, der Postwirt ist im Geschäft wie noch nie. Das neue Café geht ebenfalls glänzend, und auch in der Ziegelei draußen sind Räume frei geworden, denn eine große Anzahl der dort untergebrachten Flüchtlinge hat begonnen, selbst ein Häuschen zu bauen. Einer von den Männern hat den Einfall, dort auch eine Wirtschaft einzurichten. Besonders an den Sonntagnachmittagen ist es dort immer brechend voll.

Trotzdem sitzt da draußen seit einigen Wochen tagtäglich ein Mann und läßt sich vollaufen, nachdem man ihm beim Postwirt nichts als Verachtung entgegenbrachte und ihm schließlich bedeutete, er möge sich dort besser nicht mehr blicken lassen, denn mit einem Brandstifter wolle man nichts zu tun haben.

Vitus Schmederer ist der allgemeinen Verachtung ausgesetzt. Nach dem fünften oder sechsten Bier führt er immer wirre Reden, erzählt tolle Geschichten über die schöne Sägmüllerin und ihre prallen Brüste. »Wo liegt eigentlich Teneriffa? Am Nordpol. Wollt Ihr einmal was hören? Sie war es, die mich zum Zündeln im Forsthaus angestiftet hat. Wenn ich es tu, hat sie mir geschworen, dann wird sie mich heiraten. Und als sie mich eingesperrt haben, hat sie mir versprochen, daß sie auf mich wartet.«

Er zieht ein feststehendes Messer aus der Tasche, streift die Lederscheide ab und prüft mit dem Daumen die Schneide.

»Mit diesem Messer werde ich ihr den Hals abschneiden, wenn ich sie finde. Und ich werde sie finden, verlaßt euch drauf.«

Als sein Geld zu Ende geht, gibt man ihm auch in dieser Wirtschaft nichts mehr. Und eines Tages ist er verschwunden. Niemand weiß, wohin er gegangen ist, seine Spur verliert sich. Nach Teneriffa scheint er jedenfalls nicht gekommen zu sein, denn nach vielen Jahren taucht Barbara Gschwendner mit ihrem Mann zu einem kurzen Besuch in Nolgen auf. Sie ist inzwischen recht füllig geworden und grau an den Schläfen. Der Mann aber geht an einem Stock, und sie muß ihn dabei stützen. Weit gehen sie sowieso nie, dann steigen sie wieder in ihren großen Wagen und fahren davon. Von da ab hört man nie wieder etwas von ihr.

So geht Jahr um Jahr dahin. Auf Schorham wachsen die Kinder heran. Die Tochter Johanna gleicht ganz ihrer Mutter. Sie bereitet sich zur Zeit auf ihr Abitur vor und will dann studieren. Innenarchitektin will sie werden. Die Buben sind wie der Vater, schlank und rank und voller Dynamik. Friedhelm ist auf einer Landwirtschaftsschule und soll eigentlich einmal den Ramonahof in der Siedlung übernehmen. Einstweilen aber ist er von den Plänen seiner Eltern noch nicht sehr begeistert und träumt davon, eines Tages nach Kanada auszuwandern. Dort werden tatsächlich gerade bayrische Bauern gesucht, und er korrespondiert bereits mit den Provinzbehörden in Manitoba. Gerade mit Ihrer Erfahrung und Flexibilität, schreibt man ihm zurück, könnte man der dortigen Landwirtschaft wieder neue Impulse geben.

Und was nun Emmeran betrifft, der soll einmal der künftige Schorhamer werden. Das hat aber noch Zeit, denn der Vater ist ja gerade erst fünfzig geworden und will nach über zwanzig Jahren als Bürgermeister Platz machen für einen Jüngeren. Er will wieder Bauer sein und das Leben mit seiner Mona noch ein bißchen genießen. Er will mit ihr auf die Berge steigen, an den Gardasee fahren und vielleicht auch einmal nach Rom. Das ist ja heute kein Problem mehr. Überall führen Omnibusfahrten hin. Mit dem eigenen Wagen machen sie eine Moselfahrt, kommen in die Eifelgegend. Mathias will seiner Mona zeigen, wo er einst das Kriegsende erlebte. Aber auch hier hat sich alles verändert. Nur hier und dort ragt noch ein Betonbunker aus dem Krieg mit verrostetem Stacheldraht davor aus dem alles überwuchernden Grün.

»Hier muß es irgendwo gewesen sein, wo es mich erwischt hat«, sagt Mathias. Die Erinnerung überwältigt ihn, es ist ihm, als stehe die ganze, grausige Vergangenheit wieder auf. Wie leicht könnte er hier irgendwo verscharrt sein – ein unbekannter Soldat mehr. Es fröstelt ihn, als er daran denkt. Gute Menschen haben ihn dann in ihren Schutz genommen und haben sich dabei selber in Gefahr gebracht. Er weiß keinen Namen mehr, nur der eines Doktors ist ihm vage in Erinnerung geblieben. Und hat nicht ein junges Mädchen um ihn geweint und gesagt:

»Sei tapfer, Soldat. Unser Herr Jesus hat auch nicht geschrien am Kreuz.«

Eine Großmutter ist auch dagewesen, hat auf der Ofenbank gesessen, einen Rosenkranz um die Finger gewickelt und hat gebetet für ihn. Schön langsam fügen sich die Bilder wieder zusammen, und Scham will ihn überkommen, daß all diese wichtigen Stationen in seinem Leben in den Brunnen des Vergessens gefallen sind.

»Wir müssen die Menschen suchen«, meint Mathias, als er Mona alles erzählt hat.

»Unbedingt, Mathias. Aber wo?«

»In der Nähe ist ein Wasserturm gewesen, und der Kirchturm hat ein Satteldach gehabt.«

Sie fahren den ganzen Nachmittag in der Gegend umher, bis Mathias einmal scharf auf die Bremsen tritt. »Da, Mona, der Wasserturm, der Kirchturm, dieser kleine Hof dort drüben muß es sein.«

Drei buntscheckige Kühe weiden im Hintergrund, kariertes Bettzeug hängt über dem Balkon, und etwas abseits im

Schatten eines Nußbaumes schläft friedlich ein Kind in einem Leiterwagen.

Sie steigen aus. »Wart hier einmal«, sagt Mathias. »Ich schau einmal rein.«

In diesem Augenblick tritt eine Frau mittleren Alters aus der Haustüre. Man sieht, daß sie wieder guter Hoffnung ist. Einen Augenblick stutzt sie, dann geht auf einmal ein Lächeln über ihr hübsches, braungebranntes Gesicht, und ihr Mund spricht seinen Namen aus.

»Mathias? Der fremde Soldat von damals.«

»Und Sie sind Angela, gell?«

»Nein, Anita. Damals hast aber Du gesagt zu mir.«

Mathias wendet das Gesicht. »Komm her, Mona, wir sind richtig. Das ist Anita, von der ich dir erzählt habe. Und das, Anita, ist meine Frau.«

»Oh?« staunt Anita. »Du hast aber eine wunderschöne Frau. Nein, sowas. Kommt der Soldat wieder zu uns. Nach so langer Zeit. Wir haben oft von dir geredet und uns gefragt, ob du wohl heimgekommen bist.«

Mathias senkt beschämt den Kopf. »Ich hatte keine Adresse, Anita.«

»Du hast uns die deine dagelassen und – ich wollte dir auch schreiben, aber ich hab mich dann nicht getraut. Aber setzen wir uns doch.« Anita wischt mit der Schürze über die Hausbank. Dann schaut sie auf die Kirchturmuhr. »Mein Mann wird auch bald heimkommen. Er arbeitet am Bau, die Landwirtschaft ist zu klein bei uns!«

Du lieber Gott, was hat man sich nicht alles zu erzählen. Die Großmutter ist längst gestorben, die Eltern erst vor zwei Jahren, kurz hintereinander, und der Doktor ist erst vor vierzehn Tagen mit seinem Auto tödlich verunglückt.

»Gibt es denn hier einen Gasthof oder ein Hotel?« fragt Mona einmal dazwischen. »Ich denke, daß wir doch hierbleiben, Mathias.«

»Ja, das Gasthaus Zum Lamm. Die haben schöne Fremdenzimmer. Aber – nein, das kann ich ja nicht anbieten, die

Dachkammer droben, in der wir dich damals versteckt haben, Mathias. Das haben wir inzwischen ausgebaut. Aber nein, das kann man der feinen Frau unmöglich zumuten. Fließend Wasser haben wir auch nicht droben.«

Ramona lächelt und nimmt die Hand der Frau. »Wenn Sie wüßten, liebe Frau, wo ich schon überall hab schlafen müssen. Auf Lehmboden, unter Bäumen, im Schneematsch und in kalten Heustadeln. Nein, um das geht es nicht. Wir wollen euch keine Umstände machen, Sie haben doch Arbeit genug. Ich mache dafür einen andern Vorschlag. Wenn Ihr Mann heimkommt, gehn wir gemeinsam essen. Kann ich inzwischen ins Hotel fahren und ein Zimmer bestellen?«

»Ja, gleich hinter der Kirche, da geht dann eine Straße links ab, nach etwa hundert Metern ist das Gasthaus Zum Lamm.«

Als Mathias und Anita dann allein auf der Hausbank zurückbleiben, deutet Mathias auf das Leiterwägelchen unterm Nußbaum. »Ein Kind?«

»Bis jetzt, ja. Aber in drei Monaten kommt das zweite.«

»Und – du bist glücklich verheiratet?«

»Ja. Aber jetzt kann ich es dir ja sagen, weil wir allein sind. Du warst damals meine erste Liebe. Mein Gott, was hab ich damals um dich geweint.«

»Und darüber sind jetzt fast fünfundzwanzig Jahre vergangen.«

»Du mußt aber auch glücklich sein. Mit so einer schönen Frau.«

»Ja, Anita. Sehr glücklich sogar.«

Um die Ecke des Wasserturms kommt ein Mann mit dem Fahrrad. Anitas Mann, ein kräftiger, ziemlich großer Mensch mit einem guten Gesicht mit Kalkspritzern drin.

»Das ist der Soldat von damals, Jakob, von dem wir oft geredet haben.«

»So der ist es? Nett, daß Sie uns einmal besuchen!«

»Er hat auch seine Frau dabei, und sie bleiben im Lamm über Nacht. Wasch dich jetzt und zieh dich um. Wir sind zum Essen ins Lamm eingeladen.«

Es wird ein wunderschöner Abend. Ramona sucht für die beiden das Erlesenste aus, was man im Lamm zu bieten hat. Man duzt sich auch, obwohl Ramona das im allgemeinen nicht gerne tut. Aber die beiden Menschen scheinen ihr so liebenswert. Und hat sie dieser Frau Anita nicht sehr viel zu verdanken. Hat sie nicht ihren Mathias gepflegt, hat sie nicht nächtelang an seinem Bett gesessen, als das Fieber in seinem Körper wütete. Es ist viel nachzuholen an Dank. Ramona will für das kommende Kind die Taufpatin machen, falls es ein Mädchen sein sollte, und Mathias ist dafür dann zuständig, wenn es ein Bub wird. Nein, von jetzt ab will man sich nie mehr aus den Augen verlieren.

Die Männer unterhalten sich dann, wie könnte es anders sein, über ihre Kriegserlebnisse. Bei der 64. Infanteriedivision ist Jakob in Rußland gewesen und dort auch in Gefangenschaft geraten. Die Frauen unterhalten sich über Haus und Hof, und die Stunden vergehen wie im Fluge.

Als die beiden dann am andern Mittag wieder abfahren, gibt es bei den Frauen tatsächlich Tränen. Und das ist bei Ramona schon etwas ganz Seltenes.

Im Jahr darauf besuchen die Schorhamers noch den großen Ostpreußentag in Hannover. Ramona trifft eine Menge Bekannter, das heißt, sie wird von vielen erkannt. Das Fräulein Ramona von Ette-Barhausen, die wilde Reiterin, die in Haltung und Etikette immer noch so untadelig ist wie damals.

Dann wird es ruhiger. Die Jahre gehn dahin, als wären sie nur große Stundenschläge. Und es geschieht so viel in diesen Jahren. Nolgen hat seine Einwohnerzahl fast um die Hälfte vergrößert. Neuzugänge und Geburten halten inzwischen das Gleichgewicht zu denen, die im Friedhof ihre letzte Ruhe finden. Immer mehr vertraute Gesichter erlöschen für immer, andere leuchten auf, und der junge Pfarrer hat viel zu tun. Hochzeiten, Sterbefälle und Geburten. Und das ist gut so, denn Kinder bewahren das Blut, das der Einheimischen und das jener, die einmal vertrieben worden sind, deren Kinder und Kindeskinder längst Einheimische sind, denn sie unterscheiden sich in nichts mehr, weder in der Sprache noch in der Kleidung. Die Kopftücher verschwinden nach und nach, und bald wird es so sein, daß sich niemand mehr des Tages erinnert, an dem in Nolgen ein Zug mit zweihundert Flüchtlingen eingelaufen ist, und niemand von den Ankommenden gewußt hat, welches Schicksal ihn erwartet.

Der Schorhamer Mathias, der sich am liebsten Watte in die Ohren stecken würde, wenn die Rede vom »alten Schorhamer« ist, will es zwar nicht glauben, daß schon wiederum zehn Jahre vergangen sind, und daß man im engeren Familienkreis bereits berät, wie man in diesem Jahr seinen Sechziger feiern wird. Er hält sich zwar noch straff, doch es läßt sich nicht verbergen, daß sein Haar lichter und an den Schläfen bereits eisgrau wird. Um die Mundwinkel ziehen sich schon ein paar Falten, und seine Schultern neigen sich leicht nach vorne. Nur an Ramona scheinen die Jahre spurlos vorübergegangen zu sein. Die Haltung des Kopfes ist immer noch gleich vornehm. Nur der Schritt ist nicht mehr so federnd, und wenn es niemand sieht, steht sie manchmal am Spiegel und zupft ein paar graue Strähnen aus ihrem Blondhaar.

Nur eines hat sich in den langen Jahren nicht geändert. Ihre Liebe steht immer noch unter dem gleichen guten Stern. Es ist, als wäre ein Netz um ihre Herzen gespannt, damit nichts verlorengehen kann, was sie einander zu geben haben an Liebe, Güte und Vertrauen.

Die Tochter Johanna ist ihr Spiegelbild. Sie ist Ramona II. Für sie hat man auf dem Grund des abgebrannten Forsthauses ein Landhaus gebaut, das sie kürzlich mit ihrem Mann, einem Atomwissenschaftler, bezogen hat.

Friedhelm ist nun doch nicht nach Kanada ausgewandert. In diesem Punkt ist Mathias, der Vater, unnachgiebig geblieben.

»Du bist stur, Vater«, hat Friedhelm gesagt.

Aber er hat sich dann doch dem Willen des Vaters gebeugt, der ihm gesagt hat: »Die Heimat, mein Sohn, ist wie ein

Mutterleib. Und die willst du aufgeben? Die Nabelschnur einfach zerreißen? Frag doch deine Mutter einmal, was es heißt, die Heimat aufgeben zu müssen.«

Aber mehr als die Worte des Vaters ist es dann ein Mädchen aus der Siedlung, das ihn zurückhält. Friedhelm wird in diesem Herbst Hochzeit halten und dann den Ramonahof bewirtschaften. Regina hat das elterliche Anwesen geerbt, ihr Mann Erwin arbeitet in der Fabrik als Vorarbeiter, und der Mohrackerl hat die Meisterprüfung im Mechanikerberuf abgelegt und betreibt eine neue Werkstatt in Nolgen. Und auf Schorham werkelt bereits der junge Emmeran, und da ihm der Vater in allem freie Hand läßt, bewirtschaftet er den Hof nach den neuesten Erkenntnissen.

So ist für Mathias und Ramona eine Zeit voll geruhsamer Stille gekommen. Hand in Hand geht er mit ihr am Rande der Felder hin, und er sagt ihr, daß so ein Acker wie das ewige Leben ist, das Atmen aus der Tiefe des Grundes, der ewige Herzschlag für die kommenden Geschlechter. Dann sitzen sie irgendwo am Rain und sehen zu, wie Dämmerung und Nacht über Felder und Wiesen fallen und dann die Sterne aufflimmern, zuerst einzeln, dann immer mehr, tausende, hunderttausende, bis der weite Bogen des Firmaments wie eine goldschimmernde Wiese Gottes von der Höhe leuchtet.

Hans Ernst

Die Magd von Brandegg

Roman

Nach dem plötzlichen Tod des Vaters übernimmt Meinrad von Falk den stattlichen Brandegghof und muß zu seinem Schrecken feststellen, daß das Anwesen über und über verschuldet ist. Er kommt aus einer Welt, in der es sich leicht lebte, und steht nun vor den Problemen, ratlos wie ein Kind, das sich im Wald verlaufen hat. Eine einzige Magd bleibt ihm, die Lina Fanderl, die das Schicksal des Hofes und sein eigenes in ihre Hände nimmt und ihn Schritt für Schritt hineinführt in ein Leben, das nur Pflicht und Arbeit kennt. Klaglos nimmt sie alle Demütigungen auf sich und bringt Opfer um Opfer, weil Meinrad ihre große Liebe ist. Bescheiden, doch willensstark geht sie ihren Weg im steten Bemühen, Meinrad zu den echten Werten des Lebens hinzuführen. Hans Ernst schenkt seinem Leserkreis einen Roman vom einfachen Leben, das Größeres und Schöneres in sich birgt, als man gemeinhin wahrhaben will.

rosenheimer

Hans Ernst

Die silberne Ähre

Maria Reichertseder ist Magd und Sennerin beim Hartauerbauern. Ist ihr Dienst auf diesem großen Hof schon hart genug, so wird ihr Los noch erschwert durch die Sorge für das ledige Kind, die kleine Susanne. Ehe Susanne auf die Welt kam, ist der Vater nach Amerika ausgewandert mit dem Versprechen, Maria und das Kind nachkommen zu lassen. Doch der Koffler Georg läßt nichts mehr von sich hören. So wendet Maria ihre ganze Liebe dem Kind zu.

Die Jahre vergehen, in denen Susanne schon sehr früh in die schwere Pflicht des Magddienstes genommen wird. Erst vierzehnjährig, trifft sie der härteste Schicksalsschlag, als die geliebte Mutter tödlich verunglückt. Von da an muß sie nun allein ihren Weg finden, einen langen und harten Weg durch die bösen Jahre der Vorkriegszeit, den Zweiten Weltkrieg und die Nachkriegswirren. Die Nöte und Prüfungen lassen Susanne reifen, machen aus der Bauernmagd eine selbstbewußte Frau, die schließlich an der Seite eines geliebten Mannes ein spätes, kaum noch erhofftes Glück findet. Ein ergreifendes Lebensschicksal, das Hans Ernst hier einfühlsam schildert, ein Schicksal aus unserer jüngeren Zeit, das beispielhaft für viele ähnliche Lebensläufe steht.

rosenheimer

Hans Ernst

Die Hand am Pflug

Hans Ernst legt hier seine Lebenserinnerungen nieder. Der Großstadtjunge verliert früh seine Mutter und kommt, als der Vater im Ersten Weltkrieg einrücken muß, ins Waisenhaus. Dann gelangt er zu Bauern nach Niederbayern und beschließt, auf dem Lande zu bleiben. Später wird er Mitglied eines Bauerntheaters und zuletzt in Kolbermoor als erfolgreicher Schriftsteller seßhaft. Wie in seinen Romanen beschreibt er auch sein Leben gemütsvoll und heimatverbunden.

Der Bauernknecht und andere Geschichten

Einen schweren – aber auch erfüllten Lebensweg ist der Dichter Hans Ernst gegangen, vom einfachen Bauernknecht zum bekannten Volksschriftsteller.
Ob er das tragische Schickal der „Luiserbäuerin“ schildert oder die bisweilen deftige, bisweilen nachdenklich stimmende Geschichte einer „Brautschau“ – der beliebte Volksschriftsteller hat wieder einmal bewiesen, daß die schönsten Geschichten jene sind, die das Leben selber schreibt.

Die Lena

Oberhalb von Veilenstein, einem anmutigen Bergdorf, liegt auf einer Anhöhe der Einödhof Germ, ein stolzes Anwesen mit einem ebenso stolzen Bauern, dem Riederer, vor dem alle Welt kuscht. Als die Lena vom Maurerhof drunten den Hoferben von Germ heiratet, den Tobias Riederer, macht man ihr das Einleben auf Germ fast zur Hölle, und es dauert seine Zeit, bis sie sich durchsetzen und dann aber auch die Zügel in die Hand nehmen kann.
Ein Frauenschicksal, das unsere ganze Anteilnahme erweckt.